華燭の追想

夜原月見

Tsukimi Yoruhara Presents

fairy kiss

この作品はフィクションです。
実際の人物・団体・事件などに一切関係ありません。

華燭の追想

プロローグ

いよいよ来年の今頃には、大陸全土を巻き込む戦火が上がるのではないかと噂《うわさ》が飛び交っていたその年。

ライノーレ王国は女王誕生に全土が沸いていた。

第一王女リディアの戴冠である。

戦火がいよいよライノーレにも迫りつつある情勢下、穏健派リディアが希望の光をもたらしてくれるだろうと、誰もが期待を寄せている。

今回の戴冠は国王引退宣言に伴って行われるものだが、女性君主の登場は二百年ぶりということも相まって、国中が祝賀ムードに包まれていた。

戴冠式まで残り一ヶ月となった、春の日差しが明るい日のことである。

従軍記者エイダは編集長に呼び出され、特命を受けた。

「二百年前の女王マリアンヌの歩みを調べて特集記事を書け」

「ちょっと待ってください。三ヶ月ぶりに帰郷したばかりなんですけど」

「戦闘激化で最前線から下がったのは、君しかいない」

エイダは女であることを理由に、撤退せざるを得なかった。不本意だが、同僚の足を引っ張るわけにはいかない。

せっかく久しぶりの休暇なのだから、普段できない予定を詰め込んで気ままにすごすか、と前向きに思考を切り替えたばかりだったというのにこれだ。人使いが荒い上司を持つと苦労が絶えない。

「王立図書館に話はつけてある。かなり古い文献もいくらか残っているそうだから、頑張って」

邪気のない笑顔ににっこりと見送られ、エイダは王立図書館に篭《こも》る羽目になったというわけだ。

マリアンヌ女王陛下。遡ること八代前の、ライノーレ建国史上初となった女性君主だ。

マリアンヌは内憂外患が絶えない乱世の時代下、若干十八歳で戴冠している。

夫は、国軍将軍クライス・グレゴール。クライス将軍といえば、十五年も続いた隣国との戦争から王都を死守した英雄として名高い。

二人の年の差が二十歳もあるのは、政略結婚だからだ。

マリアンヌは戴冠と同時に、政略的にクライスを王配に迎えることで派閥を取りまとめ、国内外に山積していた難局を乗りきる実績を残したのだ。

――と、ここまでは学校でも教えている常識だ。

マリアンヌが数奇な運命を辿《たど》った君主だったのは、国民なら誰もが知っている歴史上の事実である。その程度の知識を並べたところで特集記事は組めないし、鬼編集長が納得するはずもない。

さてどうするか。閲覧室の机に積んだ史書や文献を前に、エイダは頭を捻《ひね》った。

リディアとマリアンヌの共通点を切り口にしようと決めたまでは順調だったが、二人に共通するのは、戦時下に戴冠するとか身内に恵まれなかったとか、それぞれ二十五歳と十八歳の若い女王には気苦労の多いネタが目立つ。

景気のよさそうな共通項は、戴冠と同時の成婚くらいだろうか。

「資料も少ないな」

エイダは溜息《ためいき》を吐《つ》いた。目の前に積んだ図書は、思っていたより数が少ない。

司書によれば、マリアンヌに関する文献は百年前の内戦で王都が焼けた結果、焼失もしくは散逸してしまったとのことだった。

最終的には王室関係者に取材を申し込むしかないだろう。

王室広報に直接出向き、記事の事実関係確認を取る手間もある。

厄介な取材活動になりそうだ、と内心でぼやきながら、片っ端から資料を読み漁《あさ》る。

それにしても、十八歳の若い身空で君主となり、二十歳も年上の夫を迎えたマリアンヌのライノーレへの献身は、二十五歳のエイダから見ても賞賛に値する。

当時は高貴な女性ほど、自由意志による結婚は難しかったのだろうけど、と思いながらページを繰っていた手が、ふと止まった。古ぼけた表紙の文献である。

『マリアンヌ陛下とクライス将軍閣下の出会いは、戴冠式より一年も前のことである』

え？　とエイダは目を瞠《みは》った。戴冠式の一年前、マリアンヌは幽閉下に身を置いていたはずだ。

どういうことだと急いで先を読み進めた結論は、マリアンヌ女王とクライス将軍の出会いは全くの偶然であり、政略的なものではなかった、ということだった。

第一章　幽閉

　ようやく雪解けを迎えたその日、ライノーレ王国は朝からよく晴れていた。

　ライノーレ王国は六十もの国がひしめき合う大陸の、ほぼ中央に位置する。

　北に向かって突き出すように三角状をした国土のうち、東と西を、大陸を横断する大山脈にすっぽり囲まれた地形をしている。

　そのため冬の訪れは早いものの、雪解けを迎えるとすぐ、南端を国境とするオルブライ公国から吹く暖かな風に誘われて、灰色の雪に覆われた国土を塗り替えるかのように、色鮮やかな花達《たち》が北上するのも地理的特徴である。

　春を知らせる眩《まばゆ》い日差しが木々の隙間を縫って、雪を残す地面をきらきらと反射させるのに、マリアンヌは目を細めた。雲ひとつない青空から差し込む穏やかな陽光が、頬を優しく撫《な》で上げる。

　――今日はあの人に会えるだろうか。

　日に日に近づく春の気配につられるように、胸の鼓動が高鳴って、頬が緩むのを抑えられない。

　マリアンヌが初めて彼――クライス・グレゴールと出会ったのは、この冬のこと。山脈には雪化粧がなされ、マリアンヌが住む山腹にも雪が積もり始めた頃だった。

マリアンヌはライノーレ王家の第一王女であるが、とある理由で生後すぐ王城を出て、病気療養中の商家の娘マリーと偽り、森の中で静かな暮らしをしている。

王城から派遣された護衛を伴い日課となっている散歩をしていると、「近くにお住まいの方ですか」とマリアンヌを呼び止める声があった。

振り返ると、黒く短い髪に、宝石のように煌《きらめ》くエメラルドグリーンの瞳が印象的な男が立っていた。

「はい。住む家は、歩いて四半刻ほどのところにあります」

マリアンヌは頷《うなず》きながら、男の容姿に視線を走らせた。

男は旅装束ではない軽装で、腰に立派な大剣を佩《は》いていた。

剣の柄《つか》に刻まれた紋様は、鷲《わし》。鷲は国軍を司《つかさど》る刻印だ。

――軍属の方だろうか。

男は振り仰がねばならないほど背が高く、武人らしい屈強な体躯《たいく》をしている。軍属にしては顔立ちは端整だ。

軍人であれば厄介だ。彼らはマリアンヌにとって、敵ではないが味方でもない微妙な立場にいる。関わらないのが無難だ。しかし下手に勘ぐられても面倒なので、無視するわけにもいかない。

「我々に何か御用か」

護衛がマリアンヌを守るように一歩前に出ると、男は慌てたように首を横に何度も振った。

「怪しい者ではありません。この先の崖で従者が怪我《けが》をして動けなくなったので、手を借りたいだけなのです」

川べりの先にある崖は、土が軟らかくてぬかるみやすい。地面を浅く覆った新雪で、足を滑らせてしまったのかもしれない。

マリアンヌは頷いた。たぶん大怪我をしている、と思ったのだ。

「それはお困りのことでしょう。私はマリーと申します。あなたのお名前をお伺いしても構いませんか」

「クライス・グレゴールと申します」

護衛は名を聞いた途端眉を顰《ひそ》め、マリアンヌと顔を見合わせた。

ライノーレで彼の名を知らない者はいない。

国軍将軍クライス・グレゴール。この夏、十五年も続いた隣国オルブライ公国との戦争を勝利に導いた英雄である。今年三十八歳と聞いていたが、端麗な容姿のためか、もう少し若く見える。

「わかりました。クライス様のお付きの方のところまで案内をお願いします」

「助かります。ありがとうございます！」

容易《たやす》く快諾をしたマリアンヌを、護衛は「お嬢様」と咎《とが》めたが、クライスは剣を柄ごと解いて差し出したので、不承不承ながら彼らを助けることになった顛末《てんまつ》だ。数多《あまた》の戦場を駆け抜けた猛者に、丸腰で助けを請われては仕方ないと判断したようだ。

クライスの従者は、足の骨を折っていた。両足とも。

自力ではとても動けない重傷である。

マリアンヌは護衛らや乳姉妹としてともに育った侍女ユリアナと相談し、「クライス達はマリアンヌの正体に気づいていない」と結論して、一晩だけ泊まらせてから王都へ帰還する送迎を出してやり、難を逃れた。

――感じのいい人だった。もう二度と会うことはないだろうけど。

そんなふうにクライスの緑色の瞳を思い出していた、数日後。

再びクライスが山荘を訪ねてきた。聞けば、先日の礼を言うためにわざわざ足を運んだのだと言う。

「こんな辺鄙《へんぴ》な場所なのに」

マリアンヌに与えられた邸宅は、貴族や商人達の別荘が林立する、最も端のほうにある。冬は雪深く、一年のうちでもごくわずかな猛暑の期間だけ、避暑地として人がまばらに訪れるような寂れた土地だ。

「体にいい茶葉が手に入ったので……。よければ皆さんで召し上がってください」

クライスは肩に担いでいた皮袋をそのままマリアンヌに渡した。中を見ると、どっさりと煎薬が詰められていた。

「お気持ちは嬉《うれ》しいんですけど、このとおり私の病気はもうよくなり始めていますから……」

マリアンヌは困惑した。

真冬に差しかかろうとする厳寒の山荘で、病気療養をするお嬢様などいない。少し考えればわかりそうなものなのに、なぜクライスが再びやってきたのか、その真意をはかりかねたのだ。

「ご迷惑でしたらすみません。でも本当に気持ちだけなので」

クライスはマリアンヌの戸惑いを見抜いたのだろう。客人をもてなす礼儀作法どおり茶を勧めたものの、その日彼は門前で帰ってしまった。

しかしクライスはその後も、「お見舞いに来ました」と言ってやってきた。将軍の休暇は十日に一度らしい。きっちり十日に一度の頻度だった。

——律儀な人。

最初はそう思っていた。王都からはるばる、雪深くなる一方の山に足を踏み入れるなんて。と。

いつからだろう。

——また来てくれるだろうか。

とクライスが会いに来る日を、指を折って待ち侘《わ》びるようになったのは。

もちろん、恋などできない立場だとわかっていた。まして相手は国軍将軍。

——でも、もう少しだけ。

マリアンヌは答えを出すのをずるずると先延ばしにし、クライスの来訪を受け入れ続けた。

「マリアンヌ様。お戯《たわむ》れはその程度になさいませ」

見かねて口を挟んだのはユリアナだった。逢瀬《おうせ》を続けて数ヶ月が経《た》ち、間近に迫った春の気配を肌で感じるようになっていた。

「春になって雪が消えたら別の場所へ引っ越せるよう、宰相様に手紙を書くわ」

敵ではないが味方でもないクライスに、マリアンヌの正体を知られるわけにはいかない。潮時だろうと諦めた。

——だから、もう少しだけ。雪が解けてしまうまでの間だけ。

マリアンヌは全ての人に背を向けるようにして、一生涯逃げ続けなければならない立場にいる。呪われた第一王女。それがマリアンヌだ。

わかっている。決して忘れたわけではない。国軍将軍と恋愛できる身ではない。

それでもクライスともう少しだけ、話をしておきたい。別れが辛《つら》くなっても構わないから。

そんな切々とした想《おも》いでクライスの訪問を心待ちにして、最後の日がやってきた。

予定どおりなら、今日はクライスが来る日だ。

十日前に会った時、

『何か欲しいものはありますか。買ってきますよ』

と、今日の約束をそれとなく取りつけられていた。

——欲しいもの。……何だろう?

マリアンヌは少し考えたが、何も思いつかなかった。

満たされているわけではないが、不足のない生活をしている。贅沢《ぜいたく》を言えば、自分で働いて得た給金で、夕食の食材を買い出しに行ってみたい、とは思うけれど。

『欲しいものですか……』

欲しいものを何ひとつ挙げられないほど不自由な身の上だったのか、と今さらながら気づき密《ひそ》かに落胆すると、クライスは苦笑した。マリアンヌが無欲で考えあぐねている、と思ったらしい。

『突然訊《き》かれても、何も思いつかない？』

美しく透きとおった緑の瞳が、俯《うつむ》き加減になったマリアンヌの顔を覗《のぞ》き込んだ。

クライスの瞳と同じ色に森が芽吹く頃には、マリアンヌはこの地を去っている。

――クライスと、もう会えない。

胸を締めつけるような息苦しさが、マリアンヌを襲った。

『……じゃあ、髪留めをお願いします』

思い出の品が欲しくて、そんなことを口走ったのかもしれない。けれど着飾る機会に恵まれなかった身としては、一度でいいから女性らしいことをしてみたい、とも思っていたのだ。

『髪留めですか。難易度が高そうだ』

お店の人がびっくりしなきゃいいけど、とクライスは笑いながら溜息を吐いた。

しまった、とマリアンヌは我に返った。クライスは戦場生活が長く、女が使うような小物にとこと
ん縁がないと、本人が口にしていたことがあったのだ。

『ごめんなさい。今のは聞かなかったことにしてください。じゃあ、甘いお菓子でお願いします』

『俺が選んだものでよかったんですか？』

慌てて手を振って訂正するマリアンヌを、クライスが正面から見つめた。とても真剣な眼差《まなざ》しに射抜かれ、マリアンヌは「やっぱり髪留めが欲しいです……」と、未練がましくねだってしまったのだった。

――どんな髪留めを買ってきてくれるんだろう。

あれからちょうど十日がすぎた。

今日を最後に、クライスとは二度と会えなくなる。

初めて好きになった男からもらう贈り物を手にして、それを最後の恋にする決心は済ませてある。

浮き立つ気持ちの傍らで覚悟を決めて邸宅へ戻ると、クライスは既に到着し、客間で待っていた。

『クライス様、こんにちは』

と、マリアンヌはいつものように挨拶できなかった。

なぜならクライスが、ものものしく武装した十人もの従者を引き連れていたからだ。

「あなたの名前は、マリアンヌ、と言うんだな」

硬い表情で問い質《ただ》すクライスに、マリアンヌの顔から音を立てて血の気が引いた。

「――……私の名前は、マリーです。マリアンヌではありません」

青ざめつつも懸命に誤魔化す。と、部屋の隅に立っていたユリアナが視界に入った。

ユリアナは無言のまま、諦めたように首を横に何度も振った。クライスの従者が監視するように、彼女のすぐ後ろに立っていた。

「マリアンヌ殿下には、即刻王城へお戻りいただきます」

クライスはソファから立ち上がり、扉で佇《たたず》んでいたマリアンヌの前まで進むと、片膝をついて頭《こうべ》を垂れた。王族に対する騎士の礼だった。

どうやらもう隠しきれないらしい。が、マリアンヌとてそう簡単に「はいわかりました」と従うわけにはいかない。

呪われた子は王家と関わってはならないと聞いている。なぜクライスが迎えにやってきたかは知らないが、ユリアナまで危険に晒《さら》せない。

「王城へは戻りません。もうご存知だと思いますが、私は王城に住まったことが一度もない人間です。それに私の兄──リチャード陛下が、私の帰城をお許しになるはずがありません」

腹を括《くく》って毅然《きぜん》と言い放つと、クライスは顔を伏せたまま告げた。

「リチャード陛下は王位を放棄し、オルブライ公国へ亡命されました」

マリアンヌは絶句した。

昨年まで敵国だった国へ──リチャード自身が再戦を命じていたその国へ亡命するなど、とても信じられない。

「とにかくお戻りいただきます」

クライスは立ち上がると、背後の従者に目配せし、マリアンヌを取り囲んだ。

「や……っ！　離してくださいっ！」

マリアンヌは抵抗したが、ユリアナの背後に立つ従者がいつでも剣を抜けるよう柄に手をかけたのを目にして、力を失い、無言を貫いて馬車に乗り込んだ。

──人質を取って脅すなんて、卑怯《ひきょう》だ。

英雄と呼ばれるクライスがやることとは到底思えない所業だった。

それがマリアンヌの言いぶんだ。

しかしクライスにおいては、少し異なるようである。

崖から転落したクライスの従者は、意識はしっかりしていたものの、したたかに下肢を打っていた。

＊

——両足とも折ったか。

数刻で帰還できる定期巡察任務でしかなかったのに、まさかこんな事故が起こるとは。

従者を背に縛って下山するのはさほど難しいことではないが、冬の夕暮れは早く、もたつけば二人で遭難しかねない。かといって従者を置いて助けを呼びに行けば、その間に彼は凍死してしまう。

さてどうするかと困り果てたクライスの前に、天使が舞い降りた。マリーとの出会いである。

「とにかく体を温めましょう。薬とお湯と新しいシーツを持ってきて」

従者を邸宅に運ぶと、マリーに命じられた使用人達が動き始めた。

てきぱきと動くマリーに、クライスは舌を巻く。

全身を雪泥にまみれさせ、下肢も血だらけにした男を前にして、少しも物怖《ものお》じしない判断は的確だ。

従者は寒さと痛みで意識を朦朧《もうろう》とさ迷わせ始めていた。怪我の治療よりも、まずは低体温をどうにかしなければならない状況だ。

邸宅には使用人が三人に、侍女を名乗る若い女性が一人いた。

侍女はユリアナと呼ばれ、マリーと同じ年頃に見えた。マリーと親しげな口調で話していることから察するに、乳姉妹かそれに近い存在かもしれない。

使用人は揃《そろ》って中年男だ。年齢はクライスと同じくらい――すなわち、四十前後のおっさんである。

おっさんであるのはともかくとして、やたら体格がいい上に目つきが鋭いことが気になった。恐らく、普通の使用人ではない。用心棒を兼務している者達だろう。

特にクライスが注目したのは、マリーとともに歩いていた男だった。

――戦場経験がある男で間違いない。

無駄のない身のこなし。手の甲にあった古い傷痕は、剣で斬られたものだった。左肩が少し下がり気味なのは、帯剣する者につきやすい癖である。

そんな兵隊みたいなおっさんが三人も、病気療養中の商家のお嬢様に必要なのだろうか。

これから本格的な冬を迎える時期にもかかわらず、邸宅から引き上げる様子が全く見られない点も怪訝《けげん》である。何の病に罹《かか》っているかは知らないが、雪の冷気で悪化させてしまいそうなものだ。

「療養はずっとこちらで?」

一晩寝床を借りることになった夕食の席で訊くと、マリーはにこやかに答えた。

「何度か移り住んでいますけど、ここに来て、もうずいぶん経っていると思います」

ここに住んでいる理由を特定されないように、あえてぼかした答え方だと直感した。

様々な事情から、世間の目から逃れるようにひっそりと暮らす人もいる。

しかしマリーはまだ十八歳だ。十八歳のうら若き娘さんが、厳《いか》ついおっさんどもから監視されるように辺鄙な山奥で暮らさなければならない理由など、クライスには思いつきもしない。

——結婚相手以外との婚前交渉を防ぐために、父親に閉じ込められているのだろうか。

もしそうだとしたら、とても可哀想《かわいそう》だ。

そんな非道を愛娘《まなむすめ》に強いる父親など、人間不信か変態に違いない。

——いや。愛人として囲われている可能性もあるか。

そうであったとしても、やはり可哀想だ。

こんな可愛《かわい》らしいお嬢さんを人目に触れさせないよう、独り占めしたい気持ちはわからないでもないが、そんなことを思いついて実行する男など、精神が病みきっている。

王都へ帰還したのは、その翌朝。マリーは、邸宅の箱馬車を御者のできる使用人ごと貸してくれた。

「——報告は以上だ。心配させて悪かった」

山腹での事故を報告したのは、士官学校時代からの同期で親友、レイモンド・マルティン副将軍である。

「了解した。大変だったな。——で、マリーさんとやらは可愛かったのか？」

にやりとしたレイモンドに、クライスは恍惚《こうこつ》として吐息混じりに頷いた。

「可愛いなんてもんじゃない。天使そのものだった。俺は冬山で天使と出会ったんだ。しかし、なんで十八歳のお嬢さんが山奥なんかに住んでるんだ？」

クライスが首を傾《かし》げると、レイモンドは即答した。

「は？　んなもん、本人に直接訊けばいいだろ」

「どうやって訊けばいいんだ」

「どうやってって。普通に訊けばいいんじゃないの」

「普通って？」

「普通っつったら普通だよ。旦那様は王都にお住まいなんですか、とか。そろそろ縁談の話が来たりしないんですか、とか。それとなくカマかけてみればいいだろ」

なるほど、とクライスは感嘆した。

色男レイモンド副将軍の髪の毛一本程度でいいから、口の上手《うま》い男になってみたいものである。

「いつもみたいにボサっとしてると、他の男に取られちまうぞ」

しきりに感心しているクライスを、レイモンドが焚《た》きつけた。

クライスは何人かの女と付き合った経験はあったが、振られるか自然消滅か寝取られるばかりで、上手くいったためしがない。

国軍将軍などと大層な肩書きを持っていれば、黙っていても女が寄ってくると思われがちだが、残念ながらクライスの場合、その恩恵に与《あずか》った経験は一度たりともなかった。

次から次へと転戦した戦場で運よく生き残り続け、気づいたら軍の最高司令官なんて面倒な管理職になっていた。その上、王都防衛戦線で大勝利を収めた功績で、一代限りの名誉号である伯爵位まで与えられた。我ながら、仰天するほど大出世したものである。

――少しは女運が上がるだろうか。

出世していいことなど、それくらいしか思いつかない。

しかし現実は厳しかった。

戦場で、「英雄は娼館《しょうかん》なんて行けないですよね」と申し訳程度に頭を下げる同僚達の背を見送っていたのが、「伯爵は一般人なんて相手にしないですよね」に変わっただけだった。

英雄伯爵将軍だって中年男なりの恋愛結婚をしたいと思うのだが、これぱかりは縁の問題もある。

――お節介な誰かが、いい人と娶《めあ》わせてくれる日も来るだろう。

諦め半分。わずかな期待を残しつつ戦後処理に励んでいた時、マリーと出会ってしまったのだ。

――やるだけやってみるか。

二十歳も年上のむさ苦しい中年男にマリーがなびくと思えないが、指を咥《くわ》えたまま何もせず後悔するよりいくらかましだ、と自身を鼓舞して山荘に通うことを決めた。

将軍の休暇は十日に一度。その全てをマリーとの逢瀬にあてた。

マリーの住まう山荘は、国の北端、北部山脈の中腹にあった。王都から早馬でも片道一刻かかる道のりを往復するのは、決して楽なことではない。ときには吹雪で視界が霞《かす》む日もあったが、マリー会いたさに雪中行軍並みの雪山登山を続けた。

――冬は陸の孤島となるような山奥で、商家のお嬢様が病気療養などするだろうか……?

容赦なく吹きすさぶ雪嵐の中、クライスは何度も疑念に駆られた。

――マリーは事情があって山奥暮らしを余儀なくされているに違いない。

その事情が何であるか、クライスには知るよしもない。少なくとも、偶然助けた赤の他人には明かせない内容なのだろう。

マリーがこんな山奥で暮らさなければならない理由を知るには、彼女の信頼を勝ち取るしかない。

もしこの恋が成就する日がやってくるなら、きっと彼女から事情を話してくれるはずだ。

クライスはそう自身に言い聞かせ、山荘通いを続けた。

その努力は誠意として伝わったのか、訪問回数が重なるごとに、クライスを警戒していたマリーの表情は徐々に和らぎ、必要最小限だった会話も弾むようになっていった。

そして季節は移ろい、雪解けが近い頃を迎えた。

春めいた日差しが差し込む居間で、クライスはマリーが手ずから淹《い》れた花茶を楽しんでいた。

「そういえばここに来る途中で、雪割草が咲いているのを見ました」

なにげない一言に、マリーの顔がぱっと輝いた。

「もう咲いたんですか！　どんな雪割草でした？」

「ええっと。花弁は地色が白で内側に向かって赤が濃くなっていて、雄しべは……何色だったかな」

クライスは記憶を辿りながら、

――雪割草よりマリーのほうが絶対に綺麗《きれい》だ。

と思ったが、口には出さない。

マリーから寄せられる好意に薄々ながら気づき始めていたが、決定的な何かを口にして関係が壊れてしまうのは避けたかった。

「散歩がてら、一緒に見に行きますか？」

誘ってみると、マリーは後ろに控える使用人を振り向き、「行ってもいいですか？」と問うように小首を傾げた。

使用人は「仕方ありませんね」と言いたげな顔つきで、渋々と頷いて許可を出す。

クライスは茶杯を傾けながら、その様子を観察していた。

お嬢様が使用人の機嫌を窺《うかが》うようにするのは、やはり不自然だ。

そうしてマリーが常に使用人らの許可をもらうのが、クライスは気になっていた。彼らがただの使用人であるなら、雇用者側であるマリーはもっと堂々と女主人らしく振る舞わなければならない。

——おかしい。

疑惑は深まる一方だが、クライスはあえて訊かなかった。

傭兵然とした使用人が外出を許可してくれるようになっただけでも、大収穫である。クライス・グレゴールは安全、と判断されたのだろうから、今日のところはそれでよしとすべきだ。

「ゆっくり降りてくださいね」

後ろからしっかり使用人がついてくる中、二人乗りの騎馬で雪割草の場所に到着し、クライスは先に下馬して両腕を差し伸べた。

はい、と頷きながらマリーが身じろいだ瞬間。付近の大木に積もっていた雪が、どさりと音を立てて地面に落ちた。

静寂の満ちた森に、突然大きな音が響いて驚いたのか、馬が小さくいないいてたたらを踏む。

「きゃ……っ」

マリーは体勢を崩し、クライスの胸元に落下した。衝撃を少なくするため、小さな体を抱きとめたまま後方に転ぶ。

「大丈夫？　申し訳ない、普段は大人しい馬なんだが」

「す、すみませんっ。大丈夫です！　全然どこも痛くないです！」

マリーはクライスを下敷きにしたままの格好で、慌てて上体を起こした。

どきどきと心臓が早鐘を打っていた。

腕の中の人は、思っていた以上に小さく細い体をしている。そして、ゆったりとした外套《がいとう》の喉元から胸の谷間を見てしまい、クライスは大急ぎで顔を逸《そ》らした。

「うわ、ごめんなさいっ！」

マリーはクライスが目を背けた理由に気づき、顔を真っ赤に染めてすぐに立ち上がった。

「いや。こちらこそ申し訳ない」

遅れてクライスも立ち上がり、平静を装って外套についた雪を払いのける。

——チラ見してしまった。

結構大きかったよな、とも思ったが、紳士を装うクライスはもちろん口には出さない。

——いや。見てしまって得をした。こちらこそ申し訳ないくらいありがとう！

などと心の内を明かしてしまったら、幻滅されること間違いなしだ。男らしい下心は死ぬ気で隠

すべき場面である。

胸の大きさの件もそうだが、見かけによらないマリーの魅力に、急速に惹《ひ》かれ始めていた。

それを実感したのは、帰り道でのことである。

「まだ疲れていなかったら、歩いて帰りましょうか」

クライスの誘いに、マリーは「はい」と嬉しそうに頷いた。

木漏れ日がきらきらと輝く森を散策していると、別荘地に避暑で滞在する誰かが置き忘れたらしい古い罠《わな》に、野うさぎがかかっているのを発見した。助けてあげなくちゃ、と言い出すだろうか、とクライスはマリーを見た。

が、マリーはすたすたと罠に歩み寄り、

「えいっ！」

と威勢のいいかけ声で、固く閉じた鉄の口を力ずくで裂いて破壊し、野うさぎを救助した。

「……マリーさんは結構力があるんですね」

クライスは驚きに目を瞠った。マリーの細く小柄な体のどこに、そんな力があるのだろう。

見かけによらずしっかりした人だな、と見事に破壊された罠をまじまじ眺めながら感心していると、マリーは自身が病気療養中の身だったことを思い出したのか、

「ごめんなさい。急に寒気と眩暈《めまい》が」

と長い睫《まつげ》に覆われた瞳を伏せて、自身の体を抱くように身を縮めた。

――いつか、マリーの抱える事情を打ち明けてくれる日が来ればいいが。

そんなふうに思いながら、クライスは自身の外套をマリーの肩にかけた。

「クライス様が寒くなりますから」

「俺は大丈夫。この程度の寒さでいちいち風邪を引いていたら、将軍なんて務まりません」

遠慮するマリーに微笑する。

——さっき、いいものを見せてもらったことだし。

本当は後ろめたさ混じりだったことは、当然言わなかった。

「わ……。大きな外套ですね」

クライスの外套の前襟を掻《か》き合わせながら、マリーは可笑《おか》しそうに笑顔を零《こぼ》した。

マリーには大きすぎる外套の裾が彼女の踝《くるぶし》まで覆い、歩き辛そうだったのは思いもよらない幸運な出来事だった。

「転ぶといけない。手を繋《つな》ぎましょうか」

まるで外套が歩いているようなマリーに手を差し出すと、自然に小さな掌《てのひら》が重ねられた。

なんだか無性に背中がむず痒《がゆ》い。まるで初恋をした少年のようで馬鹿丸出しだな、と呆《あき》れながらもニヤニヤしてしまいそうな顔を引き締めるのに必死になりつつ、クライスは訊いた。「何か欲しいものはありますか。買ってきますよ」、と。

——振り返れば、二十歳の年の差を感じる瞬間はあまりなかったように思う。

王女マリアンヌは、世間から長い間隔絶され、人目を避けて暮らしてきたのだろう。

若い女性らしい浮ついた雰囲気もないし、口調や仕草もおっとりとしていて、男所帯の暮らしが長いクライスの胸をなだらかに落ち着かせてくれていた。

髪留めをねだられた時は、「これは……っ」と天にも昇る思いだった。おっさんでもいいですよ、ということなのだろうと勝手に思い込んでしまったのだ。

クライス・グレゴールという男は、心底馬鹿な人間である。

マリアンヌにとってのクライスは、相手にするしない、の問題ではなかった。

一生涯命がけで、双子の呪縛から逃げ続けなければならない人だったのだから。

——可哀想に。

マリアンヌは髪留めを持って、クライスから去ろうとしていたのだ。

彼女が置かれていた境遇を想像するほど、クライスの胸は引き絞られるようにぎりぎりと痛みを訴えた。


『王家で生まれる双子のうち、のちに生を受けたほうは凶星である』

クライスが聞いたところによれば、ライノーレ王家に伝わる双子の神託は建国二百年のごく初期に、当時の国王が重用していた呪術師が告げたものらしい。

王立士官学校を首席で卒業した十八歳の年から、さっそく戦場へ出ていたクライスに言わせれば、「呪いなど言い出す輩《やから》は、頭の中に変な虫を飼っているに違いない」と鼻で笑いたくなる馬鹿馬鹿しさだが、王家は言い伝えを忠実に守ってきたのだそうだ。

クライスがマリー嬢の正体を知ったのは、彼女に髪留めを贈りに行く前夜のことだった。

まだ寒さを残す透き通った春の夜空に、煌々《こうこう》とした満月が輝いていたその日、のちに「一日革命」と名づけられる、国軍による政変が決行された。

狙うは国王リチャードの首である。

『ライノーレ王国史上、稀代《きたい》の愚王』

我侭《わがまま》王子と呼ばれたリチャードのあだ名が愚王に変わったのは、戴冠から間を置かずしてのこと。オルブライ公国が終戦直後に病死した先王の希望した賠償条件を承諾し、公式に敗戦を認めたのに飽き足らず、「元々ひとつの国だったのだから、我が国が併呑《へいどん》すべきだ」と言い出す始末で手に負えない。

オルブライとライノーレがひとつの国だったのは、二百年も大昔の話で、今となっては国教も話す言葉も別にしている。そんな国を併呑したところで、上手くいかないのは火を見るより明らかだ。そもそも、上手くいく公算が少しでもあったなら、十五年も手こずっていないのだ。

欲しいものは大声で叫べば手に入ると信じて疑わない、まるで子供のような君主を戴《いただ》いて苦労するのは、臣民である。

リチャードの独断を許し続ければ、いずれ国民による一斉蜂起が始まってしまう。隣国との戦争で疲弊しきった国軍の次の相手が自国民だなど、冗談にしても笑えない。

絶対的権力を持つリチャードを何とかできないかと、国軍が貴族院と密談した結果、「王権を削《そ》げば我々の立場も危うくなる。徐々に法から変えていくしかないだろう」と話が煮詰まり、国軍を中核とした革命軍を発足させるに至った。

民兵を含む貴族軍と起こした反乱に対し、見せかけばかりの抵抗はあったものの、政変はたった一刻足らずで終了し、王城は傷ひとつない無血開城で引き渡された。

急速に関係が悪化していたオルブライ公国との小競り合いで転戦を続けてきたクライスは、「え？もう終わり？」と拍子抜けしたが、腰に帯びた剣の切っ先が誰も傷つけることなく政変を終えることができて、心の底からほっと胸を撫で下ろしていた。

――あとは阿呆《あほう》な国王に退場してもらうだけだ。

ライノーレの法では、存命中の王権譲渡は認められていない。

いずれ貴族院が改正する予定だが、国中の貴族達の同意を集めなければならないので時間がかかる。しかし法が変わるのを待つ余裕がライノーレには残っていないのだから、戴冠一年未満のにわか国王には「自害」してもらうしかない。

全てが計画以上に順調に運んでいた。

王城にいるはずのリチャードの姿がどこにもなかったことを除いて。

「リチャードの奴《やつ》。どこに行った」

クライスは苛立《いらだ》って、舌打ちをした。

国軍総出で城内をくまなく探しても、リチャードは見つからない。

「おかしいですね。一週間も前から包囲網を敷いていたというのに……」

厳しい表情で唇を結んだのは、貴族院議長アンダーソン侯爵である。

貴族院はおおまかに、絶対王政を唱える王政派と、脱王政を主張する議会派に二分されている。

アンダーソンは齢《よわい》四十歳にして議会派の筆頭であると同時に、法の遵守を訴える貴族院きっての頭脳派だ。

「リチャードを最後に確認したのは、日が暮れる前です。城内に内通者がいたとしても、逃げ出すのを助ける奴なんていないでしょう」

たった一年足らずで失政を重ねたリチャードの味方は少ない。政変の情報が漏れていたとしても、国軍の目をかいくぐる危険を冒してまで愚王の逃亡を助ける者など……。

そこまで考えて、クライスははっと顔を上げた。

いた。命がけでリチャードを助けようとする者が。

「……宰相はどこにいますか」

アンダーソンもクライスと同じ考えに至ったらしい。

低い問いに、クライスは側《そば》についていた副将軍レイモンドを振り返る。

レイモンドは軽く頷いて答えた。

「抗戦に乱入した王政派の連中とともに、地下牢《ろう》に繋いでいます」

宰相は全ての王城職を束ね上げる、血族継承の役職だ。

宰相家はライノーレ王家が興《おこ》った二百年より古く家系図を遡れる、由緒正しい血統を誇る。政治的権力は皆無だが、王家による強力な庇護《ひご》と婚家の斡旋《あっせん》、財産の一部共有など、多岐に渡る優遇を強みにしている。

現当主は先王より仕えた忠臣で、リチャード逃亡に一枚噛《か》んでいる者がいたとしたら彼しか考えられない。

国軍に対し多勢に無勢だった王政派が丸腰同然の装備で立ち向かってきた時、無駄な抵抗をするものだと呆れ半分にねじ伏せたのだが、もしそれがリチャードが城から落ち延びる隙を作り出すための陽動だったとしたら、夜半《よわ》をすぎた今となっては逃げおおせたあとだろう。

「リチャード陛下はオルブライ公国へ亡命した」

地下牢の宰相は、アンダーソンとクライスの顔を見るや観念したように白状した。

「オルブライだと？　つい昨日まで再戦するって喚《わめ》いていた国に亡命するなんて、信じるわけがないだろうが」

クライスは声を荒らげ、宰相と向かい合いに挟んだ机を強く叩《たた》いた。

宰相はクライスの尋問に淡々と答え続ける。

「オルブライにも再戦を望む輩がいるのですよ。王政派は彼らと密約を結び、陛下を亡命させたのです」

「宰相のくせに、止めなかったのか？」

「我が宰相家に求められるのは、忠心のみ。王命と言われれば逆らうことなどできません」

「王命、ね。リチャードは国庫を食い潰すことしか考えていなかった。形勢が不利とわかった途端、尻尾を巻いて逃げ出した奴を、王と呼べるのか？」

「誰が王にふさわしいか決めるのは、宰相家の役目ではありません。いざという時の命綱として、宰相家は王家とともに歩んできましたから」

「忠義なことだな。リチャードは宰相家を見捨てたっていうのに」

クライスは皮肉混じりに鼻を鳴らした。

国王になるには頭が足りないんじゃないのかと常日頃から思っていたが、建国以来二百年もの長きに渡って王家に仕えてきた宰相家当主を生贄《いけにえ》に差し出すような真似《まね》をするなど、つくづくも嫌な男だ。

「見捨てられることも、宰相家の仕事のひとつだったのかもしれません」

宰相は少しだけ黙りこくってからぽつりと呟いた。と、牢の鉄柵が開かれた。

「では、私に王権が委譲されることをさっそく議決しましょう」

牢に入ってきたのは、アンダーソンだった。

「先王陛下の子は一人だけ。そのリチャード陛下は未婚で、妾《めかけ》も子もありません。王家は玉座を放棄したリチャード陛下を最後に、王位継承者を失いました。となれば法にのっとって、貴族院が選出する新たな国王がライノーレを治めることとなります。そうですね？」

冷ややかな声音でアンダーソンが確認を求めると、宰相は首を振った。横に。

「いいえ。王家にはもう一人、王位継承者が残されています。ここに、王家伝来の系図を見たことがある者はいますか」

クライスはアンダーソンと顔を見合わせ、軽く頭を振った。念のために後ろの部下らに視線をやったが、やはり同じ反応だった。

誰も返事をしない中、唐突に謎めいたことを言い始めた宰相を、アンダーソンは不審な目で見やった。

「私もありません。系図は、宰相職を与える者が代々伝えていくものだと承知しておりましたが」

「ええ、そのとおりです。まずは王家の系図をご覧いただきたい」

半信半疑ながらも、クライスが宰相が指示した彼の自室の棚を探ると、そこには巻子が隠されていた。

地下牢に戻ってアンダーソンに巻子を手渡す。アンダーソンは縦に長い巻子を開き、上から順に目を走らせていたが、その顔がとある場所でぎくりと強張《こわば》った。

「どうしましたか」

横から声をかけると、アンダーソンは無言で巻子を差し出した。受け取って確認してすぐ、クライスも声を失った。

「ご覧のように、先王の子はもう一人残されているのです」

先王の名の下に、リチャードに次いで「マリアンヌ」と記されていた。

どちらの子も、母后は亡き王妃の名が記され、出生年月日も同じ日付となっている。すなわち双子だ。

「法にのっとるなら、王権はマリアンヌ王女殿下に即刻移譲されますな」

宰相は双子に関する神託を口にし、続けた。

「先王陛下は王妃が遺《のこ》した双子の妹を、処分することができなかったのですよ。それだけなら私とて、お優しいことだと涙ぐみさえしたでしょう。ところが先王陛下は、名を刻めとおっしゃった」

処分とは、無垢《むく》な赤子を手にかけることだろう。

「……それも王命だったのか？」

クライスの問いに、宰相はうな垂れるように首肯した。

「もちろん、それも王命でしたよ。一度は反対しましたがね」

「王家では双子が生まれるたびに、神託を守ってきたのか？」

「ライノーレ建国以来、およそ十組ほどの双子が神託の犠牲になったと聞いています」

「およそ？　とは、どういうことだ。はっきりした数がわかっていないのか？」

クライスが語気を強めると、宰相は忌々しげに顔を歪《ゆが》めた。

「不吉な子供を記録に残すことも、また不吉だ。宮廷医が腹の子は双子で間違いないと事前に診立てたときは、妃《きさき》や妾ごと処分したことが幾度もあったと宰相家に伝えられています」

ぞっとした。

戦時下でもあるまい、女子供によくもそんな残虐な振る舞いができるものだ。

「……別の奴の聴取に行ってくる」

牢の隅で記録を取っていたレイモンドが席を立った。

悪魔のような残忍な所業に、独身のクライスでさえ顔をしかめたほどである。幼い女児二人の父親であるレイモンドは、胸を悪くしたようだ。

「リチャードは双子の妹がいたことを知っていたのか？」

重苦しい雰囲気の中、単刀直入に訊くと、宰相は力なく小さく笑った。

「リチャード様はご存じなかった。知っていたら、妹に政務を押しつけていたに決まっているでしょう？」

国王の敵国亡命は想定外だが、自国の君主をこの手で斬るのは歓迎すべきことではない。その点においてのみ、リチャードが逃亡してくれて良かったと内心で安堵《あんど》していたクライスである。

新国王アンダーソンが誕生したのちは、速やかに王政廃止が成されるよう法整備に尽力し、ライノーレに降りかかろうとする戦の火の粉を払いのける軍務に精を出すつもりでいた。

リチャードの亡命は自害と同じ結果をもたらすが、まだ王位継承者がいるならば話は違ってくる。

「で、そのマリアンヌ殿下とやらはどこにいる」

いよいよクライスは核心に迫った。

宰相の口調にはぶれがない。この期に及んで嘘《うそ》をつくような真似はしないだろうと判断する。

「マリアンヌ様は、北部山脈の山腹で暮らしている」

「北部山脈？　ずいぶんと辺鄙な場所に住んでいるんだな」

「記録はしたが生きてはならないはずだったマリアンヌ様は、離宮にも幽閉できなかった。商家の娘と身分を偽り、病気療養で滞在するお嬢様として暮らしてもらっていたのだ。私兵を使用人として就かせているから、まあ幽閉には違いないでしょうがな」

病気療養中の商家の娘。兵士のような使用人。どこかで聞いた話だった。

——まさか、マリーが？

信じられない、というより、信じたくない心境だった。

マリアンヌ殿下とクライスの知っているマリー嬢は別人に違いない、きっとそうだ。

祈るような気持ちで向かった邸宅を捜索すると、宰相とやり取りした手紙が出てきた。

この冬、何度も顔を合わせた使用人達——王家の私兵らも、実はマリアンヌの乳姉妹だと口を割った侍女ユリアナも、「マリーはリチャードの双子の妹、マリアンヌ王女殿下だ」と証言した。

先王の寵愛《ちょうあい》を死してなお一身に受け続けた王妃は、栗毛《くりげ》に黒色の瞳をしていた。リチャードも栗毛に黒色の瞳をしていた。

『近くにお住まいの方ですか？』

山脈の方角から、冷たい雪が舞い降り始めたばかりの季節。クライスが声をかけて振り返ったその人も、風を孕《はら》んだようなふわふわとした栗毛に、黒曜石の如《ごと》き漆黒に潤んだ瞳をしていたのは、その場面ごとしっかり脳裏に焼きついていた。

第二章　髪留め

『王家で生まれる双子のうち、のちに生を受けたほうは凶星である』

王家に伝わる伝承に従い、マリアンヌは出生から間もなく、山奥で暮らしてきた。

王妃であった母は王太子リチャードとマリアンヌを産み落とした直後、産褥《さんじょく》を悪くさせ命を落としている。

マリアンヌを養育したのは、王妃に仕えていた侍女だった。

男爵家に嫁いだ侍女は出産したばかりで、王妃が双子を産むや王城に呼び戻され、マリアンヌの乳母《うば》を任ぜられた。

彼女は自身で産んだ女児ユリアナをマリアンヌの乳姉妹とし、十歳を迎えるまでの間、ともに暮らした。

王城から派遣される三人の護衛が三年おきに順に交代するのと、宰相家の人間を除き、滅多に人が近づかない山荘で、マリアンヌは幽閉同然の生活を強いられていた。

しかしマリアンヌにとっては、かけがえのない大切な日々だった。

天気のいい日は午前と午後の一日二回散歩をする。

うっそうと茂る木々の枝から枝に飛び移る野鳥を見上げながら、野うさぎと戯れ、食卓に使えそうな野草を摘んで山荘に戻り、ユリアナや護衛達と談笑を楽しむティータイムを終えてから夕食の支度をすると、あっという間に夜が忍んでくる。

積雪の季節は薄暗い屋内にランプで灯《あか》りを点《とも》し、宰相家から差し入れられたり、定期的に下山する護衛が食材や生活用品とともに調達してくる本を読みふける。

静かで穏やかな生活は、ともすれば退屈な毎日の繰り返し。ただひたすら単調で変化がない。けれどマリアンヌは、何も期待できない代わりに何も起こらない平坦な暮らしぶりこそ大切にしてきたのだ。

マリアンヌは、マリー、と名を偽っていた。身分も王族ではなく、病気療養中の商家の娘。

ライノーレに第一王女は存在しないことになっている。父王は後添えを娶《めと》らなかったので、王家の子は王太子一人だけ。

第一王女は死んでもいないし生きてもいない。

そんなマリアンヌの存在がもし明るみにされたとしたら……。

自分はともかく、ユリアナはどうなるのだろう。嫁ぎ先に戻った彼女の母は？

漠然とした不安が毎日を窮屈にしたが、マリアンヌにできたのは、与えられた暮らしに満足することだけだった。

――わかっていたくせに恋なんてしたから、天罰が下ったのだ。

山を下りる五頭立ての馬車の窓から、のどかな風景が流れていく。

マリアンヌは外をぼんやり眺めながら、正面に座す貴族院議長アンダーソン侯爵から状況説明を受けていた。

クライスはアンダーソンの隣席で、俯き加減にマリアンヌの様子を窺っている。

マリアンヌの隣席には、膝上に短めの剣を置いた男が座していた。王城詰めの警吏《けいり》だろうか、いかめしい鎧《よろい》を纏《まと》っている。

馬車の扉はひとつしかない。唯一の出入り口扉を塞ぐように武装した男が位置しているのは、護衛のためだろうが、マリアンヌの逃亡を防ぐような配置にも見える。

「王家では、あとから生まれてきたほうが殺されてきたのだそうです。マリアンヌ殿下は先王の王命によって生かされたと、宰相が話していました」

神妙な面持ちのアンダーソンに、マリアンヌは一瞬何を言われたか理解できず、のろのろと口を開いた。

「アンダーソン様。宰相閣下からは、双子のうちあとから生まれたほうは、王家と関わってはならない言い伝えだと聞かされていました」

リチャードに次いで生を受けたマリアンヌは、王家が呪われてしまわないよう、王城から遠く離れた山奥で養育されることになったのだと思っていた。

――本来なら、私は赤子のうちに殺されていた……？

マリアンヌは無意識に、膝に置いていた掌を、指の先が白くなるまでぎゅっと強く握り締めた。

「そうでしたか。その宰相ですが……。今朝、取調べを行っていた地下牢で自決なさいました」

「自決……？」

物騒な言葉に身を固くする。

「リチャード陛下の亡命を見逃してしまった責任をお取りになったようです。留学中のカルロには、急使を出しました。彼が戻るまで、宰相の亡骸《なきがら》は王城内で安置することになりました。到着次第ご案内いたします」

王城とのやり取りは、全て宰相家を通じて行っていた。窓口役を担っていた嫡男カルロは、マリアンヌと同い年で、北部山脈を挟んだ北方の同盟国に二年前から遊学に出ている。

カルロは生活日用品を差し入れるために月に一度の頻度で山荘を訪れていたが、遊学に出てからは、父親の宰相がその役目を引き継いだものの、リチャード即位からは多忙を極めていたのか、ぱったりと訪問が途絶えていた。

マリアンヌがまだ幼い頃は、何かと親切にしてくれた宰相が父だと思っていたこともあった。

「……貴族院は、兄王陛下を弑《しい》すおつもりだったのですか？」

マリアンヌは息を殺し、表情をみるみると強張らせた。

馬車の中には火鉢が備えられている。車内の空気は暖かいはずなのに、マリアンヌの声は背筋を這《は》う寒気のせいで細かく震えていた。

「ええ。自害と偽って発表する予定でした」

「私も殺すのですか？　ユリアナは。彼女はどうなりますか？　私の乳姉妹なんです。男爵家から王妃殿下の元へ出仕していた女官の子だと聞いています。調べてもらえればすぐわかりますから、ユリアナは実家に戻してやってください。このとおりですから、どうかお願いします」

矢継ぎ早にまくし立てると、山荘から堪《こら》えていた感情が喉元まで溢《あふ》れるようにせり上がり、眦《まなじり》に涙が滲《にじ》んだ。

「マリー……マリアンヌ殿下、どうか落ち着いてください。あなたとユリアナさんの身の安全は俺……私が確かに保障しますから」

これまで一言も発しなかったクライスが、唇からも血の気を失ったマリアンヌに語気を強めて言い聞かせた。

目に心配そうな色を浮かべるクライスに続くようにして、アンダーソンが穏やかに頷く。

「我々としては、王族殺しが秘密裏に行われていたことからして、寝耳に水でした。革命軍による政変ののちは、貴族院選出の議員が国政を担えるようにするために、法改正を予定していたのです。ですが、王位継承者が残っているなら、玉座を継いでもらわねばなりません」

馬車の外を流れる風景は雪を徐々に薄くし、田園の中に家屋がぽつぽつと混じり始める集落に達して、やがて王都に入っていく。

高い城壁を構える門を抜け、夕暮れを迎える市場を通りがかった。

一生訪れる機会はないだろうと羨望の眼差しを向けていた王都は、往来が多く活気に満ちている。

「可及的速やかに法改正がされるよう尽力いたします。この先数年ほどは窮屈な生活が続くと思いますが、我々貴族院に力を貸してくださいませんか」

道路を行き交う人達の手には、どっさりと食材が詰め込まれた籠が提げられている。夕食の支度をするために帰路を急いでいるのか、皆早足だ。

——私はどこに帰るのだろう……？

法改正のあと、マリアンヌの処遇はどうなるのだろう。形式的な王族として、王城に留《とど》まるのだろうか。

「侍女のユリアナ様とは、明朝食事を一緒にできるように取り計らいましょう」

マリアンヌの気持ちを宥《なだ》めるように、アンダーソンがにこやかに微笑する。彼は先王王弟に連なる血族だが、それを置いてもマリアンヌを丁重に扱おうとしてくれているようだ。

ライノーレ建国二百年の歴史上、即位した女子王族はない。王位継承順位が男子優先とされているためだが、リチャードは独身で子を有していない。もしマリアンヌの存在が秘されたままであったなら、王家は断絶と見なされ、法にのっとって貴族院から選出されたアンダーソンが即位する筋書きだったのだろう。

——親切で当然なのか。

なんだかいたたまれない気持ちで、賑《にぎ》やかな路地から目を逸らす。

マリアンヌは法が速やかに変わるまで、傀儡《かいらい》女王として王権を振るうことを求められているのだ。

「それにしても、マリアンヌ殿下は亡き妃殿下に本当によく似ておられる。妃殿下が王家に嫁がれたのは十六歳の頃でしたから、なお面立ちが重なって懐かしく感じます」

だんまりを決め込んだマリアンヌを気づかっているのか、アンダーソンの口調は柔らかだ。

「グレゴール将軍は妃殿下のお目にかかったことはありましたか？」

「十八年前、入軍式の折に遠目でお見かけしました。ずっと戦場住まいなので、それきりです」

クライスは決まり悪そうに、マリアンヌをちらと見やってからすぐ視線を外してしまった。

馬車は小高い丘に聳《そび》え立つ王城に向かって走り続け、マリアンヌが住んでいた山脈をどんどん遠くにしていく。

背丈の揃った街路樹が行儀よく立ち並ぶ大通りを駆け抜け、王城へと近づくにつれ、息苦しくなってくる。

身分と名前を偽ったマリアンヌに、クライスは嫌悪感を持っただろう。そもそも二十歳も年齢差があったのだと、今さらながら気づかされる。

視界の端に、クライスが膝に置く手が映った。軍人らしい、大きく無骨な手だ。マリアンヌの掌を握ってくれた体温は、じんわりとして心地よかった。「もう少しだけ。この雪が解けてしまうまでの間だけ」と言い訳を繰り返しながら、まるで全身を包み込まれたかのような安心感に浸っていた日々は、もう遠い。

——夢を見ていたのだ。

自ら稼ぐ必要がない気楽な幽閉生活に、満足しておけばよかったのに。恋という贅沢を覚えてしまったから、こんなにも苦しい思いをする羽目になったのだ。

胸元まで伸ばしていた栗毛は、いつもなら緩く束ねていたはずだった。今日に限って、朝から入念に櫛《くし》を入れていた髪は、クライスの目にはどう映っているだろう。

マリアンヌはクライスを騙《だま》してしまった。愚かな王女だと思われていても不思議ではない。

クライスと別れる前に、母と同じ色だと聞いていた栗毛の髪に、あの節ばった長い指で触れてもらいたいだなんて、分不相応な願いだったのだ。

「何かご不安なことや訊いておきたいことなどはありますか」

王城へと続く一本道を馬車が勢いよく走り抜けていく中、アンダーソンが問う。

「ユリアナのことだけ、心配しています」

長槍《ながやり》を構えた衛兵が立つ門が見えてきたところで、馬車は速度を落とした。

「彼女については素性から調べ直します。マリアンヌ殿下の侍女に就けるよう配慮いたします」

馬車が止まり、外から扉を開かれる。

最初にクライスが降り、アンダーソンが続いた。

マリアンヌの隣にいた男が「どうぞ」と恭《うやうや》しく先を促した。腰を上げた時は何ともなかったのに、足元に架けられた階段に歩を進めた瞬間、くらりと眩暈が襲う。

――ユリアナの素性を調べ直す……？

マリアンヌは愕然《がくぜん》とした。それは、ユリアナまで死んでいたことにされていたのを意味していた。

崩れるように馬車から落ちかけたマリアンヌの体を、クライスが即座に抱きとめた。

「……マリアンヌ殿下、お怪我はありませんか？」

クライスを下敷きにしたのは、いつかと同じ状況だった。けれど「殿下」と呼ばれると同時に、ずきんと胸が傷つく音を聞いた気がした。

「マリアンヌ殿下もお疲れでしょう。詳しい話は明日で構いませんから、それまでゆっくりおやすみになってください」

アンダーソンが差し伸べた手を借りて立ち上がる。

もうクライスが、マリーさん、と親しげに呼ぶ機会は二度と巡ってこないのだろう。

鋭い剣の切っ先で心臓を突かれたように、きりきりと胸が痛んだ。


王城入りしたその足で、マリアンヌは宰相の亡骸と対面した。

宰相には嫡男の他に、五歳になったばかりの次男がいる。アンダーソンによると、宰相は二人の子供と宰相家の存続を遺言に残し、亡くなったのだそうだ。

二百年以上続いた宰相家の当主が、第一王女を残して自害するなどあり得ないと油断していたのかもしれません、とアンダーソンは一瞬の隙を突かれたことを悔いていた。

最後に会った日より、宰相はやつれていた。苦労したのだろう。

枯れたように老いた冷たい手を握って、心の中だけで静かに別れを告げる。

口を開けば泣き喚いて、後ろでマリアンヌを見守っていたアンダーソンやクライスを責めてしまいそうだった。

宰相はひたすら一途に王命を守り、家柄に恥じない仕事をしただけだ。なのにどうして、地下牢に繋がれた挙句、自害して責任を負わねばならなかったのだろう。

——亡命した兄と、雲隠れしていた私のせいだ。

答えはすぐに出た。双子の伝承が諸悪の根源といえども、生まれながらの幽閉生活に甘んじていたマリアンヌにも責任はある。

愚王と呼ばれていたリチャードは、しかし王位を継いだ点では責務を果たしたと言える。

——今度は私の番だ。

傀儡女王として人形になりきればいいだけの簡単な仕事である。

私に一国の君主なんて大役は務まらない、なんて泣き言を口にしてはいけないのだ。

「……すぐカルロ様が参りますからね」

誰にも聞こえないように、小さく囁《ささや》いて、マリアンヌは宰相の側を離れた。

「国王の寝所はまだ片づいていないので、当面は王妃の部屋を使ってください」

アンダーソンに自室として案内されたのは、母も使っていたという王妃の寝所だった。

「しばらくはグレゴール将軍が直接護衛任務に就きます。——以前からのお知り合いだったと、グレゴール将軍から伺いました」

アンダーソンと肩を並べていたクライスが、マリアンヌに合図するように軽く頷いた。

「……山荘に向かう前に、この冬にあったことをアンダーソン議長に打ち明けました」

マリアンヌは無言で首肯した。

妥当な判断だ。出会いのきっかけは、軍務中の事故。隠し通せることではない。クライスが数ヶ月に渡って山荘に通っていた事実を知る人も、少なくないはずだ。

「明日の夜は議員を交えた夕食会を予定しています。何かあったら、いつでも言いつけてください」

では、と言い置いて辞去した二人と入れ代わるように、女官長だと名乗る中年女性が入室した。

「おやすみになれないようでしたら、甘いものでも持ってこさせましょうか？」

三人がけのソファに座ったまま動こうとしないマリアンヌに、正面の扉の側で立っていた女官長が声をかけた。

「いいえ。要りません」

マリアンヌを軟禁するつもりなのだろうか。頭を振っても、女官長は扉の前から動こうとしない。

——私はどこにも行かないのに。……行くあてもないけれど。

ユリアナの安全が確認できていないこともあるが、その場しのぎの傀儡君主となる覚悟は固まりつつある。玉座に上《のぼ》って、働くことなく平穏な暮らしを得ていた対価を払わねばならない。

リチャード亡命に関しては、良い側面もあった。

ライノーレは法治国家だが、君主制継続を唱える者も多い。

法を司る貴族院は、王家に連なる血族で主に構成されている。だから王権は法より強くなりがちで、あれこれ口うるさく手のかかる若輩国王より傀儡女王を戴いたほうが、既得権を手放したくない貴族にとっては都合が良いのだ。

明日の夜、貴族院で役職を有す議員や、王城詰めの関係者を交えた夕食会の予定がさっそく入れられている。顔合わせを兼ねたその席で、今後について懇談するとアンダーソンが言っていた。即位の段取りや戴冠式の日取りについて話し合うらしい。

——王権とは、そんなにすごいものなのだろうか。

実感は全くないが、国でただ一人しか手にすることのできない力を、マリアンヌは持っているのだそうだ。使いようによっては邪悪にもなり得る、禍々《まがまが》しいまでに絶大な権力が、目に見えない重さでマリアンヌを押し潰す。

——潰されたほうが気楽でいい。

潰されて腐った中身を綿に詰め替えて、いっそ本物の人形になれたらいいのに。

——山へ帰りたい。

そう思った時、扉が開かれた。

入室したのはクライスだった。

「マリアンヌ殿下と少しだけ二人で話をしたい。アンダーソン議長の許可はもらっているから、あなたは下がっていなさい」

はい、と女官長は返事をして、扉の向こうに姿を消した。

漆黒の軍服を前に、マリアンヌは顔を強張らせてソファから腰を上げる。

「すぐ済みます。どうかそのままで」

クライスは手で制し、マリアンヌを座り直させた。

「顔色が悪い。眠れそうにない?」

クライスは気安い口調に戻り、マリアンヌの隣に腰かけた。

深い闇色をした軍服に、右肩から下がる黄金《こがね》色の警縄が揺れる。軍服と同じ色の髪をしたクライスの瞳に、数刻前まで住んでいたはずの風景が見えた気がした。うっかり気を緩めてしまえば、涙が零れてしまいそうだ。

「あの。何の御用向きでしたでしょうか」

ぐっと涙を堪えて問う声は、緊張のせいもあって、恐怖するように震えていた。

「マリーさんの様子が気になって」

クライスは無邪気な笑顔を浮かべた。ずいぶんお人よしだな、とマリアンヌは胸の中で苦笑する。

「身分を偽称し、申し訳ございませんでした。私の名前はマリーではなく、マリアンヌです」

深く頭を下げると、栗色の髪がさらさらと肩から落ちた。そのうちひと房だけ、クライスの手が掬《すく》い取り、反対のそれはマリアンヌの頬にあてられ、くいと顔を上げさせた。

「謝るのは俺のほうです」

濃い春の色をした瞳が、マリアンヌを射抜くように真っ直《す》ぐ見つめていた。

頬に伝わる温かな体温に、心臓が大きく鼓動する。

「クライス様が……グレゴール閣下が謝る理由など、何もありません」

「閣下はやめよう」

クライスはやや強い口調で、頭を小さく振った。

では、グレゴール伯がよいのだろうか。と首をわずかに傾げると、

「伯爵様って呼ぶのも禁止です」

マリアンヌの考えを先読みしたかのように、微笑が返された。

「明日の夕食会の席で、マリーさんの結婚相手についても話し合うそうです。アンダーソン議長に

頼んで、俺の口から伝えることにしました」

クライスの判断は正しい。他人から告げられるより衝撃は少なく済んだはずだ。

マリアンヌは知っていた。クライスと結ばれないのは、出会いの時から決まっていたのだと。

諦めなければ、と散々自身に言い聞かせながら、「それでも彼が好き」の言葉を呑《の》み込み続けるのに成功してきたではないか。

「そう、ですか……」

どうにか涙を堪えて、掠《かす》れた声を絞り出す。

ぐっと涙を飲み込むと、からからに渇いていた喉に沁《し》みたのか、ぴりと痛みが走った。

「あなたがふさわしい相手と結婚するその日まで、可能な範囲でマリーと呼びます。そう決めたことを伝えに来ました」

クライスは上着のポケットを探り、何かを取り出した。

あ、とマリアンヌは息を呑む。

燭台《しょくだい》の灯りに照らされたそれは、地金が銀色に艶めく髪留めだった。

花をモチーフにした台座に、色とりどりの宝石がはめ込まれている。花弁は白地。内側に向かって赤が濃くなっていくような配置だ。

その花の名を、クライスと二人で見に行った思い出とともに、マリアンヌはよく記憶していた。

「俺が今日考えていたことを知ったら、マリーはびっくりする」

クライスがマリアンヌの耳の上に、髪留めを挿す。

「いつも髪を結っているマリーが、今日は何もつけずに下ろしてた。髪留めを楽しみにしてくれていたんだろうなって思ったら、王城へ向かう馬車の中でも落ち着かないくらい嬉しかった」

慎重に髪を持ち上げる指先が耳殻をなぞる。ぞくりと背筋が疼《うず》き、マリアンヌは目を細めて吐息を漏らした。

「敵でもないが味方でもない将軍閣下に、身分を明かすわけにはいかなかったんだよな。でも、やっとマリーの秘密を知ることができて、ほっとしてる」

クライスはまんまと騙されて、雪深い冬山登山を十日おきにさせられた。とんだ無駄足を踏まされたと、クライスはマリアンヌを責めていい。なのに彼ときたら善人そのもので、こちらが拍子抜けてしまうほどだ。これでマリアンヌより二十歳も年上だなんて、とても信じられない。

マリアンヌは呆れ半分に、クライスのエメラルドグリーンの瞳を見つめた。

そこには、美しい髪留めで栗毛を飾った女が、恥ずかしげもなくぼろぼろと涙を零す姿が映っていた。

「本当はもうちょっと違う言葉で告白するはずだったけど、まあ内容は同じです。——生涯、独身でいると誓います。あなたの側について、女王陛下をお守りします」

溢れ出す感情のままに、わっと声を上げて泣いてしまったら、すぐ外にいるだろう監視係の女官に気づかれてしまう。

「……見ないでください……」

それだけ懇願するので精一杯だ。

「うん。こうすれば、もう見えない」

クライスがマリアンヌの肩を抱き寄せ、胸元に顔を埋《うず》めさせた。

「ぐ……軍服を汚してしまいます……」

無理に声を堪えようとしたせいか、しゃくり上げたような声音しか出ない。逞《たくま》しい胸板に両手をあてて押し返そうとしても、びくともしない。

「戦場から帰ったら事務処理にばかり狩り出されて、同じのが五着もあるから大丈夫」

クライスはマリアンヌの肩を、子供をあやすように何度も優しく叩いた。

他の人と結婚しなくてはならない身の上になったのに、クライスと離れずに済んだ安堵で、弓のように強く張りつめていた気持ちが緩んだのか、涙を止めることができそうにない。

「政略結婚の件だけど、アンダーソン議長はマリーにふさわしい相手を選んでくれるはずだから大丈夫。もしろくでもない相手だったら、適当な頃合で国軍が闇から闇に葬りますから」

だから心配しないで、とクライスは優しく囁いて、マリアンヌを強く抱き締めた。

「マリー。あなたは必ず、俺が守る」

＊

戴冠式まで残り一ヶ月となったその日。

朝から快晴の天候は午後になっても雲ひとつなく、どこまでも青く澄んでいた。

ライノーレ王国第一王女リディアは、その空と同じ色の瞳をした男との結婚が決まったばかりだ。

目下最大の行事となるのは戴冠式だが、その日のうちに挙式することも決まっている。

戴冠式と同時の華燭の典は、女王マリアンヌに倣《なら》ったものだ。

『せっかくなので、マリアンヌ様にあやかってしまいましょう』

とリディアに提案したのは、麗しの婚約者殿である。

『ロマンチックでいいことだ。いかにも国民受けしそうな、お砂糖たっぷりネタだな。胸焼けを起こすか虫歯にでもなりそうだ』

リディアはあからさまに悪態をついた。何が悪いわけではないが、なんとなく面白くない。

『リディア様も大きな政務を一日で二つも終わらせることができて、負担が少ないでしょう?』

不機嫌さを隠そうともしないリディアに、美しい容貌の婚約者は、ほどよい色づきをした唇をにやりと吊《つ》り上げてみせたのだが。

——あいつは大嘘つきだ。

目の前に積み上げられた書類の山に、リディアは深く溜息を吐く。

各地から訪れる貴賓のもてなしもある中、結婚式の準備までこなさなければならない。体がいくつあっても足りないくらい政務は大量で、忙殺されていた。

影武者が三人ほど欲しい。そんな馬鹿なことを本気で考えてしまう。

もちろんリディアの多忙は婚約者のせいではない。誰にも何の相談もなく突然引退宣言を出してしまった、父王が元凶だ。

ほのめかすくらいしろよ、と文句を言ってやりたいが、ここ数年は大陸戦争勃発寸前の情勢に、国内外は緊張しっぱなしの政情である。元来気弱な父王が、終わりのない激務に音を上げてしまっても無理はない。

父王を「心優しい人」と賛辞する人間は多い。

しかしリディアに言わせれば、あんなのはただの腰抜けだ。

今日着る服でさえ、「赤と青のどちらが良いだろう」と側近らに訊かなければ決められない優柔不断ぶりは、一国の君主としてあまりにも頼りない。

百年前の内戦を機に王制が部分的に復活し、王族の公務負担が増加したとはいえ、女のリディアのほうが「いっそ国王の器にふさわしい」と言われても、それが嫌味だと気づかず、「そうだね。余もそう思う」と朗らかに笑って茶を啜《すす》るのは勘弁して欲しい。

とにかく、今日は書類を片づけなければならない。明日は早朝に王城を出立し、隣国オルブライ公国との国境にある要塞へ出向き、あちらの国王同席の元、軍事協定を見直す予定が入っている。

数刻前に出してもらった茶に手をつけることも忘れ、一心不乱に羽根ペンを走らせ署名に勤しむ。

さて次の書類は、と目の前にある山積みの箱から紙を取り出すと、それは取材申し込みの依頼書だった。取材内容は八代前のライノーレ国王、女王マリアンヌの戴冠と成婚についてのようだ。

「そんなものは自分で調べて好き勝手に書いたらいいじゃないか」

リディアはひとりごちたが、書類の上に滑らせていた目を丸くした。

凝視しているのは、取材予定者の職業欄。驚くことに、女性従軍記者と記入されていた。

現在ライノーレはいずれの国とも戦争をしていないが、同盟や協定に従って、既に戦火が上がっている国々へ軍を派遣することで、間接的に関与している。

あんな泥沼の戦地に女性記者が足を踏み入れているというのも驚きだが、従軍記者であれば無下《むげ》に扱えない。

できればとっておきの何かを話してやれたらいいのだが、としばし記憶をなぞり、ではあの史料を貸し出すかと閃《ひらめ》いて、リディアは執務机の端の鈴を鳴らした。

「お呼びでしょうか」

重厚な扉から入室したのは、老齢の国王補佐である。

彼は十年前まで宰相の肩書きで王城に出仕していたが、年齢を理由に息子へ職務を継承させて以降、補佐として、一歩下がった位置から王家を支えてくれている。

「名前は忘れたが、マリアンヌ陛下に関する資料でエロ本があったな。あれ出しておいてくれるか」

リディアの露骨な物言いが気に障ったのか、補佐は口を曲げた。

「エロ本ではありません。日記にございます」

「そうそう。なんとかっていう副将軍が書いたエロ日記だった」

ぞんざいな物言いを続けると、補佐はリディアを諫《いさ》めるのを諦めたのか、溜息を零して頷いた。

「マリアンヌ女王陛下治世時代の、レイモンド・マルティン副将軍閣下の日記です」

リディアはぱちんと指を鳴らした。

「そう、そいつだ。レイモンドとかいうエロい男の盗み聞き日記だ」

「盗み聞きではなく、聞き取り調査の集積ですが」

「どちらでも構わん、とにかく出しておいてくれ。従軍記者からマリアンヌ女王についての取材申し込みが入っている。女性記者のようだ。すごいな、あんな修羅場に足を踏み入れるなんて」

話をしながらも、リディアは書類仕事を続けて耳半分に聞き流す。レイモンドだかアーモンドだか知らないが、今は時間が惜しい。

この補佐に任せておけば間違いはないのだから、女性記者へのもてなしに関する話はこれにて終了である。

「百年前の内戦で王城を襲撃された折に、半分が城下に散逸しておりますが」

「良い」

「かしこまりました」

腰を折った補佐はそのまま出て行くものと思ったが、なぜかリディアの側まで歩み寄ってきた。

書類に落ちた影で気づき、リディアは羽根ペンを動かす手を止めた。

「どうした？」

「またお茶に手をつけておられないご様子でしたので、入れ替えて差し上げようかと思いまして」

「茶など要らん」

すげなく断ると、補佐は眉間の皺《しわ》を深くした。

「お体に障ってはいけません。適度に水分を取れるよう、酒に入れ替えて参ります」

リディアが大の酒好きであることを、補佐もよく知っている。リディアは羽根ペンを放り投げて立ち上がり、年のせいですっかり細くなった補佐の両肩をばしばしと勢いよく叩いた。

「おまえがあと五十歳若かったら、私はおまえと結婚していたと思うぞ」

「光栄でございます」

リディアの冗談を気にする様子もなく、補佐は淡々と返事をして部屋を出て行った。

宰相は血族継承による伝統職だ。

ライノーレ建国当時から脈々と繋がれた責務は、彼らにとってもはや宿業と化している。

政務に対し出しゃばることなく、痒いところに手が届く絶妙な後方支援をしてくれる宰相はリディアにとって唯一無二の存在で、簡単に手放すことができない。

「まあ、食えない奴らだが」

補佐の跡を継いで宰相職を務めている男の影が脳裏をよぎり、リディアは美麗と称される顔に微笑を浮かべながら、再び羽根ペンを手にした。

第三章　政略結婚

その日は朝から、春の陽光がさんさんと降り注ぐ、穏やかな天候の一日だった。

いい年をして失恋で落ち込んでしまったクライスは、レイモンドが持ち込んだ酒で飲み明かし、浮腫《むく》んだ体で晴れ上がる青空に向かって大きく伸びをした。

レイモンドも慰めてくれたように、自分の歳を考えればよくやったほうだと称《たた》えてやりたい。

恋をした相手は女王陛下となる人だったなど、身のほど知らずな話である。

願った形とだいぶ違うが、マリアンヌが君主となる人だったからこそ、これからも一緒にいられるのだと思えば、面倒なばかりだった将軍職も少しは楽しくやれそうだ。

――これでよかったのだ。

そう思うしかない。クライスは強く唇を引き結ぶ。昨夜抱き締めたマリアンヌの柔らかな感触が腕に蘇《よみがえ》り、胸の奥を焼き焦がすかのように、切ない熱が広がっていく。

あくびをかみ殺して出席した朝議では、マリアンヌがクライスの贈った髪留めを左耳の上に挿していたのを目にして、瞬時に眠気が吹き飛んだ。

アンダーソンを隣にしてずっと上座にいるマリアンヌと目が合えば、少し恥ずかしそうに微笑《ほほえ》んでくれた。

宝石も扱う小物屋で、「うさぎにしようか花にしようか」と迷ったが、花のモチーフを選んで正解だった。まだ雪が残っていた頃に二人で見た雪割草が、マリアンヌの可憐《かれん》な印象を艶《あで》やかに引き立てていた。

折角ですから宝石で色づけなさってはいかがですか、と店員に勧められるまま奮発してしまった髪留めだった。しかし女王陛下が使うものだと知っていたなら、結婚費用まで考えずに済むのだから、全財産をつぎ込んで大散財してもよかったのにと後悔するほどである。

やはりマリアンヌは可愛い、と一日中でれでれとしていられたのは、しかし夜の会合まで。

国政に携わる、約五十名の役職者が一堂に会す席で今後の話が始まり、憂鬱極まりない。

「まずは即刻マリアンヌ殿下の即位を議会で承認し、披露目の夜会を通じて、王家には双子の妹が隠されていたことを周知徹底する」

アンダーソンの力強い言葉に、一同が揃って頷く。

戴冠式は半年後の秋にしかできない。歴史を紐解《ひもと》くと、王位を巡って血が流れた事件が何度かあり、無益な争いを避ける目的でそのように法が定められているためだ。

「戴冠式と同時に、マリアンヌ殿下の地位を磐石《ばんじゃく》とするために成婚をしてもらうつもりだ。相手については貴族院の選出に任せると、マリアンヌ殿下の承諾を得ている」

おおっ、と場がどよめいた。

マリアンヌの結婚相手を政治的に決定するのは、彼女自身でその身を守るためにも悪くない話だ。

一時しのぎの傀儡女王とはいえ、マリアンヌの存在は未《いま》だ国民の知るところにない。若干十八歳の女性。加えて独身とあっては、他国から侮りを受けることが懸念される。然《しか》るべき立場の男を王配に迎え、マリアンヌの後見人を兼ねさせるのが最善だろう。

――マリアンヌの夫となる男が羨ましい。

まだざわめきを残す周囲をよそに、クライスは小さく嘆息する。

仮にマリアンヌを泣かせるようなろくでなしだったなら、国軍将軍たるクライスが密かに手を回して葬ってやればいいが、彼女の幸せと女王陛下を戴くライノーレの安寧《あんねい》を考えれば、選出される男が恐ろしく誠実で、且つ、男が惚《ほ》れてしまうような立派な者であればと祈りたい気分だ。

「相手についてだが、まずは結婚歴がないことが絶対条件だ。妾もなく、これまでに女性関係で醜聞を起こしていない身綺麗な男が望ましい」

力説を続けるアンダーソンの隣に座すマリアンヌを、クライスはそっと盗み見た。

マリアンヌは無表情で俯き、自身の前に置かれた水の入ったグラスをぼんやりと眺めている。さっそく人形になりきっているように見える虚《うつ》ろさに、代われるものなら代わってやりたいと、ちくりと胸が痛む。

「法がととのうまでの国王とはいえ、マリアンヌ殿下がライノーレ最後の王族となっても困る。相手の男には心身ともに健康で、つつがなく王家を発展させる能力も求めたい」

つまり、マリアンヌと公式でヤリまくり許可を出す、ということだ。

昨夜、「ぎゅっと抱き締めてしまったら壊してしまいそうだ」と冷や冷やしながら、細い肩を抱き寄せるのが精一杯だったクライスからすれば、羨ましすぎる話である。

もちろんマリアンヌにとっては、苦痛なことこの上ないだろう。好きでも嫌いでもない男に抱かれ続け、子を成さねばならないのが仕事だと言われたも同然なのだ。

もっとも、王族として生を受けたのであれば血を繋ぐのは彼らの義務であるが。

――マリアンヌの子供、か。

絶対に可愛い子に決まっている。クライスは頬を緩めて溜息を漏らす。

生まれるのが王女であれば、「クライスおじちゃま」と呼んでくれるだろうか。

王子だったら、まだ誰が選出されるか知らないが生意気な父親に似て「このおっさん将軍めが」と罵倒してくるに違いない。

「それから、ある程度の地位も必要だ。王家にふさわしい血統を求めたい」

王家にふさわしい血統とは、すなわち貴族であることを指す。

クライスの生まれは子爵家であるが、阿呆な父が財産を食い潰し、クライスが五歳の時に爵位を返上し、一般人として市井《しせい》に入っていた。父母ともに士官学校時代に流行《はや》り病で亡くしているし、養うべき弟妹もいない。

そんな経歴を持っているので、貴族であることがどれだけ自身と周囲に大きな影響を及ぼすか、クライスも知らないわけではない。

それに宰相が持っていた王家の系図において、ライノーレ初となる女王の夫の出自に「特筆すべき爵位なし」とも綴《つづ》れないだろう。ある程度の地位と血統は必須条件に違いない。

「最後に、抜群の知名度を求める。これも譲れない」

知名度か、とクライスは少し考えてからやはり頷く。マリアンヌの知名度を上げるには、まずは夫の名が国に広く知られていれば手っ取り早い。彼女の身を守る盾としても有効だろう。

しかし、と頭をもたげたのは、「そんな完璧な男なんかいるのか？」という疑問である。

これまでに浮いた噂がひとつもない未婚で、心身ともに健康でヤリまくれる男。

その上、抜群の知名度を誇る貴族。

もしそんな男がいたとしてクライスが仮に女なら、絶対惚れる。

「――……いねえよ、そんな男」

誰にも聞こえないように小さく小さくぼやくと、隣に座っていたレイモンドがクライスの顔を覗き込んだ。

「は？　いるだろ、ここに」

クライスは人でひしめく室内を見回したが、目ぼしい男は見あたらない。

「いねえよ、馬鹿」

そんな男がいたら、マリアンヌの幸せを願って、クライスも全力で応援するだろう。

「いるって」

「だから、誰だよそいつ」

「こいつだよ」

レイモンドがクライスに向けてすっと指を差すのと、アンダーソンが宣言したのは、ほぼ同時のことだった。

「私はマリアンヌ殿下の夫に、クライス・グレゴール伯を推薦する」

一瞬何を言われたか、クライスは理解できなかった。

クライス・グレゴール伯って、誰だ？　と首を傾げそうになったほどだが、それが自分のことだと気づき、

「はあ⁉　自分ですかっ！」

と慌てて席を立ち上がり、勢い余って椅子を後ろに倒した。

「ええっ！」

クライス同様、マリアンヌも勢いよく立ち上がり、その弾みで椅子が後ろにがたんと倒れた。

二人、互いに目を見開いて見つめ合う。どうやらアンダーソンは、彼女にも知らせていなかったようだ。


会合が終わってから、クライスはアンダーソンを呼び止めた。

「ああ、婚約の件ですね」

呼び止められた理由を察し、アンダーソンはふっと軽い笑みを浮かべた。

「マリアンヌ殿下の夫は、自分で本当によかったんですか」

「ええ。グレゴール将軍がふさわしいと思い、推薦しました。ライノーレにあなた以外の適任者は

いませんし、私的交流を持っていたなら、マリアンヌ殿下もご安心なさるでしょうしね」

ですが、とアンダーソンは言を切り、笑みを消失させる。

「もちろんグレゴール将軍が王配であれば、都合がいいと目論《もくろ》んだ上でのことです。まだ王政派の残党がそこかしこに潜んでいて、油断ができません。そんな中で信用できるのは、やはりあなたしかいないのです」

アンダーソンの言うとおりだった。

政変はあっけない無血開城と宰相の自決で幕を閉じたが、その静けさが逆に不気味に感じられる。

「マリアンヌ殿下が王政派に利用されることがないよう、くれぐれもお願いします」

アンダーソンは議会きっての知性派として知られているが、穏やかな物腰の陰に、計算高さを見え隠れさせる策士でもある。清濁併せ呑む器量の持ち主だからこそ、汚れ仕事の多い国軍もアンダーソンに全幅の信頼を置いているし、混迷の一途を辿る大陸において君主となるべきは彼しかいないと判断したのだ。

「誤解を恐れずに言うなら、マリアンヌ殿下は君主の器ではないでしょう。――残念です。王城で養育を受けていれば、違った結果となっていたかもしれませんね」

クライスは小さく頷いて同意した。

そう遠くない未来、ライノーレは戦禍に巻き込まれてしまう。来たるべきその時、心が優しいマリアンヌには、厳しい局面を切り抜けるための無慈悲な宣下を出すことは難しいだろう。マリアンヌの心労を減らすためにも、一刻も早い法改正が望まれるのだが。

――それにしても危ないところだった。

クライスの背に冷たい汗が伝う。

彼女が作った料理に舌鼓を打ち、手を繋いだ。それで満足して諦めるべき恋だった。

胸をチラ見した役得を合わせれば、不敬罪で首を刎《は》ねられるところだったのだ。

――危ないところだったが、今後はマリアンヌの胸を堂々と見てもいい、ということだろうか。

などと不埒《ふらち》なことは、天に誓って今は考えてはいけないと気を引き締めなければならない。

「気の早い話かもしれませんが」

アンダーソンが改まったように軽く咳払《せきばら》いをした。

「今夜からでもさっそく、マリアンヌ殿下と寝室をともになさって構いませんよ」

「――はい？」

アンダーソンが何を言ったか飲み込めず、クライスはぽかんと口を開けた。

「すぐにでも子供ができて構わない、という意味です。王制はいずれ終焉《しゅうえん》を迎えますが、法改正後の新しい王家のあり方を臣民に周知するのに、子供はわかりやすい象徴となるでしょう」

「いや、しかしそれは……」

要するに、子作り命令である。クライスは戸惑いに後ろ頭を掻いた。

「王制を敷く諸外国との国際関係も重要です。王家外交は潤滑油になりますからね。マリアンヌ殿下が最後の王族とならないよう、グレゴール将軍が子宝に恵まれることを期待していますよ」

アンダーソンがにっこりと微笑むと、ちょうど後ろから彼を呼ぶ声があった。アンダーソンは、「では、また明日。即位承認の議会でお会いしましょう」と去って行った。

クライスは唖然《あぜん》とするあまり、天井を振り仰いだ。

なんということだろう。ヤリまくり許可が出てしまった。

——あまり急ぎたくないんだが。

国王亡命という国の非常事態に、生まれながらに幽閉されてきた王女が華々しく帰還し、英雄将軍との間に子も生まれるとあれば、国内は祝賀に沸き返るだろう。

しかし物事には順序というものがある。

マリアンヌとて山を下りたばかりで、まだ混乱の真っ只中《ただなか》にあるのだ。そんな彼女の孤独につけこむように、二十歳も年上の中年男が押し倒すなど、言語道断。

しかも、マリアンヌはまだ十八歳だ。世間一般にお嬢様と呼ばれる女性達は嫁に出始める年頃だが、親子ほどに年齢が離れている彼女に無体はしたくない。

——まあ、二十歳の頃だったら速攻で押し倒していたか。

三十八歳でも押し倒したい、という本音は隠しておくのが無難だろう。マリアンヌに「この不潔中年男めが」と嫌われてしまうより、いくらか紳士ぶれそうだ。

「マリアンヌ殿下のところへ行くのか？」

会場から出ようとしていたクライスを呼び止めたのは、レイモンドだった。

「ああ。何かあったか」

「いや。この時間じゃどの店も開いてないだろうけど、花の一本くらい持って行ってやれよ。——

って言おうと思って。どうせおまえのことだから、何も考えてなかったんだろ」

持つべきものは、気が利くマメな親友である。

眉目秀麗なレイモンド副将軍は、今でこそ良い父親が板についているが、若い頃は戦場暮らしにもかかわらず、生来のマメマメしさを遺憾なく発揮して、女が途切れたことがなかったのだ。

——ただし、ひとつだけ難癖をつけるなら……

「おまえの妄想日記のネタにするなよ」

クライスが眉を顰めると、レイモンドはひょいと肩を竦《すく》めた。

「妄想日記と言うな。官能小説と呼べ」

レイモンドの趣味は、同僚らをネタに大人の小説を書くことだ。

——あの破廉恥《はれんち》極まりない悪趣味は、どうにかならないものか。

自分のこともネタにされそうでクライスは苦《にが》く思っていたものだったが、彼に背を押されなければマリアンヌとの今はなかったのだから、多少であれば目を瞑《つむ》っておくのもやぶさかではない。

クライスはレイモンドとも別れ、王城庭園に出た。

北方方面の山岳地帯はまだ雪を残しているものの、王都の季節はすっかり春めいている。

庭園は彩り鮮やかな花が咲き乱れ、甘い芳香を夜の闇に漂わせていた。

薔薇《ばら》、チューリップ、百合《ゆり》、ガーベラ。いずれの花壇も大ぶりの花で溢れていて、どれにしようか目移りしてしまうが、どれもマリアンヌの印象からかけ離れていて、摘むのに躊躇《ためら》う。

マリアンヌは亡き王妃の面影を濃く残す、美しい少女だ。短命だった母に似てどこか儚《はかな》げで、おっとりとした物腰のためか、柔らかな雰囲気を纏っている。

ダリアも違う、シクラメンもちょっとな。と物色していると、花壇から離れた盛り土に、スズランが群生しているのが目に入った。

庭師が植えたものではなく、偶然盛り土に根を張ったのだろう。

小さな白い花を鈴なりにぶら下げる姿は、純白の衣を纏った体でお辞儀しているかのようで、凛《りん》とした慎《つつ》ましさを内包している。

「これだな」

クライスは腰帯に差していた短刀を抜き払い、スズランを何本か切って束ねた。

スズランはもう少し先の時季に咲く花だったはずだが、今年は春の訪れが早いのかもしれない。

*

夕食会を終え、マリアンヌが王妃の寝所に戻ると、ユリアナが待ち構えていたように抱きついた。

「マリアンヌ様、婚約おめでとう！　お相手がクライス様に決まったって聞いたわ！」

ユリアナとは朝のうちに、アンダーソンを介して再会し、互いの無事を確認し合っていた。

その後ユリアナは身元確認を兼ねて、実家となる男爵家に送迎を出してもらっていたはずだ。

「ユリアナのほうはどうだったの。お母様とは会えた？　お父様もお元気でいらした？」

「ええ、会ってきたわ。母はとっても元気だったし、マリアンヌ様とお会いしたいって泣いてたわ。

それとね、弟が三人もできていたのよ。知らない間にお姉ちゃんになっていて、びっくりしちゃった。初めて会う人達ばかりだったから、なんだかまだ実感がわかなくて」

「よかった。……本当によかった」

どうやら、身元確認は問題なく終えることができたらしい。

自分のことのように嬉しくて、涙が滲み、照れ混じりにはにかむユリアナを抱き締め返す。

ユリアナは二十歳になったら「奉公」を終えて親元に戻り、王家と宰相家が嫁ぎ先を宛《あて》がう約束だと聞いていた。それも王家の嘘だったわけだが、アンダーソンはユリアナの希望に沿った環境を新たに用意すると言ってくれている。

「ありがとう、マリアンヌ様」

見ると、ユリアナも瞳を潤ませていた。

ユリアナと半日以上離れたのは、これが初めてのことだった。

長かった一日がようやく終わろうとしている。張りつめていた緊張の糸がゆるゆると緩んでいく。

「でもよかったの？　私の侍女に戻るって聞いたけど」

涙を手の甲で拭いながら体を離すと、ユリアナは決意表明するかのように力強く頷いた。

「もちろん。結婚相手を探して子供を産んで、女王陛下の御子様《おこさま》の乳母に立候補するつもりよ。明日の議会で即位が承認されるって聞いたばかりだし」

「うん。そうらしいけど……」

「どうしたの、浮かない顔して」

幸せすぎて不安なの、と正直に打ち明けたら、贅沢な悩みだと叱《しか》られてしまいそうだ。

昨日の今頃は「泣くのはこれで最後だから」と決めて、寝台に潜って朝まで涙を流していた。

初めて好きになった人の側で、国が決めた誰かと結婚して何人もの子を産んで、いつまで人形の振りをしていられるだろうかと、クライスが辞去したあとから押し寄せてきた強い不安で、一睡もできなかったのだ。

双子の呪いの伝承。父だと思ったこともある宰相との別れ。不自由な生活の終結。

たった二日間で起こった出来事は、マリアンヌの世界を一変させてしまった。

——本当にクライスと結婚できるのだろうか。

マリアンヌは無意識に、左耳の上に挿していた髪留めを、指先を添えるようにそっと押さえた。

「それ、グレゴール将軍からもらった髪留め？」

ユリアナが自身の左耳の上を指差した。

「何か欲しいものはありますか、って訊かれて、思い出になるものが欲しくてお願いしていたの」

「素敵な髪留めだわ。クライス様はご趣味がいいのね、宝石を沢山使ってるのにちっとも下品じゃないもの。マリアンヌ様の髪色にとても似合っているしね」

「こんな立派なものだと思わなかったから、びっくりしちゃった」

マリアンヌは宝石に詳しくないが、外側から内側に向けて、大粒から小粒に緻密に並べられた石を留める地金は、髪に引っかかることがないよう、端を丸めて処理する精巧な技術を用いていた。

そこに留められた宝石達は、恐らく全て一級品。濃淡のグラデーションを表現する色づけとして、ふんだんにあしらわれているので、値段はかなりのものになるだろう。

もし昨日の昼にこれを渡されていたなら、マリアンヌは絶対に受け取らなかった。値段のこともある。死ぬまで逃げ続けなければならない女が使っていいようなものではない。

けれどそれ以上に。

——クライスは、たぶん……。

恐らくクライスは、マリアンヌに結婚か、もしくはそれを前提とした交際を申し込むつもりでいたはずだ。

マリアンヌからは見えない場所を飾ってくれる髪留めから、彼の手の温《ぬく》もりがじんわりと蘇った。

やたらくすぐったくて心地よい感触は、マリアンヌを少しだけ、恥ずかしい気持ちにもさせる。

マリアンヌの願いが意外な形で叶《かな》おうとしていた。

けれど女王の夫となれば話は別だ。

会合が終わったあと、クライスとは一言も話をせずに寝所に戻っている。

クライスの口から、「マリアンヌと結婚したい」と聞いたわけではない。「傀儡女王の夫なんて面倒な仕事はしたくない」、と断られる可能性だってある。

——クライスはどう思っているのだろう。

山荘を出てからずっと、情緒不安定気味だ。

それも当然。亡命した国王の双子の妹であれば、殺されても文句を言えない立場だったのだから。

明日クライスと会う前に、胸に巣食う不安をどうにかしておかなければ、と溜息を吐くと、叩扉《こうひ》する音が響いた。

「マリアンヌ殿下とお話したいんですが。少々お邪魔して構いませんか」

薄く開かれた扉から顔を覗かせたのは、クライスである。

背の高いクライスの姿を目にした途端、どくんと鼓動が跳ね上がる。

「ご婚約おめでとうございます。私などが申し上げることではありませんが、マリアンヌ様をどうかよろしくお願いいたします」

ユリアナはさっそく侍女らしくクライスを部屋に案内したが、感極まったのかぐすぐすと涙を零し始めた。

「え？　あ、ありがとうございます。えっと……その、泣かないでください。これどうぞ」

クライスは面食らったように、手にしていたスズランの花束をおずおずとユリアナに差し出した。わざわざ城外で摘んできてくれたのだろうか。小さな白い花を幾重にも揺らす花束から、軽やかな鈴の音色が聞こえてきそうで、マリアンヌはしばし目を奪われる。

「しっかり活《い》けて参ります。どうぞごゆっくりおすごしになってください」

ユリアナは袖で涙を拭いながら花束を受け取ると、マリアンヌに目配せをしてから退室した。潤んだその目は、「邪魔者は消えますね」と意味深に告げていた。

「お疲れなのにわざわざありがとうございます。素敵なお花までいただけて嬉しいです」

気恥ずかしさに胸を熱くしながら、マリアンヌは「どうぞ」と一人がけのソファを掌で示し、テーブル越しに向かい合う三人がけのほうに腰を下ろした。

「次の巡察で雪割草を見かけたら、鉢植えにして持ってきますよ」

クライスはマリアンヌの掌を無視し、すぐ隣に腰かけた。

ソファがクライスの体重のほうに深く沈み、マリアンヌの体がしなだれかかるように傾いた。

「あ……ごめんなさい」

マリアンヌは慌てて腰をずらした。

胸がどきどきと早鐘を打っていた。軍服に包まれた逞しい両腕で抱き締められたのは、つい昨夜のことだというのに、クライスの息づかいが妙に気になってしまう。

「……隣に座るのはいけなかった？」

ぶっきらぼうな声が降り、顔を上げると、クライスは傷ついたような目でマリアンヌを見ていた。

「い、いえ。いけなくなんてないです……」

上ずった声で返事をし、遠ざけたばかりの体を躊躇いがちにクライスに添え直す。

——ものすごく近い。

クライスはマリアンヌに緊張をもたらす存在だ。彼が側にいると、全身をそっと温かく包まれるような安心感を抱く一方で、せき立てられるような焦燥感も同時に持ってしまう。

——これが私の初恋。

男性として接したのはクライスが初めてで、どう振る舞うべきかわからない。

「——マリー」

低いけれど張りのある艶やかな声で名を呼ばれ、マリアンヌは肩をびくりと震わせた。

「ああ、いや。その……何もしないから、そんなに警戒しないで」

困ったような微苦笑に、心の奥底を温めるように、小さな火が胸に灯《とも》る。

「今夜来たのは、昨日あなたに言ったことを撤回するためなんだ」

「撤回ですか？」

「生涯独身のまま、あなたの側にいると約束した件です」

ああ、とマリアンヌは頷いてから、問うように小首を傾げた。

「撤回していいんですか。傀儡女王の夫なんて、とても大変なお仕事になると思います」

「俺が嫌がってるように見える？」

「将軍職もなりたくてなったわけじゃないし、伯爵号の授与を受けたのも、国軍が貴族院に食い込むのに都合がいい話だったから、っておっしゃっていたことがあったから……」

「そんな話をしたこともあったか。面倒な身分だと思っていたのは本当です。でも今は、将軍伯爵にまで上《のぼ》りつめた強運に感謝したいくらいだ」

クライスの掌が、膝上で揃えていたマリアンヌのそれを覆うように重ねられる。

すっぽりと大きな掌に包み込まれ、鼓動を逸《はや》らせて顔を上げると、新緑色の瞳が真摯《しんし》にマリアンヌを見つめていた。

どれくらいの時間だろう、しばらく無言で見つめ合った。

心臓が口から飛び出てしまいそうなほど、大きく強く、そして速く鼓動が乱打している。

触り心地のよさそうな黒髪が、マリアンヌのすぐ目の前にあった。翡翠《ひすい》の宝珠のように煌く瞳を縁取る睫は、少しだけクライスを物憂げな印象にしている。それら髪と睫の一本一本を数えられそうな至近距離にクライスがいて、ますます激しくなる動悸《どうき》に、頭がくらくらとしてくる。

「——昨日、山荘で言うつもりだったことを伝えます」

クライスは一度深呼吸をしてから、ゆっくりと口を開いた。

「一目惚れだった。出会った日からずっと、マリーが好きだった。あなたを必ず幸せにするから、俺と結婚してください」

その瞬間全ての音が遠ざかり、世界にクライスと二人きりになったかのような静寂が訪れる。

時間感覚を失い、意識は遥《はる》か彼方《かなた》に飛び去って、ふわふわとした浮遊感がマリアンヌを満たした。

「私なんかでよければ、末永くよろしくお願いします」

「私なんか、じゃない。マリーじゃなきゃ駄目なんだ。だから——もう泣かないで」

クライスの端整な顔が歪むからおかしいと思ったら、またしても知らぬ間に泣いていたらしい。

クライスの手がマリアンヌに伸び、涙が伝う頬を優しく拭った。

「マリーこそ、俺でよかった?」

「わ、私も。クライス様じゃないと駄目です」

「二十歳も年上のおっさんだけど、本当に俺でいいの?」

クライスはおっさんではない、と反論しようとしたが、こみ上げる涙が喉を塞いで声にならない。

昨日から泣いてばかりで目が痛い。けれどこれは、嬉し涙だ。同じ涙でも、昨夜と違って喉を焼くような熱を伴っている。

熱い涙の粒をクライスの手の甲にぽろぽろと落としながら、マリアンヌは何度も首を縦に振った。彼が大人の男だったからこそ、山から一歩も出た経験のないマリアンヌは、こうして安心していられるのだ。

「じゃあ、マリーのここを俺がもらってもいい？」

クライスの指先がマリアンヌの唇を、とん、と音もなく軽く打った。指先は焦《じ》らすように、小さく赤い唇の膨らみを這いながら、端から端までじっくりと時間をかけてなぞっていく。

マリアンヌの唇を撫でるクライスの瞳には、いつの間にか熱が宿っていた。獲物を狙う獣のように獰猛《どうもう》な目に見つめられ、ぞくりと肌が粟立《あわだ》つ。

――求められている。

出会ってからずっと、クライスはどこか艶っぽさを感じさせる人だと思っていた。

彼が隠していた色気の正体を知り、マリアンヌは恍惚と細く長く息を吐き出した。

「……はい」

操り人形のようにこくりと頷くと、瞼《まぶた》が自然に落ちた。まるで口づけをする時は目を閉じると、瞼が自ら決めていたかのように。

暗闇の視界にクライスの吐息を感じた次の瞬間、そっと唇を重ねられた。

温かで柔らかな感触に息を詰めると、クライスの熱はすぐに離れてしまった。

が、二度目は深く交差するように角度を変えて押しあてられ、マリアンヌの唇を器用に啄《つい》ばんだ。

「ん……」

息が苦しくてわずかに唇を開くと、その隙間に舌を捻《ね》じ込まれた。自分のではない湿った体温が、熱に浮かされたような激しさで、マリアンヌの口内を余すところなく探っていく。

「んんっ、……ふ……ぅ……っ」

熱を帯びたクライスに応えようと、舌先を絡め合う。

頬にあった大きな掌がマリアンヌの後頭部に移動し、反対の手はまろやかな腰を強く引き寄せた。

マリアンヌは息を乱して喘《あえ》ぎながら、クライスの逞しい肩にしがみつく。しっかり摑まっていないと、彼の情熱に振り落とされてしまいそうだ。

「髪留め、似合ってる」

クライスは唇を離し、マリアンヌの耳に息を吹き込むように囁いた。

甘みを含んだ低い声音に、びくんと体を跳ねさせると、マリアンヌの倍はありそうな太い腕が、細い両肩を深く掻き抱《いだ》く。

「すごく髪が柔らかいんだな」

クライスは緩やかな動きでひとしきり頭を撫でてから、髪の中に指を入れ、手触りを楽しむようにゆっくりと梳《す》いた。緩慢な手つきに、ぞくぞくと背筋が疼く。

「……綺麗だ、マリー」

低く掠れた呟きを刻んだ唇が、マリアンヌの耳朶《じだ》を食《は》んだ。

「あ……ッ」

腰を気だるい疼きが襲う間も、クライスの唇は絶え間なくマリアンヌを味わい続ける。耳朶を舐《な》めて頬に口づけ、再び唇を吸い上げてから、今度は喉元からうなじに肉厚な舌を這わせた。

避暑シーズンの木陰で、裕福な身なりをした男女が抱き合ってこうするのを何度か目にしたことがある。言葉の代わりに気持ちを確かめ合う一連の行為を、生涯自分には縁のないことだなと、憧れ半分に未練がましく背を向けて見ないようにしていたのが嘘のようだ。

蕩《とろ》けてしまいそうなほど甘美な抱擁に、マリアンヌは夢中になった。叩扉があったのちにユリアナが戻ってくるまで、クライスに貪《むさぼ》られていた。

＊

マリアンヌの即位は、翌日開催された貴族院議会で承認された。

貴族院議事堂は、王城のすぐ外側、小高い丘の北寄りにある。

一年のうち春から夏にのみ期間限定で使われている施設は二階建てで、建物そのものはさほど大きくない。が、内側は丸ごと議場になっていて、三百人を座って収容でき、外観からは想像がつかないほどゆったりと広い造りをしている。

議会を構成する議員は、国内の領主、もしくは領政を担う代表者が主だ。中には彼らから委任された代理人や、治めるべき領地は持っていないが爵位を有するクライスのような者も混じっている。

今日の議会は、すり鉢状の椀《わん》型に座席がせり上がるところどころが、櫛の歯が欠けたように空席となっている。欠席を決め込んだ王政派議員の席だ。

その中央の壇上に立つのは、議長アンダーソンである。

「王位を放棄したリチャード陛下に代わり、先王陛下とその妃殿下の子、マリアンヌ第一王女殿下が正当な王位継承者であると認める議員は起立してください」

張りのある声が堂々と議場に響きわたると同時に、「異議なし」の返答を口々にした起立が続く。

壇上の椅子に腰かけるマリアンヌを除き、議場内の一人残らずが立ち上がったのをアンダーソンはぐるりと見渡してから、マリアンヌを振り返り安心させるように力強く頷いた。

「お疲れ様でした。これをもって、マリアンヌ陛下の即位が成立しました」

マリアンヌはすっと姿勢よく立ち上がり、四方それぞれに深々と頭を下げた。

昨夜マリアンヌに、「議員は俺やアンダーソン議長と同じくらいの年齢の男ばかりだから、緊張しなくて大丈夫ですよ」と励ましていたクライスである。

クライスは、「皆揃っておっさんだから。マリーのことは、リチャード陛下より頭が良さそうでしかも可愛らしい子だ、程度にしか思っていない。ほとんどの議員は、山奥に押し込められたり王家の都合で引っ張り出されたりで可哀想に、って同情しています」と不安がるマリアンヌを宥めたつもりだが、卑猥《ひわい》な行為の直後だったせいで、どこまで効果があったか怪しいものだ。

いっそのこと、ユリアナがもう少し丁寧にスズランを活けてくれていたら、と悔やまれる。

――もし次回があったなら、俺の両手でも抱えきれないほど大量のスズランを持って行くか。

と思ったものの、マリアンヌの大親友に嫌がらせをしてはならないと自身を戒めたものだったが。

「マリアンヌ陛下には、これから数ヶ月ほど勉学に励んでいただく予定です。ご心配なことはありますか」

議員が議場からぞろぞろと出て行く中、アンダーソンは掌を出口に差し向けた。

歩きながら今後の話をするつもりなのだろう。今夜、マリアンヌお披露目会と称する夜会がさっそく開催される予定だ。

「ダンスが全くできません。夜会では踊らなくてはいけないのですよね？」

階段に足先を向け、不安を口にしたマリアンヌに、クライスは微笑みかけた。

「ダンスのことなら心配しなくていいよ。マリーは俺としか踊らないから」

「そうなんですか？」

マリアンヌが首を傾げると、アンダーソンは笑顔で頷いた。

「陛下の婚約者は酷《ひど》い嫉妬男という設定です。ダンスもそうですが、何もかも、数日そこらでは身につきません。グレゴール将軍に訊きながら政務に就いていただくつもりですから、ご安心ください。さて、夜まで時間が空きましたね。お疲れでなければ、王都をご案内しましょうか？」

昼食を済ませてから議会に臨んでいる。ティータイムがてら散歩にでも、という誘いだろう。

マリアンヌは「ぜひ」と頷きかけたが、クライスはすかさず「ちょっと待って」と割って入った。

「陛下は緊張から一睡もできなかったと聞いています。急務でなければ休息をいただきたいのですが」

ですよね眠れませんでしたよね、と畳みかけると、マリアンヌは「はい」と合わせてくれた。

「これは気づかず申し訳ございません。夜会の支度まで、ゆっくりおすごしになってください」

アンダーソンは小さく頭を下げ、ではのちほど、とマリアンヌをクライスに任せ、先に行ってしまった。

議場にはまだ議員をまばらに残している。マリアンヌと肩を並べ、裏口に回る人けのない通路に入ってから、クライスは歩を止めた。

「その足で王都を歩くつもり？」

「足ですか？」

「そう、足だ。痛みでもう歩けないくらいになっているでしょう？」

クライスの予想は当たっていたようだ。マリアンヌはぎくりと顔を強張らせた。

「軍人の俺に、歩き方がおかしいのは隠せない」

クライスはマリアンヌの歩き方に生じた異変に、朝議の時点で気づいていた。議会中足を庇《かば》いながら起立したので、「もう限界だな」と見切ったのだ。

マリアンヌは山の中でしか暮らしたことがない。

整然とした石造りの王城内部はもちろん、固くならした街路も、柔らかな土の上だけを歩いてきた彼女のか細い足を痛めつけるのに、充分すぎる威力を持っている。

「……山荘から履いてきた靴に取り換えたんですけど、浮腫みが酷くて」

「このあたりの路地も全て舗装されているから、痛かったでしょう？」

マリアンヌはクライスの指摘を認めるように、視線を自身の足元に落とした。

「新しく用意してもらった靴が合わなかっただけですから、すぐよくなると思います」

「部屋に戻って手当てをしましょう」

クライスはマリアンヌの言葉を聞き流し、腰を屈《かが》めると、小さな体を浚《さら》うように横抱きにした。

予期しなかった突然の浮遊感に驚いたのか、マリアンヌは目を丸くしてクライスを仰いだ。

「あ、あの。自分で歩けますから……っ」

「誰も見ていない。見られたところで、仲がよくて微笑ましいと思われるだけだ」

涼しい顔でマリアンヌを軽々と抱き上げたまま、クライスは通路を外に向けて抜けていく。

マリアンヌは身じろぎひとつせず、クライスの腕の中で顔を隠すように俯いていた。

抱き上げられたことではなく、痛みを我慢していたことを見抜かれて恥じているのだろう。

外の灯りが届かない暗がりの通路の途中で、首に摑まっていてもらえますかと指示すると、マリアンヌはおずおずとしがみつくように腕を回した。

――もっと頼って欲しい。

想いが通じたばかりなのに、そんなふうに苛立ちを感じてしまうクライスは、我侭だろうか。

マリアンヌがクライスの足手まといにならないように、と気づかってくれるのはひしひしと感じているが、二十歳もの年齢差が役に立つ場面などそれほどないのだ。

「あなたがなるべく頑張らなくて済むように、俺がついてますから。もっと頼ってください」

通路の向こうから、眩い灯りが差し込んでくる。

返事はない。無言の頷きだけが返された。

出口までの行き先を示すように、足元を真っ直ぐに照らし出す光の道を歩きながら、クライスは腕の中のマリアンヌを一層深く抱き直した。

マリアンヌは箱馬車からクライスに横抱きで抱えて降ろされ、そのまま王妃の寝所に帰った。部屋で待機していたユリアナに靴を脱がされ、クライスがマリアンヌの足を確認する。

*

「……酷いな」

クライスは小さく呻《うめ》き、唇を固く結んだ。

たくし上げたスカートから伸びる足の爪先《つまさき》には、血が滲んでいた。足の裏は浮腫みのせいで、傷口を抉《えぐ》るように皮が剝《む》けている。

「朝起きた時にはもう痛かったんですけど。まさかこんなになってるなんて思わなくて」

息を深く吐き出したクライスに、マリアンヌは口ごもって言い訳をした。

「責めていないよ。こんなになるまで我慢して、痛かっただろうに。医務官に診てもらうのは、軽く処置をしてからだな」

侍女達はクライスに指示されるまま、沸かしたばかりの熱湯と冷水、それらを混ぜ入れる足浴用の盥《たらい》といった用具の準備に取りかかる。

「陛下の手当ては私がする。全員下がっていてもらえるか」

クライスは軍服を脱ぐと、シャツの袖を捲《まく》りながらユリアナに、「緩めの靴を用意してもらえますか」と別に頼んだ。

ユリアナも責任を感じているのか「かしこまりました」と顔を曇らせて出て行った。

慌しく右往左往していた人波が去り、寝所は静けさを取り戻す。

「本当にすみません。これからはすぐ言うようにします」

マリアンヌは叱られた子供のように肩を落とした。

傀儡といえども、一国の君主となったのだ。マリアンヌの身に何かあったら、困る人を大勢出してしまうのだと身に沁みる。

「そうしてくれ。できれば、誰をおいても真っ先に俺に言ってくれると、なお嬉しいかな」

クライスはソファに座したマリアンヌの足元に跪《ひざまず》き、裸足《はだし》の足首を持ち上げた。

マリアンヌの足がクライスの大きな掌にすっぽり収まってしまうと、行儀よく居並ぶ指がまるでおもちゃのように見える。

「お湯は熱くない？」

クライスはゆっくりとマリアンヌの足を湯に沈めた。

心地よい温度に足首まで浸かり、マリアンヌの口から気の緩んだ吐息が漏れた。

「はい。あったかくて気持ちいいです」

温められた足先から、ぽかぽかとした熱が体の芯まで沁みてくる。

ほう、と長く溜息を吐くと、跪くクライスが苦笑しながら顔を上げた。

「あんな大勢の人前に出されて、緊張したでしょう。お疲れ様」

マリアンヌは頭を振った。

「いいえ、思ったほど緊張しませんでした。クライス様が側にいてくれたおかげです。ありがとうございました」

生まれてからずっと、片手で数えられる人しか周囲にいない環境で生活してきた。卒倒しかねないほど酷く緊張するかもしれないと覚悟していたのだ。マリアンヌを見守っていたクライスの存在がなければ、壇上に上がる前に倒れ、議会が中止になっていたかもしれない。

「お礼なんて要らないよ。半年後には夫婦になるんだから」

夫婦、の言葉に心臓がどくりと大きく鼓動する。

――クライスと結婚して、夫婦になる。

マリアンヌは気づかれないように、こっそりとクライスを盗み見た。

クライスは真剣そのものの表情で、足にこびりついた血の塊を慎重な手つきで洗い落としていた。精悍《せいかん》な面立ちを際立たせるように、健康的な色合いの唇がきゅっときつく引き結ばれているのに、つい目が行ってしまう。

その唇の感触を知ったのは、つい昨晩のこと。柔らかそうな見た目からは想像もつかないほど、荒々しく貪られた激情がマリアンヌの唇に戻ってくる。

クライスは優しく紳士的な人だと思っていたのに、男らしい一面も持っていたことに驚かされた。

――またして欲しいとねだれば、してくれるのだろうか。

もう一度口づけをして欲しいだなんて言ったら、いやらしい女だと軽蔑されてしまうだろうか、と考えていると、クライスがじっとこちらを見つめ返していたのに気づいた。

「どうしたの、ぼんやりして。何か考えごとでもしてた？」

「あ、えっと。……足の手当てに慣れているんだなと思って」

マリアンヌは慌てて誤魔化した。

率先して自ら手当てをしてくれているクライスに、まさか、「口づけをしたいと思っていました」などと見当違いなことを口走るわけにはいかない。

「戦場暮らしが長いせいだろうな。常に衛生兵と軍医がいる環境でもないし、いたとしても生死をさ迷ってるような奴が優先されるから」

「じゃあその怪我も、自分で手当てしたんですか？」

マリアンヌは自身の肘の内側を指で指し示す。シャツの袖を捲り上げたクライスの腕には、剣で斬られたような古い傷跡がいくつも残されていた。

「全部かすり傷だよ。一番古いのは、マリーが生まれた頃のものかな。だからこの傷は、もう十八歳ってこと。マリーと同い年だな」

傷を人に例えたクライスに、マリアンヌは小さく吹き出した。

「クライス様と二十歳も歳が離れてるなんて、信じられません」

「そういう実感がない？　――足に負担がかからないように包帯を強めに巻くけど、痺《しび》れたり爪先の感覚が鈍くなるようなら自分で包帯をほどいてくださいね」

クライスは予備の盥に入れられていたタオルを取り、湯から上げた足を丁寧に押さえ拭きしながら、傷口から血が滲まないことを確認して、太幅の包帯を足首から膝に向けて巻き上げていく。

「クライス様と二十歳も離れている実感がないのかって訊かれると、そういう気がします」

「俺が子供っぽいから？」

「いいえ、まさか。頼りがいのある人だな、って思ってます。頼りすぎて申し訳ないくらいです」

「全然足りない、もっと俺を頼って。少なくとも、年齢だけはあなたの倍以上あるんだから」

年齢差を除いても、頼りがいのある理由をいくつも挙げられるのだけど、と考えていると、ほどよい弾力のある脹脛《ふくらはぎ》に、クライスの指が添えられた。くすぐったさに似た疼きが足を這い上がるように腰に襲いかかり、鋭く体が揺れた。

「ごめん、痛かった？」

「い、いいえ。……大丈夫です」

包帯を巻くために掌を膝裏にあてられ、腰がますます重くなる。

「……ん……っ」

悩ましげな喘ぎを漏らしてしまい、マリアンヌは口を固く閉じた。

なんていやらしい反応をする体だろう。恥ずかしさに顔が熱を持つ。

クライスは傷の手当をしてくれているのだ。そもそも昨夜の口づけを思い出したのが間違いだ。

「マリー、大丈夫？」

「えっ！　な、何がですか？」

「顔が赤いみたいだ。怪我のせいで熱が出たかな」

「これは、その……。お湯でのぼせてしまって……」

我ながら苦しい言い訳だ。浸かったのは足だけである。顔が赤くなるほどのぼせるはずがない。

しかしクライスは微笑を返しただけで、マリアンヌの嘘を気にしていないようだ。

「のぼせたなら、冷やす必要があるな」

むしろ嘘に便乗するつもりなのか、掌を柔らかな太ももに伝わせた。

五本の指がなめらかな動きで肌を撫でていく。マリアンヌをそそのかすような器用さに、胸の奥まで熱くなり、包帯を巻かれたばかりの足がびくびくと打ち震える。

「どこが熱い？」

まるで単体の生き物の如く、クライスの指が両の太ももの間を忙《せわ》しなく蠢《うごめ》き回る。

肌を滑る動きはマリアンヌの弱点を知り抜いたかのように、感じやすい場所を狙い撃ちにする。

膝裏に近い場所は指先でくすぐるように。上に向かうにつれ、指の腹から掌を使ってじっくりと、マリアンヌの柔らかな感触を味わうように執拗《しつよう》さを増していく。

「あ……っ、や、んっ！　ご、ごめんなさいっ、のぼせたなんて嘘ですっ」

たくし上げていたスカートの裾を膝まで下ろして降参すると、クライスはくすっと微笑して手を引っ込めた。

「残念。じゃあこれは、早く治るように、っていうおまじない」

クライスは跪いたまま、マリアンヌの膝頭の内側に口づけを落とした。ちゅ、と音を立てて軽く肌を吸われた瞬間、びくりと体が跳ね上がる。

「怪我人にするようなことじゃないよな。調子に乗ってごめん。痛みはどう？」

仕切り直すように明るい声で訊かれ、マリアンヌは乱れた呼吸をととのえながら、首を横に振った。

「もう大丈夫みたいです。……おまじないがよく効いたみたいです」

「そう。よかった」

嘘はついていない。けれどクライスに口づけられた膝の内側が、針で刺されたように、局所的にじくじくと火照《ほて》って疼いていた。

第四章　宰相の血統

夕刻が近づくにつれ王城には、ライノーレ王国の新たな君主となったマリアンヌをひと目見ようとする貴族や関係者が詰めかけ、馬車の列を長くしていた。

雪解けを終えた王都で、ずいぶん日が長くなった実感をもたらす夕暮れの空は、地平線にとっぷりと沈もうとする夕陽の残照で赤く染まっている。

今夜の夜会で使われる会場は、広大な王城内でも最大の敷地面積を誇る玉座の間だ。玉座の間は「花鳥の間」とも呼ばれ、普段は謁見や会食、ダンスホールとして使われているのだそうだ。

昼のうちにクライスの案内で見学させてもらったが、深紅の絨毯《じゅうたん》が敷き詰められた花鳥の間は、その名をあらわすかのように贅を尽くした絢爛《けんらん》豪華な場所だった。

白亜の壁に描かれた宗教画は、天井まで続いている。その繊細な筆致は、国中から集められた名だたる宮廷画家達が腕を競って百年がかりで完成させたものだという。中央に下がるシャンデリアは濁りのない水晶が無数に使用され、五百もの灯りが入るように設計されているらしい。

「戦争が長く続いた国なのに、王城にはこんなに豪華なお部屋があったんですね」

中二階から響く弦楽は、本番を前にリハーサルをしている音楽隊の演奏だ。

「質素にしすぎれば、特に外国の来賓から侮りを受ける。最低限の贅沢は国の栄華を証明するものだから」

クライスはもっともらしい説明をしてくれたが、辟易《へきえき》したような表情は、少し鬱陶しそうにも見えた。十五年以上戦場ですごした軍人としても、王家の装飾を好ましく思っていないのだろう。

「最初に、招待客へマリーの紹介がされる。アンダーソン議長が段取りをしてくれるから、マリアンヌでございます、って言うだけで大丈夫」

「それだけでいいんですか?」

「本当にそれだけで構わないよ。マリーのことは貴族院を通じて招待客も知っている。秘密にされていた王女がどんな人だったのか、見たいだけですから」

だから、と間を置いて、

「あら、清楚《せいそ》でとっても可愛らしいお嬢さんだったのね、って思わせておけばいい」

クライスは貴族夫人の口真似をして苦笑した。

「紹介が終わったら正式に戴冠式の日取りが告知されて、同じ日に俺と結婚することも発表される」

「残り半年、ですね」

「うん、長いね」

きっと国中から祝福される婚姻となるのだろう。けれど政略結婚という枠にはめ込まれると複雑な気持ちになる。リチャードが王位を放棄しなかったら、クライスと結ばれることはなかった前提があるからだ。

――もし私が髪留めを持ったまま別の土地に逃げていたら、クライスは探してくれただろうか。

クライスに気づかれないよう、上目づかい気味に隣の彼を仰ぎ見る。

――きっと探してくれていた。

そして、必ず探し当ててくれていたはずだ。

マリアンヌは逃げ続けなければならかっただろうし、秘密を口にすることも絶対に許されない。

最後は王家の手を煩《わずら》わせることなく、クライスから永遠に逃れるために自害する悲壮な結末を迎えていたかもしれない。

――もう逃げなくてもいいんだ。

軍服の上からでも一目瞭然の、鍛え抜かれた逞しい体軀。

端整な顔立ちは、長い戦場暮らしがそうさせるのか凛々《りり》しく引き締まり、マリアンヌの視線を釘《くぎ》付けにする。

――この人が私の夫になる。

もしこれが夢だとしたら、二度と覚めないで欲しいと願わずにはいられない。クライスの隣にいられるのなら、一生眠りについていたいほどだ。

マリアンヌは高鳴ってばかりいる鼓動を宥めるように、そっと胸に手を置いた。


女王マリアンヌお披露目の夜会は、予定どおりに進行していた。

招待客は五百名。

貴族院議場を埋めていた、倍近い人数が花鳥の間に溢れ返っている。人の熱気に気圧《けお》され、マリアンヌは緊張を顔に出さないよう取り繕うだけで精一杯である。

「こちらはアルフォンス男爵です」

クライスはマリアンヌの斜め前に立ち、相手の名と身分を紹介してくれる。

「女王陛下のお目にかかれて、光栄でございます」

上座に立つマリアンヌの前には、ずらりと貴族の行列ができている。

マリアンヌはそつのない笑みを浮かべ、ドレスの裾を摘まみ、俯き加減で頭を下げた。

「マリアンヌと申します。若輩でございますが、何卒《なにとぞ》ご指導をくださいませ」

「どうぞよろしく」

クライスとともに、順に一人ずつ挨拶をして、長い列を順調に短くしていく。

「先王陛下と生まれ日がご一緒だと伺っていましたが、いやあ、こんなに若く可愛らしい女王陛下を戴けるとは思いもしませんでした」

じろじろとマリアンヌの体に這わせる視線は、まとわりつくような湿っぽさを帯びていて、不快と緊張を与える。

マリアンヌが今夜纏うドレスは、剝き出しの両肩からすぐ下をぴったりとした袖で包み込み、踝まで覆う、一枚布のものだ。孔雀《くじゃく》青の緑がかった上品な艶が特徴的で、奥ゆかしい色合いがクライスの瞳と合わせたようで素敵だけれど、いささか露出が多いのが難点だ。

宴もたけなわで相手は酔っているのかもしれないが、ずいぶんと遠慮のない視線に返答を詰まらせる。

と、クライスがけん制がてら、マリアンヌの盾になるように一歩前に出た。

「ええ。私もこの身の幸運を神に感謝したいほどですが、妬《や》けてしまいますので、あまり見ないでくださいませんか」

クライスは冷たい微笑みを浮かべながらも、目はちっとも笑っておらず、友好さの欠片《かけら》もない。

「こ、これは失礼しました。グレゴール閣下、ご婚約おめでとうございます……」

すごみをきかせる国軍将軍におののいたのか、相手はしどろもどろに去ってしまった。

そんなことが何回かあってから、マリアンヌは列の合間でクライスに小声で謝罪した。

「すみません、上手くあしらえなくて」

「マリーのせいじゃない。嫉妬男の設定がいよいよ本物になってきて、これでも楽しんでるから」

次の客人が前に進もうとする中、クライスはいたずらっぽく小さく笑う。

「……次はバートランド子爵です。侯爵家並みに財力があって、王都でも手広く商売をしている家柄です。できれば丁重にもてなして」

既に二百人を超える人に挨拶を終えたが、クライスは招待客全員の顔と名前を正確に記憶しているらしい。

さすがライノーレの英雄と呼ばれる将軍だ。軍政がすなわち国政に直結するものだったからこそ、クライスの時代に終戦と相成ったのだろう。

クライスが纏うのは、式典用の軍服だ。いつも着ている軍服も将軍仕様の見事な仕立てだが、左胸にずらりと並ぶ勲章がクライスの功績を華々しく賞賛している。

——それに比べて私はどうだろう。

マリアンヌは豪奢《ごうしゃ》なドレスの胸元に目を落とした。

針子が急いでくれたおかげでサイズはぴったり合っているし、高く結い上げた栗毛も、クライスからもらった髪留めで美しく仕上げられている。

しかし長い裾に隠した足には、見るも痛々しい包帯が巻かれ、素晴らしいドレスに似合わない踵《かかと》のない靴を履いている。

まるで中身のない張りぼてみたいだ、とマリアンヌは思った。

クライスはマリアンヌのどこがよかったのだろう。聞きそびれていた。

英雄、将軍、伯爵号。

それらの肩書きがふさわしいクライスと比べて、マリアンヌは明らかに見劣りする。唯一あるのは、女王の身位だけ。自力で手に入れたものとは呼べない。

——なんだか卑屈っぽいな。

疲労が溜《た》まり始めているのだろうか。思考が出口のない円環をぐるぐると回り始めていた。

それもそのはず。挨拶をする列に混じる女性が、こぞってクライスに見惚《みと》れているせいだ。

女王お披露目のために着飾った女性達は、艶やかな化粧を施し、背の低いマリアンヌをちらりと見たきり、列を離れるまで熱心な視線をクライスに送っている。

皆、これが政略結婚だと知っている。マリアンヌが山育ちの傀儡女王だということも。彼女達はクライスの愛人の座を狙っているのだろうか、とまで邪推する自分に気づき、マリアンヌは深く溜息を吐いた。クライスの気持ちまで疑うなんて、どうかしている。

「マリー。気分が悪くなったのか？　足が痛む？」

勘のいいクライスがマリアンヌの顔を不安げに覗き込んだ。

新緑色の双眸《そうぼう》に、雪が積もっていた頃の思い出が舞い戻る。マリアンヌは強張らせていた頬を自然に緩めた。

「この夜会が終わったら、しばらくの間は人前に出なくて済む。もう少しだから頑張ろうか」

温かい励ましに、マリアンヌは「はい」と大きく頷いた。

問題が起きたのは、列の最後尾がすぐそこに見え始めた頃だった。

「おや？　マリアンヌ陛下はまだこんな場所に突っ立っておられましたか？」

芝居がかった男の声が背後から響き、マリアンヌは振り返った。

護衛に就く近衛《このえ》兵の列を割るように歩を進めてくるのは、顔を赤くした男だ。

クライスよりずっと年上に見えるその男は、足取りがふらついている上に視点も定まっていない。身なりは立派だし、よく見れば顔に見覚えがある。マリアンヌの記憶が正しければ、貴族院議員の一人だったはずだ。

見るからに酔っ払いの男がさらにこちらへ近づこうと足を踏み出すと、クライスはすかさずマリアンヌを背に隠した。

「陛下に何か」

クライスの短い問いに、男はふて腐れたように唇を歪め、ふんと鼻を鳴らした。

「もう皆さんはダンスホールに移動して歓談をしているというのに、肝心の新国王の姿がその輪に見えないからおかしいと思いましてね。まあ、山奥育ちの女王陛下は、ダンスなど踊ったこともないのでしょうから仕方ありませんな」

男はわざとらしく大声で嘲った。

「いやだわ、王政派の残党じゃない。あんな奴まで招待されていたの？」

「まだ議員資格を持っているから招待されただけなんじゃないのか」

たちの悪い伝染病が流行るような速さで、あっという間に周囲がざわめき出した。

不穏な空気を感じ、マリアンヌはたじろいだ。

絶対君主制を支持する王政派は、政変後、アンダーソンを始めとする議会派に押されて肩身が狭い思いをしているらしい。政変直後、自ら議員を辞職した者も少なくないと聞いていた。

――やっかまれただけなのだろう。

しかも相手は千鳥足の酔っ払い。マリアンヌは適当にあしらうべき場面である。

けれどマリアンヌがダンスを踊れないのは本当だ。にこやかに微笑み、ではごきげんよう、と軽やかな挨拶をして、あとはクライスに任せるのが賢明だ。

クライスもきっとそう考えているはず。――と思ったのだが、隣から降った声は、怒気を孕んだ低い声音だった。

「女王陛下の御前だ。その無礼を今すぐ謝罪しろ」

驚いて弾《はじ》かれたように顔を上げる。クライスは無表情のまま、怒りを宿した鋭い目で男を睨《にら》んでいた。

「無礼とは何のことでしょう。私は正しい指摘をしたまでですよ。ダンスひとつもできない王族が──山奥に十八年も引きこもっていた小娘が君主になるなど、ライノーレも落ちぶれたものだ。リチャード様も亡命なさるわけですな」

気づけば、王政派と思《おぼ》しき貴族の集団と近衛兵達が睨み合いを始めている。

一発触発の、最悪の雰囲気だ。

──どうしよう。

マリアンヌはドレスの陰で、冷や汗をかいている掌を強く握り締めた。

──私が謝るのはおかしい場面だ。クライスを立てながら、この場を乗りきる方便は……。

考えなければならないと思うほどに、頭の中が混乱してくる。数えきれないほど多くの瞳が、マリアンヌの言動を見逃すまいと凝視している。矢のような視線が全身に突き刺さり、なお緊張が高まってくる。

「クライス様……」

恐る恐るクライスを見ると、すっと手を差し伸べられた。

「マリー、俺と踊りましょうか」

「え……。でも」

マリアンヌが踊れないのはクライスが一番よく知っている。足の怪我の手当てだって彼がしてくれたのだ。

「俺に任せて。体を預けてくれるだけで構わない。でたらめにステップを踏んでもドレスが隠してくれる。あなたが初めて踊っただなんて、誰も気づきませんよ」

クライスは困惑するマリアンヌの手を取り、悠然とした足取りでダンスホールに進んでいく。

「女王陛下とその婚約者が初めて披露するダンスだ。ゆっくりとした演奏に変えてくれるか」

クライスが楽しげな口調で中二階に指示すると、指揮者が顔を覗かせて、「かしこまりました」と頷いた。

「マリー。手を出して」

クライスは半ば強引にマリアンヌの左手を取り上げ、指を絡ませるように手を繋ぐ。繋がれた左手は肩の高さに上げられ、右手は軍服の房飾りを押さえるように胸板につけられた。

「――もっと俺に近づいて。足を踏むくらい近くに」

耳に直接語りかけるかのような囁きに、ぞくりと背筋が疼く。とっさに身を縮めると、クライスは空いていた腕をマリアンヌの腰に絡ませ、ぐいと強く引き寄せた。

「あっ……」

よろけながらクライスの胸に飛び込むのと同時に、演奏が始まった。

最初に鳴り響いたのは低音の弦楽器。スローテンポの伴奏を背に、クライスが微笑する。

「演奏は無視して。周りも見ないで。――マリーは俺だけ見ていて。わかった？」

優しい色を宿した切れ長の瞳に見つめられ、鼓動がどきどきと早鐘を打つ。

マリアンヌは無意識に、こくりと頷いた。

「……はい」

「いい子だ」

また耳に直接話しかけられ、手当てしてもらった足の奥がじくじくと痛みに似た熱を持つ。

──膝に力が入らない。

傷が痛んでいるわけでもないのに、どうしてか足が震えてしまう。

シャンデリアに入った灯火がきらきらと光の洪水を降らせる景色の中を、何重にも慎重に音を重ねた演奏の波間に漂うように、クライスに抱き締められながらひとつひとつステップを踏んでいく。

女王と将軍が婚約して初めて披露するダンスは、情熱的に見えたのだろう。周囲を取り囲むようにできた人垣から惚れ惚れとした溜息が漏れたが、クライスに魅入るマリアンヌの耳には届かない。

──私、踊ってる。

隙間なくクライスに密着させた体が、熱くてたまらない。

クライスの体温が近すぎるせいか、促される方向にステップを踏むごとに、爪先から熱が這い上がってきて、下腹の奥がうねるように疼く。

「あ……」

眩暈に襲われて頭をぐらつかせると、ちょうど演奏が終わった。

音楽が鳴り止《や》むと同時に、熱気に包まれたダンスホールを揺らすような拍手喝采が巻き起こった。

「……覚えていろよ」

低い唸《うな》り声に、マリアンヌははっと意識を取り戻す。

見ると、酔っ払いの男がぎりぎりと歯嚙みしながら、仲間達に引きずられるように会場を辞していくところだった。

クライスはやれやれと肩を竦めただけで歯牙にもかけないが、男がマリアンヌに向けていた視線は憎悪に燃えていた。

マリアンヌは背筋が凍る思いで、会場を出て行く彼らの背を見つめた。

権力から最も遠い場所で生きてきたマリアンヌにはわからないが、権力を生活の糧にしてきた者もいるのだ。

——気をつけよう。

ぶるりと身を震わせると、クライスの腕が緩められた。

「とても上手だった。初めてダンスを踊ったなんて、嘘でしょう?」

「クライス様のリードのおかげです。初めてのパートナーがクライス様で嬉しいです」

「こういうの、すごくいいな」

はにかんだような笑みに、マリアンヌは小首を傾げた。

「こういうのって、何がですか?」

「マリーの初めてを、俺が全部もらうみたいなことが」

まだ腰にあるクライスの手に力が篭《こも》り、マリアンヌは再び顔を熱くした。

——やっぱりクライスはすごいな。

うっとりと蕩けるように、夢心地でクライスを見上げる。

と、その視界の端を長身の男の姿が掠めた。

マリアンヌは目を見開いた。彼の名を知っていたからだ。

太陽のような金色の髪に、青空と同じ色の瞳をした青年は、マリアンヌと同い年の十八歳。

二年ぶりの再会である。その青年は亡き宰相の長子、カルロだった。

＊

互いに見惚れ合うように交わしていた熱い視線は、マリアンヌのほうから唐突に外された。

クライスは不審に思いながら、その視線の先を追った。

目障りな王政派の連中が去って、再び賑わいを取り戻した人波を縫ってこちらに向ってくるのは、アンダーソンである。隣には、背の高い若い男を伴っていた。

——誰だ？

クライスは目を凝らした。

男は金髪碧眼《へきがん》で、恐ろしく整った顔立ちをしている。凍《い》てついた空気を纏う冷ややかな容貌の男とは、初対面だったはずだ。

——マリアンヌは知っているようだが。

クライスは目だけでマリアンヌに視線を戻す。マリアンヌは驚いたように黒色の目を丸くして、食い入るように若い男を見つめていた。

「マリアンヌ陛下、お見事でした」

目の前に来るなり、アンダーソンはマリアンヌを手放しで誉めそやした。マリアンヌはぼんやりさせた意識を取り戻したのか、はっとしてから慌てて首を横に振った。

「クライス様のおかげです。でも、出て行った方々は放っておいていいんでしょうか」

「構いません。来年の今頃には議員を辞めているはずですから」

不安そうに睫を伏せたマリアンヌに、アンダーソンはきっぱりと断言し、同意を求めるようにクライスに視線を向けた。

クライスは「同感です」と頷いた。

「マリーが気にする必要はない。徒党を組まないと嫌味のひとつも言えないような腑《ふ》抜けだ」

今こうしている間もリチャードを匿《かくま》い、あれこれと画策しているような卑怯者だ。宰相の死に際を思えば、さらに不愉快な連中である。

「ところで、そちらは?」

クライスが話題を変えると、アンダーソンは一歩後ろに下がっていた男を振り返り、前に出るよう促した。

「彼は宰相家の嫡子、カルロです。カルロには十六歳から二年間、同盟国の王城付きで留学してもらっていました。二十歳まで勉学に励んでもらう予定だったのですが……」

語尾を窄《すぼ》ませたアンダーソンに、なるほど、とクライスは合点《がてん》した。

宰相家は幽閉下に置いたマリアンヌの世話をしていた。長男カルロも携わっていたとしたら、マリアンヌとは旧知の間柄なのかもしれない。

「ライノーレより参じた使者から事情は伺っています。我が一族がお手を煩わせたとのことで、申し訳ございませんでした」

カルロの身長はクライスほども高いだろうか。線は細いようだが、引き締まった体を着痩せで隠しているようにも見える。その体軀で頭を下げると、ブロンドの髪がさらさらと零れ落ち、カルロの無表情の美貌に淡い影を作った。

「クライス・グレゴールです。国軍将軍職を与っています」

クライスは淡々と返礼しつつも、カルロの大人びた所作と口調に違和感を覚えていた。落ち着いた物腰が手伝ってか、マリアンヌと同い年に見えないのだ。

——こいつ、若いくせにおっさんぽい奴だな。

眉根を寄せたクライスが視界に入っていないかのように、カルロはマリアンヌのほうに向き直る。

「お久しぶりです、マリアンヌ様」

冷たい表情から一転。カルロは朗らかな微笑みを浮かべ、マリアンヌに向けて手を差し出した。

「はい。カルロ様もお元気そうで何よりです」

マリアンヌは屈託のない笑顔で、その手を取って握り返した。

いかにも親しい間柄といった様子の二人を目にして、クライスはむっと顔をしかめた。

――馴《な》れ馴れしい奴だ。というか、そんなにマリアンヌに接近するな。

落ち着け、クライス・グレゴール。二人は幼馴染みたいな関係なのだろうから握手くらいするだろ、と言い聞かせるが、カルロがクライスに見せつけるように、故意に大仰に握手をしている気がして神経が苛立ってしまう。

「足をお怪我なさっていると聞きましたが、もうよくなっているのですか？」

アンダーソンが首を傾げながらクライスに確認を求めた。クライスは不機嫌さを隠して頭を振る。

「いいえ、全く。立ちっぱなしの公務にはしばらく配慮が必要です」

言い終えるや否や、冷笑が響いた。カルロである。

「陛下に無理強いをしたということですか？　なんというご無体を……。それでよく国軍将軍など務まりますね。聞いて呆れます」

勘違いでなければ、これは喧嘩《けんか》を売られているのだろうか。クライスに噛みつく言葉には、挑発じみた敵意が滲んでいる。

「カルロ様、私は無理強いなんてされていません。それにクライス様は私に負担がないよう、注意深くリードしてくださったんですよ」

マリアンヌは強く言い含めるかのごとく擁護するが、カルロの耳には届いていないようだ。

カルロは左右均等に整った眉を跳ね上げ、クライスを鋭く睨みつけた。

「負担がないようにするなら、踊らなければよかったのです。違いますか、グレゴール閣下」

叱責《しっせき》に近い詰問に、クライスは一言も言い返せない。

王政派の連中はアンダーソンを筆頭とする議会派を始め、国軍にとっても敵である。しかし先ほどの場面では、ただの酔っ払いの戯言《ざれごと》だ。適当に受け流すかして穏便に済ませるべきだったのだろうが、不当に幽閉されていたマリアンヌの十八年間を思うと、黙っていられなかったのだ。

つまりクライスの我侭に違いないが、のっけから初対面の男に喧嘩腰にされる覚えはない。

「マリアンヌ様、すぐにお手当てをしましょう。さあ、こちらへ」

カルロの腕がマリアンヌに伸ばされた。が、クライスはその腕を遮るように、素早く細い肩を抱き寄せてカルロから遠ざけた。

「俺が手当てする」

マリアンヌの白く柔らかな足を他の男に見せるなど、何の冗談だ。

クライスはカルロを怒鳴ってやりたかったが、マリアンヌの手前もある。三十八にもなる男が、二十歳も年下のカルロを頭ごなしに叱りつけるのはいただけない。

「グレゴール将軍、申し訳ない。カルロには私からよく言っておきますので」

アンダーソンは険悪な空気を読んで詫びたが、大人の対応ができなかったクライスに責任がある。

クライスは苦《にが》い思いを胸にその場を辞去し、マリアンヌを連れて寝所に戻った。

「温かくて気持ちいいです」

マリアンヌは心身ともにお披露目会で疲労してしまったのだろう。ソファに浅く腰かけて、小さな素足を湯に沈めると、気の抜けた吐息が漏れてきた。

「会場でのことなんですけど……。余計なことを言ってしまったみたいで、すみませんでした」

「会場でのことって、何の話？」

マリアンヌの足元に跪いたまま、クライスはとぼける。

「カルロ様のことです」

「ああ。……別に気にしていませんから」

もちろん嘘だ。二人の関係を邪推しまくっている。

というクライスの気を知ってか知らずか、マリアンヌは話を続けた。

「カルロ様は七歳から家業を手伝っているんです。私のお世話も、その頃からお父様に代わってしてくれていました」

「七歳から？」

「はい。とても頭がいい方なんです。私とユリアナに勉強を教えてくれたのもカルロ様でした」

クライスは内心で怪訝にした。心なしかマリアンヌの顔が紅潮しているように見えたからだ。

——待て。足を温めたばかりなんだから、顔くらい赤くなるだろうが。

血の巡りがよくなっただけであって、再会したカルロに気があるわけではないはずだ。きっとそうに違いない。

考えすぎだ、と自身の気持ちに整理をつける。——が。

「カルロ様が戻ってよかったです。初めてお会いする方ばかりで不安だったから……」

クライスは愕然とした。

どれだけ気を緩めたのだろう、マリアンヌは頬を赤らめて吐息したではないか。

——顔が赤いのは血行がよくなったから。

マリアンヌの反応は生理的に説明がつく。

カルロの帰国についても同様だ。

カルロの父は実兄リチャードが殺したも同然だ。そんな状況下で即位したマリアンヌは、「カルロ様に責められたらどうしよう……」と思い悩んでいたのではなかろうか。

であれば納得だ。カルロは父親の死について自ら口にしなかったし、その素振りすらなかった。

マリアンヌを責めるどころか、申し訳ないとすら感じているようにクライスからも見えていた。

クライスとしては、マリアンヌと幼馴染の再会を我がことのように喜んでやるべきだ。

——わかっている。

頭では理解しているのだ。自分の意思とは無関係に狭い世界に閉じ込められていた生活の中でも、マリアンヌによき理解者がいたのは幸いなことである。

しかし胸の奥がやり場のない感情でもやもやとして、やたらと気が散ってしまう。

この感情の名前をクライスは知っている。

嫉妬だ。あるいは、逆上とも。

クライスは膝立ちで身を乗り出し、マリアンヌのスカートを腰まで大胆にめくり上げた。

「え……？　クライス様、あの……」

突然のことに動揺するマリアンヌに、クライスは柔和に微笑んだ。

「傷が早くよくなるように、またおまじないをしておかないと」

「え、ええ。そうですね。ありがとうございます」

マリアンヌはクライスの言葉を信じたようだ。スカートを押さえようとしていた手がゆっくりと外される。

クライスは目の前に現れた白く柔らかそうな太ももに、ごくりと喉を鳴らして顔を近づけた。

ちゅ、と音を立てて内腿《うちもも》に口づけを落とす。唇を押し返す素肌の弾力に、どくどくと心臓が強く鼓動を打つ。

そこからはもう止まらない。たがが外れた本能がのたうつように暴走を始めた。

クライスは立て続けにマリアンヌの太ももに吸いついて、赤い花を散らし続ける。

「ん……あぁ……あっ！」

ソファの下から膝裏を押し上げられ、いかがわしく開いた足が小刻みに宙で震える。

甘い匂いが鼻を掠めた。スカートの奥だ。クライスを誘うように芳香を撒《ま》き散らすそこに向け、じっとりと太ももを撫で上げる。

「や……ッ。クライス様、そこは……っ」

マリアンヌは頬を上気させて抗《あらが》うが、クライスのほうが速かった。

足の付け根から秘所を守る下穿《したば》きの中へ、するりと指を滑らせる。

「んぅッ！」

指先が秘所に触れた途端、びくんと大きくマリアンヌの体が跳ね上がった。

秘裂から滲んだ蜜がクライスの指の腹にしっとりとした湿り気を移す。

「濡《ぬ》れてるよ、マリーのここ」

「あ、は……だ、だって……」

「だってじゃない。おまじないの最中なんだから、じっとしていて」

口からでまかせでマリアンヌを宥め、下穿きの上からふっくらとした丘に唇を密着させる。

「ふぁっ……ああッ！」

色めいた嬌声《きょうせい》とともに、クライスの頭上まで高く上がった足の爪先が引きつった動きで空《くう》を掻いた。

花弁を弄んでいた指を抜き、肩を露出させたドレスの胸元に手を伸ばし、一息に引き下ろす。

「ぁ……ッ！」

マリアンヌは驚いたようにびくりと体を揺らし、両腕で胸の膨らみを隠そうとしたが、クライスはそれぞれの手首を素早く拘束し、ソファの背に縫いつけた。

「マリー……」

マリアンヌの双丘がたおやかな姿を晒す。左右対称の乳房はたわわに実った果実のようで、クライスを魅了する。

「や……やめて……」

マリアンヌの足を肩に引っかけ、上に伸ばした両手の指でツンと尖《とが》った桃色の頂《いただき》を摘まみ上げる。

下穿きごと容赦なく秘所を吸い上げると、抗うように頂が固さを増した。

熱っぽい口内に吸い上げた布越しに、炙《あぶ》り出されたように肉粒が浮いてくる。円《つぶ》らかな芽芯を嬲《なぶ》るように舌先で激しく上下に弾きながら、乳首をくりくりと挟んで捏《こ》ねる。

「ん……っ！　あ、や……っ。あ、んっ！」

じわじわと染み出してくるマリアンヌを味わっていると、かたん、と背後で物音が聞こえ、クライスは我を取り戻した。

続きの間に控えている護衛か侍女が、突然始まった情事の気配に狼狽《ろうばい》し、物を落としたようだ。

クライスは慌ててマリアンヌから体を離し、あられもなく曝《さら》け出したなめらかな肌をドレスを元に戻して隠した。

——何をやっているんだ、俺は。

クライスは心の中で冷や汗を流した。

誰もいなかったら、野生的な本能のままにマリアンヌに狼藉をはたらいてしまうところであった。

「これも、おまじないなんですか……？」

わずかに掠れた細い声に、クライスはしばし迷ってから力強く頷いた。

「もちろん。マリーの傷が一日でも早くよくなるように、っていうおまじないだ」

とんでもない大嘘をつき続けても、マリアンヌは信じてくれたのか、天使のような微笑みをクライスに向けてくれた。

「嬉しいです。早くよくなるような気がしてきました」

なんていい子なのだろう、とクライスは自身の情けなさに泣きたくなった。

マリアンヌと書いて天使と読む。心根まで穢《けが》れたおっさんにはもったいない女性である。

——ま、もう婚約しちゃったけどな。

そうそう、マリーはもう俺のものも同然なのだ。

といったふうに余裕ぶっていられたのは、翌朝までのことだった。


明くる日の朝議でカルロと顔を合わせると、「おはようございます、グレゴール閣下」とごく自然に返事をされた。

また挑発的な言動を取られたら厄介だと思っていたのだが、昨夜のうちにアンダーソンが取り成してくれたのが効いたのかもしれない。

その代わり、カルロはクライスをあからさまに無視するようになった。マリアンヌの目の届かないところに限定して。

カルロが静かに敵対心を剝き出しにする理由は、ひとつしかない。

カルロの視線の先には、常にマリアンヌがいる。

本人は冷淡な表情の下にきっちりと恋慕を隠しているつもりのようだが、同じ女を同じ目で見ているクライスにはカルロの心の内が透けるようによく見とおせた。

「ちょっといいか」

王城の回廊を一人で歩いていたカルロをクライスが呼び止めたのは、マリアンヌお披露目会から一週間後の昼前のことだった。

カルロは返事をせず、ただ無言でクライスを振り返った。

無愛想にもほどがある。クライスはあっけに取られたが、軍人生活が長いせいもあって、面倒なやり取りは好まない。

「マリーは俺と結婚する。いいのか？」

ずばり単刀直入に切り出すと、カルロは眉ひとつ動かさずに答えた。

「マリアンヌ様は私の主君です。恋慕など恐れ多い。父も日頃から、命を捨ててお守りしろと言っていましたから」

冷静沈着とは、カルロのためにあるような言葉だと思ったが、その声音に悲哀が滲んでいるように感じるのは、クライスの気のせいではないはずだ。

意地の悪いことをしている自覚はある。しかし宰相は国王の影として、常に付き従う職である。マリアンヌの身の安全を考えれば、新宰相の忠誠に一点の曇りもない保証が欲しいし、先に仕かけてきたのはカルロのほうなのだから、と自身に言い訳をして続けた。

「父親を殺したも同然の王家を恨んでいないのか？」

人けのない回廊で、クライスは腕を組み、丸めた背を壁につけてカルロの顔色を観察する。

クライスの詰問に、やはりカルロの表情は全く変わらない。

「愚問です。王家あっての宰相家。ただ無心でお仕えするのが、我々に代々与えられたお役目です」

「気持ち悪いくらい悟りきってるんだな。まだ十八歳だろ、欲はないのか？」

「お言葉ですが、歴代宰相の中には十五歳で就いた者もおりますので。国王が人あらざる者ならば、影たる宰相もまた、人ならざる者でありましょう」

カルロの返答に、クライスは口を曲げた。

何となく面倒なことを言われた気がする。つまり、年齢は関係ない、と言いたかったのだろうか。

「私がお仕えするのはマリアンヌ様であって、王族ではないグレゴール閣下ではありません。マリアンヌ様を危険に晒す者であれば、夫であっても始末いたしますので、その時はご容赦ください」

下手な挑発をしてくるものだ、とクライスは大仰に溜息を吐いた。年齢相応の若気の至りにしては、敵意が滲みすぎているのも問題だ。

「あっそ。おまえもな」

ついやり返してしまってから、クライスは後悔した。

これではまるで子供の喧嘩だ。マリアンヌが聞いたら、きっと悲しむ。

――俺が大人になるべきなんだろうな。

クライスは自重するが、三十八歳の中年男を大人と呼ばず何と言おうか。

四十も近い歳をしたおっさんの嫉妬など、薄汚くて我ながら気分が悪くなってくる。

マリアンヌの気持ちは少しも変わることなく、クライスにだけ向き続けている。彼女の誠実さを考えれば、今後何があろうと他の男に心変わりすることはないと信じることもできている。

にもかかわらず何に嫉妬しているかと言えば、二十歳の年の差だ。

カルロと並んで歩くマリアンヌは美しさが際立つ。まだ若い二人を見て、気後れから声をかけそびれることを繰り返す。

それから二週間が経っても、クライスの葛藤は止まず、得体の知れない不安を増大させる一方だった。

カルロは宰相の跡目を継いで、まず最初に女王マリアンヌの王命による先王リチャードの捕縛命令発効と、隣国オルブライ公国へ停戦条約を通じ、身柄引き渡し依頼を提出した。留学先に伝手《つて》があるのか、別口から引渡し成功時報酬をほのめかす根回しつきで。

カルロの仕事ぶりからするに、家督と真剣に向き合おうとしている姿勢に疑いはない。責任感の強い男なのだろうというのも伝わってくる。

――マリーが気を許すわけだ。

そう思ってしまうクライスの底意地の悪さときたら、目もあてられない。

カルロはまだ五歳になったばかりの幼い弟を養う重圧もある中、十八歳の若さでよくやっている。なのに、

――カルロは留学から帰国したら、マリアンヌを引き取るつもりだったのではないだろうか。

そう考えると、いてもたってもいられない焦燥感に襲われてしまうのだ。

存在しない第一王女に、まともな輿入れ《こしい》先はない。

亡くなった宰相は、いつかマリアンヌの身を嫡子に宛がうつもりで、幼い頃から世話をさせていたのではなかろうか。

否。きっとそうだったに違いない。

であれば、カルロからすれば横恋慕したのはクライスのほうである。

積年の恋心と家督との間に挟まれて、あの無表情に苦しみもがいている胸の内をひた隠している
のかもしれない。
などとカルロの気持ちを理解しようとする、思考がまるで乙女なクライスは卑屈でさえある。
マリアンヌとカルロが生まれた頃、クライスは既に国軍に入軍していた。そして十五年も戦争に
明け暮れた。それがマリアンヌとの年の差の正体だと思うと、胸がひしゃげたように鈍い痛みを訴
えるのだ。
地位と名誉しかない中年男のどこがよかったのかは知らないが、マリアンヌがクライスでいいと
言ってくれているのだから、それでよいではないか。
——女々しいな。
今さら二十歳の年の差に自分から壁を作ったところで、卑屈さを増すばかりだというのに。
「……おっさん乙女将軍。気持ち悪《わり》ぃな」
背筋に走った悪寒で一度だけ身震いすると、マリアンヌが「すみません、足元に夢中になってい
て聞こえませんでした」とクライスの腕の中から顔を上げた。
春の陽光が眩《まぶ》しい午後である。花鳥の間を借りて、クライスはマリアンヌのダンスの練習でパー
トナー役を務めていた。
一ヶ月後、王城で晩餐会《ばんさん》が予定されている。毎年それを皮切りに社交シーズンが始まるが、即位
したてのマリアンヌは国中に顔を出さなければならないだろうから、練習で無理をさせたくない。
「そろそろ切り上げようか。身長差のある俺を相手にきっちりターンもできるようになってる。心

配しなくて大丈夫」

「本当ですか？」

「本当です」

「嘘じゃなくて？」

「嘘なんかつかないよ」

エロいおまじないを除いて、とは言わない。マリアンヌはあれが嘘だったととっくに気づいているはずだが、自白など野暮をしたら二度と下手な口実を使えなくなってしまう。

じゃあ少し休憩、と言いながらマリアンヌの腰と肩に添えていた手を外すと、壁際で練習曲を演奏していた伴奏者も弦楽器の構えを下ろした。

空き時間で昨日レイモンドから押しつけられた書類仕事を片づけてくるか、と出口に足先を向ける。と、クライスとほぼ同じ背丈の細身の男が入ってきたところに出くわした。

子供の髪のようにさらさらとした柔らかそうなブロンドをした男は、言うまでもなく宰相カルロである。

カルロは練習がひと段落したのを見るや、

「グレゴール閣下。私とお手合わせ願いたいのですが」

と求めてきたので、クライスは背筋を再びぞわりとさせた。

「男と踊る趣味はない」

顔をしかめてきっぱり断ると、カルロが首を傾げた。

「将軍閣下とお手合わせと言ったら、剣に決まっていると思うのですが」

カルロは不機嫌そうに、自身の腰に差した剣の柄を指で指し示した。

臣下は文官であっても、帯剣の義務が課されている。衛兵や近衛でなくとも全員が護衛と自衛の心得を持て、ということらしいが、腰帯程度の装飾品と化している文官がかなりの割合を占める。

「こんなところでか？」

クライスは憮然としたが、カルロは動じず冷ややかな面持ちのまま頷いた。

「花鳥の間が城内で一番広く、安全に模擬戦ができると思いました」

「花鳥の間は通称だ。正しい名前は別にある」

「もちろん存じています」

この部屋の正式名称が「玉座の間」と知った上で、手合わせを申し込んでいるらしい。

しかし広大な王城内で、国王が妙な輩に襲われる可能性が最も高いのは、式典会場に選ばれる機会が多い玉座の間で間違いないと知ってのことだろう。

父親に似て愚直なほど、強い使命感を持つカルロである。宰相の立場から備えておきたい物事もあるのかもしれない。

クライスにしても、玉座の間と名づけられているわりに警備のやりにくさが気になっていたところだ。しばし迷った末、クライスはカルロの申し出を受けることにした。

「奏者の方。申し訳ないが、壁際に背をつけて見学するか退室するかしてくれ」

「マリアンヌ様も」

クライスの忠告に奏者は逃げるように辞去したが、マリアンヌは間合いを取り始めた二人の間でおろおろと視線を惑わせている。

「あの……今ここで立会人もなく、真剣で模擬戦をする必要があるんですか?」

カルロはクライスから視線を外さないまま、小さく頷いた。

「社交シーズンが始まったら、花鳥の間は塞がって使えなくなりますので」

それに、と呟き、カルロの右手が剣の柄にかかる。

「ライノーレで最も剣技に秀でる者が誰かと訊けば、必ずグレゴール閣下の名が挙がりましたから」

それはあり得ない、とクライスは失笑した。とりあえず英雄と呼ばれた人の名前を出しただけではなかっただろうか。

剣の鋭さだけ取って見ても、クライスよりレイモンドのほうが上回る。カルロが自身の剣の腕を試したいだけなら、断るべきだ。

しかし剣を鞘《さや》から抜こうとするカルロを見つめながら、「こいつなりの考えがあるのだろう」と思えば、クライスとしては諦めるしかない。

「グレゴール閣下も抜いてください」

促すカルロに、クライスは頭を振った。

「最初だけ、ハンディだ。いつでも踏み込んでくればいい」

視界の端で、マリアンヌが小走りに退室していく後ろ姿を捉えた。たぶん誰かを呼びに行ったただろうから、間もなく駆けつけるはずの者に止められてしまう。

――さっさと片づけるか。

剣を抜く機会がない平和な時だというのに、と内心で愚痴っていたが、カルロの構えを見て、

「悪い、ハンディはなしだ」

急遽《きゅうきょ》、クライスも剣を鞘から素早く引き抜いた。

無駄のない構えは、肩の力が抜けて美しい。どうせ若気の至りと甘く見たが、抜いておかなければ第一刀目でこちらがやられる。

――留学先で習ったのだろうか。

カルロの構えには癖がある。

肘より高いやや上段からの構えは、刃先が利き手と逆の左に傾いている。恐らく踏み込みで低い位置に構え直し、下段から斬り上げる攻撃に転じるはずだ。

「――っと」

クライスの予想は当たった。

真下からの攻撃を歩を後ろに引いて避《よ》ける。が、カルロの動きは細身に似合わず速い。

下から振り上げたまま空《くう》を切った剣が、構えもそこそこに、頭上からクライスに襲いかかる。

空間を両断する鉄剣の圧力音が、クライスの髪をなびかせる。

クライスは鈍く光る剣を難なくなぎ払い、カルロとの間を詰め直した。

「師はライノーレの人間ではないようだな。名前を聞いて構わないか？」

カルロは留学先である同盟国の国軍将軍の名を挙げた。耳にした名に、クライスは顔をしかめた。

何度か会談の席で顔を合わせたことがある将軍だ。

名だたる武闘派を退けた智将と呼ばれる中年男だが、クライスに言わせれば口を開けば嫌味しか出ない偏屈な奴だ。

しかし指導力はある。剣の師とするには打ってつけの人だろう。

「……悪くない奴についた」

クライスの脇腹を狙った鋭い太刀筋を見切り、流れに沿って打ち払う。

カルロは力で押し返されたものの、もんどりうって倒れるような無様は晒さなかった。むしろ受け止めた力を利用して身を翻し、クライスの死角に踏み込んだ。

「カルロ。もしおまえがライノーレか好きな女か、どちらかしか選べない状況に陥ったとしたら、どちらを取る?」

死角を狙われたら間合いを取る暇がないので、接近戦は避けられない。やむなく剣を合わせ、力比べの体勢に持ち込んでから訊く。

カルロの額から汗が玉になって頰を伝い、赤い絨毯に流れ落ちた。

残念ながら、実戦向きの体力はなさそうだ。が、クライスが十八歳まで時間を遡ったら、目の前のカルロに一太刀目でとっくに殺されていただろう。

「マリアンヌ様が国王でなければ、ライノーレを選びます」

「それが宰相の役目だから?」

「はい」

迷いのない頷きはクライスを満足させるものだったが、反面、その潔《いさぎよ》さがどうにも気に食わない。マリアンヌが傀儡としても用済みとなった時、カルロは彼女の敵になる危険があるのが不服で腹立たしい。

クライスは一歩前に出て、カルロの剣を体ごとねじ伏せた。接近戦に限定するなら、クライスに並ぶ者はいないだろう自負がある。

「あ、っそ」

構えを取らせてもらえないカルロの剣の鍔《つば》にクライスのそれを合わせ、足払いをかける。まさか足技を食らうと思ってもいなかった様子で、カルロが体勢を崩す。

転ばせたところで確実に仕留めるつもりで足を払っていた。だからすぐ剣を構え直したカルロの執拗さに、クライスは驚いた。

「宰相にしておくのが惜しい腕だ」

本音を漏らしたクライスに、カルロの無表情が不意に綻んだ。

「光栄です」

唐突に、「マリアンヌを守るために剣技を磨いたのだ」と閃きが脳裏をよぎった。であれば、これほどまでに潔いのも納得できる。国も好きな女もどちらも取る、それがカルロの本音だったはずだ。その強欲を叶えるために研鑽《けんさん》を積んできたのだろう。

カルロの純粋さは素直に素晴らしいと思う。しかし戦場生活をしてきたクライスはそれを持ち合わせていないし、理解することも不可能だ。

いざとなれば国を捨ててマリアンヌを連れて逃げるつもりでいるクライスは、面倒なら足技を使うことも厭《いと》わない。

——手合わせはここまでだ。

構えから踏み込みにかかったカルロに諫めの言葉を投げようとした、その時。

「そこまで！」

剣の切っ先を向け合う二人の、わずかな間合いに踏み込んだ影があった。レイモンドだった。

「何やってんだ、おまえら！」

間合いに割り込むレイモンドの怒号を聞き流し、クライスは剣を鞘に収めた。

「何って、模擬戦？」

「模擬戦って、おまえな。陛下の御前だぞ、意味わかんねえよ」

馬鹿じゃねえのか、とレイモンドは不快そうに顔を歪め、額に手をあてる。

目の前のカルロに必死で気づかなかったが、ふと見た出入り口には「なにごとか」と野次馬が集まり、ちょっとした騒ぎになっている。

その人波をマリアンヌがかきわけるように進んでくるのが見えた。

「陛下が近衛を通じて、城内の詰め番だった俺を呼んだ。本当におまえら、いい加減にしろよ」

レイモンドの叱責に、クライスは眉根を寄せた。

いい加減にしろ、と言われるほど派手なやりあいをした覚えはないが、側にいる人間からはそう見えたということなのだろう。

「城内で不必要に抜剣するなど、許しません」

凛としたマリアンヌの静かな声音に続き、ぱし、と頬を打つ音が響き、クライスはぎょっとした。

マリアンヌがカルロを平手で殴ったのだ。

呆然《ぼうぜん》と絶句するクライスに、レイモンドがひそひそと耳打ちする。

「カルロはまだ宰相に着任したばかりで信用が足りない。これだけの騒ぎになったからには、主君である彼女があぁして収拾すれば、これ以上のお咎めはないっていう判断なんだろ」

「……え？」

「だから。おまえみたいな脳足りんな馬鹿将軍より、にわか女王のほうがずっと賢いってことだよ」

呆れ返ったように口元を歪めたレイモンドの意を解《げ》せず、クライスは首を傾げた。

クライスにも言いぶんがある。恐らくはカルロも同様に。

これは私闘ではなく、両者考えがあった上でのことだ。

「私が良いと許可を出すまで、自室で謹慎していなさい」

涼やかなマリアンヌの命令に、カルロは赤くなった頬を押さえることもせず、「承知いたしました」と一礼をして踵《きびす》を返した。

「人払いしておくから、陛下に言い訳しとけよ」

グレゴール閣下は俺がのちほどこってり絞ってやりますので何卒ご容赦を、とレイモンドは見物客を促し、撤収していった。

普段は人で賑わう広い花鳥の間に、クライスはマリアンヌと二人きりで残された。

俺も殴られるべきだろうな、と、冷静さを少し取り戻して俯いていると、しゃくり上げるような
マリアンヌの吐息が耳に届いた。

見ると、棒立ちになったままのマリアンヌが、ぼろぼろと涙を零している。

「マリー？」

近づこうとした足が、マリアンヌの一歩手前で凍りついたように停止する。なぜ彼女が泣いているのか、理由がわからないのだ。

——とにかく、何か声をかけなければ。

一度深呼吸をして口を開くと、

「……カルロが傷つくのが怖い？」

なぜか的外れな言葉が出てしまった。偏屈すぎて、頭を抱えて逃げ出したい衝動に駆られる。

「ちが……クライス様が怪我をするのが嫌で……！」

マリアンヌが泣きながら猛然と抗議するのを、クライスはぼんやりと見つめながら、

——なんで俺、マリーの気持ちを試すようなことを口走ってるんだ？

と頭をもたげた。

ひょっとしてそれがクライスの本心だったのだろうか。

今回はたまたま対象がカルロだったというだけで、いつかマリアンヌ女王陛下はクライスおじさんから離れていってしまうのではないか。そんな、漠然とした不安に怯《おび》えていたのかもしれない。

「……ごめん。おかしなことを言った。悪かった」

レイモンドの言うとおりである。年ばかり取っておいて、中身はない物ねだりで親を困らせる駄々っ子そのものだ。

「本当にごめん」

気まずい思いでクライスが頭を下げると、頭二つぶんも背の低い小さな影が胸元に飛び込んできた。

強烈なタックルを鳩尾《みぞおち》に正面からまともに食らってしまったクライスは、呼吸不全に陥った。

マリアンヌは意外に力が強いことをすっかり忘れてしまっていた。彼女は鉄製の罠をこじ開けてしまうし、両足を負傷した血まみれの男の手当てもしてしまう人だったのだ。

抱きついてくれるのはかなり嬉しいが息ができなくて結構苦しい、と弱音を零す余裕もなく、声が出ない代わりにマリアンヌの体を抱き締め返す。

「カルロ様は私にとって兄でも友人でもなく、宰相家の嫡男として私とユリアナの世話をしてくれた人です。私の初恋の人はクライス様で、今もこれからもずっとクライス様だけです」

初恋くらいはカルロだろうと思い込んでいたクライスの体から、どっと力が抜ける。

同時に、胸が高鳴った。おっさんを射抜くのが本当に上手い子だと感心しながら、さながら乙女のように胸をきゅんきゅんさせてしまう。

——限界だな。

マリアンヌを腕に、クライスは吐息する。年上を気取って紳士ぶるのも、ここまでだ。

「マリーの明日の予定は?」

柔らかな手触りの栗毛を撫でて訊くと、マリアンヌが顔を上げて答えようとしたので、クライスは慌てて彼女を抱き締め直して阻止した。真っ赤になっているだろう顔を見られたくない見栄っ張りだけは、どうにもならないようだ。

「明日はオルブライ語の講義をしていただく予定でした」

ライノーレで使われる言語は大陸で最も使われている公用語だが、休戦条約を経て新たに同盟国となったオルブライ公国は、自国言語を採用している。

政治学や算術といった今すぐにでも身につけなければならない講義であれば休ませられないが、通訳者は山ほどいるしクライスも堪能なので、語学は急務ではない。

「明日、講義をさぼって遠出しましょうか」

「さぼり？」

「ええ。俺と城下に逃げましょう。社交シーズンが始まったら、もう二人きりで気軽に出かける機会もなくなるし」

逃げると言ったものの、あてはなかった。

＊

「では両国に戦火が及ぶ有事の際は、互いの軍を惜しみなく提供し合うということで」

壮年の男——オルブライ公国国王の確認に、リディアは深い頷きを返した。

場所は、隣国オルブライ公国との緩衝地帯である。

二国会談はそこに設けられた要塞で行われていた。

「もはや貴国と我がライノーレは一蓮托生《いちれんたくしょう》。我が国で起こった百年前の内戦に際し、貴国はどの同盟国より先んじて、救いの手を伸べるために馳《は》せ参じてくれた恩がありますゆえ」

厳かな口調のリディアに、オルブライ国王は懐かしそうに目を眇《すが》め、穏やかな面持ちで頷いた。

「そも、二百年前の完全和睦より深まった歴史のおかげですかな」

「マリアンヌ治世の時代ですね。当時も今も折々で、貴国には愚鈍な我が王がご心配ばかりおかけして、面目ない次第です」

リディアが申し訳程度に頭を下げると、オルブライ国王は、「あなたが次のライノーレ国王となると聞き、これで安泰とほっとしていますよ」と慰めの言葉をかけた。

リディアは内心で、「こいつもとんだ古狸《ふるだぬき》だよ。本音では、若い女がしゃしゃり出てくるなと思っているくせに」と父王時代からの駆け引きでうんざりしているが、もちろん顔には出さない。

政事と書いて腹の探りあいと読む。涼しい顔で綱渡りができてこその優れた国主である、とリディアは常日頃から肝に銘じていた。

「それにしても急な世代交代となって、リディア殿下におかれましても災難でしたな。二百年前の女王の再来と呼ばれるはずです」

へえ、この狸でも災難なんて思ってくれているのか、と少し意外に、そして嬉しく思う。

ええ、とリディアは微笑した。

「我が国の八代前の賢王、マリアンヌ陛下と同様、戦火を治め国に殉じる覚悟を持つことこそが王族の務めであると思っていますので」

「戴冠式と同時の成婚も、まことにめでたい。大陸で最も幸運な男とは、さてどなたのことか」

オルブライ国王は興味津々といった顔で、リディアが座るソファの後ろに目をやった。

すると控えていた側近達の列から一人、背の高い男が無言を守ったまま深く腰を折った。

「我が宰相のアレクシスです」

リディアがにっこり笑って紹介すると、ほう、とオルブライ国王は深い溜息を漏らした。

「大変な美丈夫と聞き及んでおりましたが、リディア殿下に負けず劣らずの美男子だ」

同盟国の国王が心から賛辞を送ったのに、アレクシスは無表情でしれっと頭を下げ続けている。

アレクシスに代わり、「ありがとうございます」と礼を述べたリディアも、彼ほど美しい男を見たことがない、と思っていた。

太陽を切り取ったかのような黄金色の髪は、一本一本が繊細で、まるで絹糸のよう。

すっと通った鼻筋は高く、男にしては長い睫に覆われた双眸は、どこまでも澄みわたる空色に輝いている。

そして背が高く、王家より古い家柄と伝わる宰相家の独身当主ときたら、当然のように女にもてる。現に、オルブライ国王の隣に座す王妃とその独身の長女の心をさっそく奪ったのか、アレクシスに釘付けになっている彼女らの目が爛々《らんらん》と輝いている。

「アレクシス、挨拶を許します。オルブライ陛下と細君にご挨拶なさい」

なんで私が偉そうにアレクシスに命令をしなきゃいけないんだよ、と嫌気が差すが、国で一番偉い身位に就こうとしているのだから仕方ない。

「リディア殿下の王配として王家に迎えられることになりました、アレクシスと申します。――どうぞよろしく」

完全無欠の美しい顔に柔和な微笑みを湛《たた》えれば、王妃とその長女が「きゃあ」と甲高い声を上げて握手を求めた。

――いいな。

アレクシスと手を握り合う彼女らを、リディアはちらりと横目にする。

彼の手に触れたのは、十六歳で婚約が決まった日が最後だ。

本来であれば、リディアは二十二歳で他国に嫁ぐ予定だったのだが、二十歳になった年に王太子である双子の兄が逃げたことで、王位継承順位が繰り上がり、内々の婚約が破棄された過去がある。

三歳年上のアレクシスがずっと好きだった。結ばれないと知っていたけれど、嫁ぎ先が他国に決まれば、やはりショックだった。

せめて想いだけでも伝えたくてアレクシスを呼び出したのが、十六歳の時。ぼろぼろと無言で泣き続けるリディアの涙を、そっと優しく拭ってくれたのが、彼と触れ合った最後の思い出だ。

それが今となってはどうだろう。

リディアは既に二十五歳、女子王族としては完全な行き遅れ。

対するアレクシスは二十八歳。宰相十年目の節目を迎え、男盛りもまだまだこれからの年齢だ。

――ずるいな。

未だリディアは、アレクシスが自分をどう思っているか聞けていない。

父王の引退宣言から、あれよという間に婚約が内定してしまったせいもある。けれど、幼馴染というには近すぎる間柄を乗り越えて一夜をすごしたにもかかわらず、いざ結婚が決まってからというもの、当時よりアレクシスを遠くに感じて不満が募る。

――勇気を出そうか。

リディアはひとつ決意して、会談を続けた。


リディアは深夜になっても書類仕事に追われていた。投宿地の領主屋敷を包み込む闇は、すっかり色を濃くしている。

よくもこれだけ溜め込んでくれたよ馬鹿親父が、と苦々《にがにが》しく内心で悪態づいていると、執務室兼寝室として借りた客間のドアがノックされた。

「入れ」

書類から顔を上げることなく短く答えると、狭く開かれた隙間から細身の影が滑り込んだ。

ノックの間合いで誰かはわかっていたが、

「おやすみの時間です」

と粛々と告げる低い男の声に、リディアは羽根ペンを放り投げて仕事を切り上げることにした。

「リディア様にご報告が一点ございます」

長身の影の持ち主は、宰相アレクシスである。

昼と違い、ラフなシャツ姿で第一ボタンを外した格好が様になっているのは、美形が有す特権だ。

「報告？」

小首を傾げたリディアに、アレクシスはこくりと頷いた。少し長めの前髪が、さらりと零れ落ち、空色の瞳に陰を作る。

「レイモンド副将軍の日記の件です。父のほうに依頼したでしょう？」

「ああ、思い出したぞ。エロ男の盗聴記録のことだ」

「違います。日記です」

「どちらでも同じだろうが。おまえらときたら冗談のひとつも通じんから、面白みに欠ける」

「つまらない男で申し訳ございません」

「で、それがどうした」

アレクシスが胸元のポケットを探り、そこから抜いた紙片をリディアに差し出した。

受け取ったそれは軍用通信で、差出人はエイダ従軍記者となっている。

書かれていた三行のうち最初の一行目は、副将軍の日記を貸し出してくれた礼が述べられていた。続いて「王都の古本屋で似た随想録を見かけた」とあり、最後に「興味深い内容なので集めておく」と締め括られている。

「随想録？」

「登場人物が変名に摩《す》り替えられたエロ日記の続きだそうです」

アレクシスの報告に、リディアの食いつきは早かった。

「あれに続きがあったのか」

「エイダ様のご報告によれば、そのようです。内戦の折に散逸した日記が、語り継がれる形で市場に残ったのかもしれません」

エイダという記者に俄然《がぜん》興味がわいてきた。

猥褻《わいせつ》な内容だと知っていて、女王に献上すると申し出るのだから、彼女とはきっと趣味が合う。

「エイダ記者と会う場を設けてくれるか」

「そう命じられると思い、来週末に面会予定を捻《ねじ》り込んでおきました」

「仕事が早いのはさすがだな」

「恐れ入ります。殿下との付き合いは、もう二十五年になりますので」

まるで腐れ縁とでも言いたげな無表情に、リディアは密かに溜息を吐いた。もうちょっとだけでいいから、優しくしてくれないだろうか、そうしたら私だって……私だって、変な意地を張らずに甘えることができるのに、と思いながら。

「日記といえば、宰相家にもあったな」

「はい。代々の宰相が付けているものですが、それが何か」

「通称、乙女日記」

リディアのあだ名が気に入らなかったのか、アレクシスが眉根を寄せた。無表情が最大の特徴である彼が顔色を変えるのは珍しい。

「どこが乙女日記ですか。普通の日記ですよ」

「そうか？　マリアンヌ治世の宰相殿の乙女日記を読んだ時、私は泣き腫らしたものだったがな」

ああ、と思い出したようにアレクシスが小さく頷いた。

「カルロ宰相の、幸福な失恋日記のことですね」

遡ること二百年前の宰相は、未婚のまま弟の子に家業を継承させ、その血統は連綿とアレクシスまで続いている。

「さて、無駄話はおしまいです。おやすみしていただかなければ、明日に差し支えます」

寝室に続くドアを開き、アレクシスが促した。

リディアは両腕をアレクシスに向け、いっぱいに伸ばす。

「なんですか、その手は。どうなさいましたか？」

「さ、誘ってるんだよ。私と一緒に寝ようって」

ぶっきらぼうに、そして高飛車に言い捨てる。これが精一杯の勇気なのだから情けない。

アレクシスは額に掌をあて、リディアを睨んだ。青空と同じ色をした澄んだ瞳が、執務机に置いた灯りを映し込み、かすかに揺れる。

「――……リディア様。あなたは、添い寝が必要な子供ではないでしょう？」

「添い寝して欲しいなんて頼んでいない」

「知っていますよ。遠まわしにお誘いをお断りしたつもりです」

アレクシスはリディアから目を逸らし、軽く溜息を吐く。

はっきりした拒絶に、どきどきと早鐘を打ち鳴らしていた胸の鼓動が、ずきんと傷ついた音を合図に急停止した。

「……そうか。悪かったな」

めいっぱいに伸ばしていた両腕を、力を失ったようにゆるゆると落とすと、アレクシスはちらとリディアを見やってから声音を低くして言い訳を始めた。

「リディア様を抱きたくないと言ったわけではありません。王族の結婚なんて、いつひっくり返るかわからない。政情は不安定のまま。うちだって、たかが宰相家ですしね」

「私がおまえと婚約破棄する可能性について心配しているのか？」

「ええ、そうですよ。これを最後の思い出に、なんて二度も要りません」

拗《す》ねたような口調のアレクシスに、リディアは即座に抗弁に転じる。

「国中に触れを出したあとだ、今さら婚約破棄なんてできるわけがないだろうが」

「そうですか？　誤報でした、で済ませられる時期ですよ。宰相よりいい相手が名乗りを挙げたら、私はまた失恋する羽目になる。二度抱いて二度とも逃げられるなんて、真っ平だ」

「……二度も逃げる、か」

吐き捨てるように言ったアレクシスの言葉を、リディアは静かに反芻《はんすう》する。

「もし私がまた婚約破棄されそうになったら、今度こそ一緒に逃げてくれるか？」

「え……？」

まさかリディアが、政務を放棄するような言葉を口にすると思わなかったのだろう。アレクシスは息を止め、驚きに目を剝いた。時間の経過とともに、アレクシスの眉間に濃く深く皺が刻まれていく。

リディアは無表情をやめ、ふっと笑みを零した。アレクシスが宰相を辞められないことなど、十年前から知っている。誰よりも。

「――なんてな。ちょっと言ってみたかっただけだ。そんなしおらしいことなど、私には到底似合わん。いいか、よく聞けよ。父上は既に引退宣言を出して、王権は私に委譲されたんだ。十年前とは違う。もう私は一介の王女ではなく、国王同然の身だ。おまえとの結婚に口出しするような奴がいたとしても、黙らせるだけの力を持っている。女王リディアと宰相アレクシスの結婚は予定どおり執り行われる。以上だ」

威勢よく啖呵《たんか》を切り終えると、目を丸くしていたアレクシスが、唐突に破顔した。

「光栄です。リディア様はそれほどまでに私と寝たかったんですね。よくわかりました」

「いや待て。おまえがうじうじとしたことを言うから……」

「二度も女に誘わせるなんて、宰相の名折れですから。少々いじめてみました」

「意趣返しかよ、めんどくさい奴だな」

「ありがとうございます、最上の褒め言葉ですね」

せっかく勇気を出したというのにこれだ。にやりと口端を吊り上げた冷たい美貌を前に、リディアは調子を狂わせて吐息する。と、アレクシスが身を屈め、座ったままのリディアを閉じ込めるように、肘かけに両手を突いた。

「いいんですか。明日も早いですよ？」

ぐっとせり出すように上体を近づけ、至近距離で囁く。

「あなたを抱くのは十年ぶりだ。絶対寝かせないけど。――いい？」

唇が重なり合うまで、わずか布地一枚程度の隙間で接近を止め、アレクシスが確認する。

「……うん。いいよ」

小さく頷くと、柔らかな唇が重ねられた。

リディア、と小さく名を刻んだ唇に、どきんと心臓が跳ね上がる。

――リディア。

そう呼ばれたのは、十年前の一夜の間だけ。

リディアは夢中で唇を開き、自ら舌先をアレクシスに差し出した。すぐさま後ろ頭を掻き抱かれ、互いの体温を混じり合わせるような口づけが始まる。

「……ん……ぅ……」

十年ぶりに触れた温度が、固く冷たく凝《こご》っていたリディアの胸をゆっくりと甘く溶かしていく。

アレクシスの舌先は相変わらず器用に、リディアの唇を優しく犯す。唇の内側を端から端までしっとりとなぞり上げ、緩急をつけて吸い上げながら時間をかけて舌先を口内に沈ませる。

「リディア……」

熱に浮かされたように名を呟くアレクシスの背に両腕を回すと、唐突に唇が離されてぎゅっと強

く抱き締められた。

「どうしたんだ、アレクシス」

訝《いぶか》ると、リディアのほっそりとした首根に顔を埋めていたアレクシスが深い溜息を吐き出した。

「あなたは本当にずるい。私の理性がおかしくなると知っていて泣く」

十年前のことを根に持っているのだろうか。恨みがましさが込められた囁きに、リディアは涙に濡れた瞳を伏せて鼻をすすった。

「私が父に頼み込んで家督を継いだ理由はご存知でしょう？」

アレクシスはリディアを横抱きにし、続き間の寝室へ足先を向けた。

「——知っている。私のせいで、おまえは留学予定を取り消して十八歳で当主になった」

アレクシスが父親の引退を大幅に早めさせたのは、リディアの婚約が決まりかけていたのを知ったのが原因だ。責任感が強いアレクシスのこと。宰相にでもなって自身を戒めねば、リディアを浚《さら》って逃げてしまいそうだと思いつめていたのかもしれない。

「家業に打ち込んでリディアを忘れる努力をした。なのにあなたときたら、泣きながら抱けと迫る。今みたいに」

アレクシスはリディアをベッドに横たえ、覆いかぶさるように身を重ねた。

本当にずるい人ですよ、と言いながら、ブラウスのボタンを上からひとつずつ丁寧に外し、スカートの留め具を緩め、裸に剝き上げる。

「お互い、あれで終わりにするはずだったのにな」

アレクシスの丁寧な手つきは、下着を脱がしにかかる頃にはせっかちになっていた。上半身を固く締めつけるコルセットの結びをほどくのに何度か失敗しつつ、もどかしげに一本ずつ紐を抜いていく。

「リディアの王位継承順位が繰り上がった時は、宰相のくせに王女の純潔を奪った天罰が下ったのだと思った。いずれ女王となったあなたを宰相として支えながら、他の男に抱かれて子を産んでいくのを黙って見ているのが償いだと覚悟した」

リディアは腕を伸ばし、ガーターベルトを外しているアレクシスの着衣を脱がしにかかった。なめらかな肌が窓から差し込む月光に照らされ、鍛えられた裸体がリディアの前に惜しげもなく晒される。

「言ってはいけないことだろうけど、私だって、王族に生まれたかったわけじゃない。兄上のことがあって、なかなか結婚相手が決まらなくて、散々振り回されて、挙句なりたくもない女王に召し上げられるのは辛いよ」

下衣を寛《くつろ》げたアレクシスから、そそり立った昂《たか》ぶりが露《あら》わにされた。

リディアに欲情する硬さに指を這わせると、アレクシスは即座にその手を握り、シーツに押しつけるように縫いとめた。

「今度は弱った振りをして私を絆《ほだ》そうとする。我が主君は手練手管に長《た》けていて困ります」

眦から流れ続ける涙の川を堰《せ》き止めるように、アレクシスの唇が押しあてられる。

「泣くのも弱った振りをするのもおまえの前だけなんだから、構わんだろ」

「本当に？　本当に、私の前でだけなんですか？」

「当たり前だ。そんなの、宰相のおまえが一番よく知っていることだろうが」

さあどうでしょう、とアレクシスはとぼけ、リディアの秘所に指を伝わせた。どきどきと高鳴る鼓動に合わせるようにふっくらと綻び始めていた花芽に長い指先が触れ、リディアの体がびくんとしなる。

「私以外の男は、ここに触っていない？」

王族の房事は記録される。宰相であるアレクシスもリディアが純潔を保ったままだと知っているはずだ。十年前の秘密の情事を除いて。

「あ……アレクシスこそどうなんだ」

アレクシスはリディアの花芯から染み出る愛蜜を指にまとわせながら、反対の手を胸の膨らみに伸ばし、ぴんと立ち上がった頂を指で挟み上げた。

「私ですか？」

「んん……や……。だ、だから……あっ！」

指で挟んだ頂をきゅっと捻られ、リディアは逃げるように腰をくねらせるが、下肢をまさぐるアレクシスの逞しい腕は、吸いついたように秘所から離れてくれない。

「リディアが思うほど、この国の宰相は器用な男ではありません。あなたを抱けないなら、他の女は一人も要らない」

蜜口に剛直が宛がわれ、ぐっと体重をかけて先端が女襞《めひだ》を割って沈み込む。十年間空虚だった暗闇をみっしりと満たす質量に、唇を震わせて歓喜すると、すかさず塞ぐように口づけが降った。

「ん、く……ぅ……んんっ」

速まる律動に、ベッドがぎしぎしと怪しげな軋《きし》みを立てる。その合間を縫うように、アレクシスの低い呻きが混じった。

「これがまだ幸せな夢の続きなんじゃないかと、どこかで思っている自分がいる。——これが夢なんかじゃないと証明して」

抉《えぐ》るように最奥を繰り返し穿《うが》たれ、白み始めた意識の中で、「やっぱりアレクシスが好きだな」と胸をいっぱいにすると、喉に引っかかっていた涙が押し出されるように眦から零れた。

「ほらまた。そうやって私の理性をおかしくする。朝まで私に何をされても、あなたが悪いせいだ」

胸をしだきながら狂ったように腰を打ちつけるアレクシスに、リディアは声を嗄《か》らして告げた。

「アレクシスになら、何をされてもいいよ。大好きだから」

ぎゅう、と胸を押しつけて広い背を抱き締める。

アレクシスは一度呼吸を止めてから、吐息混じりに言った。

「愛してる、リディア。あなただけだ」

やがて夜が明け、青色に変わろうとする空で月が白く輝きを失うまで、アレクシスはリディアを苛《さいな》み続けた。

第五章　雨の檻

マリアンヌはカルロに謹慎を言い渡したが、もちろん形だけだった。

「無理をして大人ぶっているおっさんの鼻を明かしてみたかったんです」

謝罪に訪れたマリアンヌに、カルロは自嘲した。開き直っているかのような様子は、飄々《ひょうひょう》と自白する懲《こ》りない罪人のようだった。

「クライス様はおっさんではありませんよ」

「では、おじさんでしょうか」

「中年の男性と言えばよいのではないでしょうか」

「マリアンヌ様も結構言いますね」

カルロはおかしそうに笑っていたが、マリアンヌにとってのクライスはおっさんでもおじさんでも中年の男性でもない。

初めての恋を教え、これからは夫婦となってくれる、大切に憧れる唯一無二の存在だ。

――このままクライスとの距離が二十年も開いたままだったら、どうしよう。

クライスとの間にある距離を縮めたいもどかしさを上手く言葉にできず、焦れて泣いてしまったら、講義をさぼらせてもらえることになった。

ユリアナにだけこっそり打ち明けて寝台に入ったものの、誰も知らないところへ連れて行ってもらえるのが嬉しくて楽しみで、昨日はとうとう一睡もできなかった。

「日が暮れないうちに帰城なさってください。お気をつけて行ってらっしゃい」

アンダーソンの手引きで、早朝にクライスと城を抜け出した。

「俺の顔を知っている人が多いから、王都はすぐ抜けますよ。舌を噛まないように気をつけて」

後ろから抱き締められるような体勢でクライスの愛馬に跨《また》ると、風を斬る音も追いつかない速度で、あっという間に王都を囲む高い壁を抜けるのに成功した。

幽閉される場所が変わるだけだと思い込んでいた王城が瞬く間に遠ざかり、小さくなっていく。

――クライスはやっぱりすごい人だ。

見事に手綱をさばくクライスの逞しい腕に包まれながら、今夜が初夜になるのだろうなと、予感が確信に変わっていくのをとろりと甘く溶けた気持ちで感じていた。


太陽が天頂に差しかかる頃には、のどかな田園風景が広がる田舎町に到着した。

「遅くなったけど、朝食にしようか」

立ち寄ったのは、夜は居酒屋も兼ねるという、こぢんまりとした食堂だった。まだ昼前だからか、客の姿はない。

「あれま、将軍様じゃないか。お久しぶりだね」

中年の店主が、夫婦揃って気さくに出迎える。

「一ヶ月前に来たばかりで、久しぶりも何もないでしょう」

店主が案内した窓際の奥の卓で、クライスが椅子を引き、マリアンヌを先に座らせた。

卓も椅子も新しいものではないが、よく手入れされた木目が優しい艶を放っている。温かみのある店内の雰囲気に、気持ちがほっこりと和んでくる。

「そちらの綺麗なお嬢さんは、どちらのご令嬢だい。女王陛下と婚約したばかりだっていうのに、なかなかやるじゃないか」

店主のからかうような口調に、クライスは人差し指を自身の口元に立て、いたずらげに微笑した。

「こちらはマリーさん。いつかまた連れて来る機会もあると思うから、どうぞよろしく」

話を合わせたほうがいいのだろう。マリアンヌは頭を下げた。

「マリーと申します、初めてお目にかかります」

初対面の人とにこやかに話すのも、最近はだいぶ慣れてきた。おかしな自己紹介ではなかったはずだが、店主夫婦はみるみると顔色を失っていく。

「あ……え……ええっと？　マリー……さん？」

「城が窮屈だから、少しの間だけ脱走してきたんだ。できれば、マリーさんっていう人が来たってことにしてくれないかな」

ああそうかと、ようやくマリアンヌは気づいた。城下でも話題になっているだろう新女王が前触れもなく突然訪問したら、たいていの人は驚くに決まっている。

「えっと、その。よし、わかった。わかったんだが、食べられないものとかあるのかい？」

まだ動揺で顔を引きつらせている店主の問いに、クライスはマリアンヌに向き直った。

「マリーは苦手な食べ物とかあった？」

「何でも食べられますけど、山菜は特に好きです」

具体的に答えたのがよかったのか、店主が表情にいくらか明るさを取り戻す。

「山菜は今の時期も旬だね。今年は雪が多かったから、いつもより甘みがあっておいしいよ」

店主の言葉に、マリアンヌは大きく頷いた。

「そのぶん冬は野菜が採れなくて、献立を考えるのが大変でした」

「へえ、ご自分で作っていなさったのかい。ずっと山奥で暮らしてたって噂は本当だったんだねぇ」

感心したようにも同情するようにも、店主は幾度も頷いた。

「そんなわけで夕方には逃げるのをやめて帰るから、時間があまりないんだ」

クライスがさり気なく急《せ》かすと、店主夫婦は話を切り上げ、奥の厨房へと引っ込んだ。

「この店は、王都防衛戦線の時に世話になったんだ。ぐだぐだだった国軍の穴を、店主が地元で民兵を集めて埋めてくれた。ご婦人達は野営地の食事の世話までしてくれて、それ以来の付き合いだから、もう二年前のことになるのか」

クライスは懐かしそうに目を細め、窓の外を見やった。窓の外には田園が広がり、そのずっと向こうでは山頂から中腹に雪を残す白銀の山脈が、青い空との間に境界線を引くように、横に長く伸びている。

「素敵なお店ですね」

店内を見回すマリアンヌに、「でしょう?」と、クライスは得意げに微笑んだ。

「実はお金を払って食事をするのが初めてで、ちょっとだけ緊張しています」

「たぶんそうじゃないかなと思って、馴染みの場所に寄ったんだ」

マリアンヌが住んでいたのは、何が本当か間違いかもわからない、ごくごく狭い世界だった。

山を出て一ヶ月が経った今も、慣れないことだらけで緊張しっぱなしの毎日が続いている。

これで大丈夫なのだろうかと、常に自信がないマリアンヌを「大丈夫」と励ましてくれるクライスの存在がなかったら、泣いてばかりの日々をすごしていたことだろう。

「優しい味でおいしい」

前菜代わりに出された、湯気が立ち上《のぼ》る焼きたてのパンとポタージュスープを口に運ぶ。口内に広がる混じりけのない甘みに、口元が綻んでいく。

「またマリーの料理が食べたいな」

クライスの溜息に、パンを千切る手が止まった。

王城の厨房は広い。調理器具も初めて見るものばかりだろうから難しそうだ。

「カルロ様に料理をしていいかどうか、帰ったら訊いてみます」

「――いや。俺が訊いておく」

カルロの名前は禁句だったようだ。クライスは表情を硬くし、それきり黙り込んでしまった。

意識して口にした名ではなかったが、無神経だったかもしれない。

何となく気まずい思いを残したまま食事を終え、二人ぶんの昼食を受け取ると、店主夫婦に挨拶をして店を出た。


クライスが向かったのは、マリアンヌが住んでいた山と山脈系を同じにする渓谷だった。

「わ……きれい」

眼前で広がる風景に、マリアンヌは目を輝かせ歓喜の声を上げた。

視界いっぱいに、背の高い木々が立ち並ぶ。一本それぞれがとても太い木は、幹に苔《こけ》を張りつかせ、青々と茂った葉を天に向けて広げている。

どこからともなく小鳥のさえずりが聞こえる。仲間達と会話するかのように四方から響く声に、軽やかな川のせせらぎが混じっていた。

かつて住まった森とそっくりの景色に、懐かしさがこみ上げてくる。

「クライス様、少し歩いても構いませんか」

はしゃいで振り返ると、クライスは微笑して頷いた。

「落ちないように気をつけて」

先にクライスが下馬し、マリアンヌを軽々と横抱きにして降ろす。

渓谷を流れるせせらぎは雪解けのせいで速いが、濁りはなく透明で、底の小岩までよく見えた。

岩の陰で会話するように、小魚達が仲よく泳ぐのをしばらく眺めてから、水面に手をつける。ひんやりとした感触に、ほっと息を吐いた。

「気に入った？」

クライスがマリアンヌの隣に並んでしゃがみ込む。

「もちろんです。こんな素敵な場所に連れてきてもらえるなんて思っていなかったから嬉しいです」

「この一帯は国軍が三日に一度巡察に入っていて、比較的安全なんだ」

「熊とかは大丈夫なんですか？」

マリアンヌが暮らしていた山では、雪解けの春に熊が出没していた。積極的に人畜を襲う獣ではないが、うかつに遭遇すれば危ない目に遭う。

「絶対とは言えないけど、大丈夫だと思う。少なくともこの五年は目撃がないな」

クライスは周囲に首を巡らせた。

「少し散歩して昼食を摂《と》ったら、寄り道をしながらゆっくり帰ろう」

クライスは手綱を引きながら、「どうぞ」と手を差し出した。手を繋ごう、ということらしい。

おずおずと手を重ねると、きゅっと一度握られてから、互いの指を絡め合うように深く手を繋がれた。

クライスの体温に、胸がとくりと音を立てた。王城ではもっと親密なこと――具体的には卑猥なことをしているはずなのに、手を繋ぎ合うことのほうが恥ずかしい気がして顔が熱くなる。

「マリー？」

「は、はいっ」

「顔が真っ赤だけど、熱でもある？」

上ずった声で返事をすると、肩を揺らして笑いを堪えるクライスと目が合った。

「か、からかわないでください……」

「ごめん。静養中だった病弱なマリーお嬢様の体調は大丈夫かなと思って」

「やっぱりからかってるじゃないですか」

手を繋いでいないほうの手で、笑い続けるクライスの腕をじゃれるように叩く。

こうしてクライスと手を繋ぎ、雪山を二人並んで歩いたことがあった。決して結ばれないと諦めていた淡い恋に、切なさを募らせていたなんて、信じられないくらい幸せだ。

――ずっとクライスとこうしていたい。

我侭が許される立場ではない。マリアンヌが背負う責任は、三週間前とは比較できないくらい重いものに変わってしまった。

けれど、変わらないものもある。

足に馴染んだ柔らかな土の感触。山のこずえ。そして、優しいクライス。

途中から馬上に乗り、ゆっくり奥へ進んで半刻ほど経つと、あたりは鳥のさえずりがこだまする緑の深い場所になった。

耳を澄ますと、遠くから流水の音が聞こえてくる。小川が付近にあるようだ。

「空気が綺麗ですね」

「ああ。王都より空気が濃いみたいだ」

胸いっぱいに息を吸うと、頬にぽつりと水滴が落ちた。

「あ……」

「ん？」

クライスも異変に気づき、二人同時に空を仰ぐ。

ぽつぽつと頬にあたる小さな水の粒は、雨だった。

「参ったな」

クライスは顔を上げたまま、眉を顰めた。

空はまだ青いが、じっと目を凝らすと、雲の流れが少し速くなっているように見える。

雨の匂いもその気配も感じなかったから、すっかり油断していた。

季節の変わり目は天気が変わりやすい。まして、二人がいる場所は山間《やまあい》の中腹だ。

「どうしましょう、下山するなら早いほうがいいと思いますけど」

クライスは山の巡察番をしょっちゅう担当している。口を挟むようで気が引けるが、念のため判断を仰ぐ。

クライスは思案顔で空を見つめていたが、やがて頭を振った。

「俺ひとりなら雨が降っても強行下山する。でも、今はマリーがいる。無茶をしたくない」

この冬、従者が大怪我を負っていたことも判断に影響したのだろう。クライスは手綱を取り直し、愛馬を山の奥へと進めていった。

青空は移動を開始した直後から、たちまち厚い雲で覆われてしまった。降り始めたばかりだった雨も、移動中のたった四半刻の間で土砂降りに変わっている。

クライスが向かった先にあったのは、国軍の管理下にある山小屋だった。以前は敵陣監視に使っていたが、終戦後の現在は観測所に名目を変え、普段は巡察時の休憩所として利用しているのだそうだ。

その山小屋に到着した頃には、髪は毛先からぽたぽたと雫《しずく》を落とし、着ている服は絞れるまでずぶ濡れになっていた。

みるみるうちに酷くなる空模様に、マリアンヌは背筋をひやりとさせた。間一髪だった。麓《ふもと》へ引き返さないとクライスが早々に決めていなかったら、ずぶ濡れのまま、身動きが取れなくなっていただろう。

「男物の使い古しで申し訳ないけど、これに着替えて」

山小屋に入るなり、クライスは奥の部屋から綺麗に畳まれたシャツと清潔そうなタオルを取ってきた。

「万が一に備えて、昨日の夜のうちにここの鍵を用意してあったんだ」

クライスは雨水を滴《したた》らせた頭を軽く振りながら、縄飾りのついた鍵をポケットにしまった。

さすが国軍将軍、準備がいい。

「ありがとうございます、助かりました」

「体が冷えるから、早く」

クライスはマリアンヌから顔を背け、不自然に早く早くと着替えを急かす。

――なんだろう……？

クライスが目を逸らす自身の体に視線を落とす。

濡れた服が体にぴったりと張りつき、固く立った胸の頂が、クライスを誘うように上衣を押し上げていた。

――でももう、色んな場所を見て触りもしているのに。

今さらその反応なのだろうか。マリアンヌは怪訝に思いつつも、奥の部屋へ移動した。

山小屋は平屋建てで、物置部屋も含めて三部屋しかない。

玄関からすぐ繋がる客間には、三人がけの木製のソファとテーブルしか置かれていないので広く感じるが、床面積は王妃の寝所の半分程度だろう。

着替えをするために入った部屋は、さらに狭い。仮眠部屋だろうか。引き出しが三段だけの机と椅子に、小さな寝台が一客だけ置かれている。

マリアンヌは前ボタン式の真っ白なシャツに着替え、カーテンの隙間から外を覗いた。

まるで滝のような豪雨が、ガラス窓を洗い流している。

まだ昼をすぎたばかりの時刻だというのに、このぶんだと雨が止むより先に、日が暮れてしまいそうだ。

――今日中に下山するのは難しそうだ。

泊まるとなれば食事の支度をしなければならない。客間の暖炉の側に調理器具が積まれていたから、簡単なものなら作れそうだ。

問題は、もし雨が明日以降も続いた場合である。

「食堂の店主に、日が落ちても戻らなかったら、あの町の駐屯所を経由してレイモンドあてに連絡を入れるように頼んでおきました」

大きめのタオルをスカート状に腰に巻きつけ客間に戻ると、クライスは暖炉の準備をしていた。

「ここの鍵を持ち出した記録も残してきたから、明日には必ず迎えが来る。だから、まずはしっかり髪を拭いて」

クライスはテーブルにあった新しいタオルを手にしてマリアンヌの背後に立つと、緩く編んでいた髪紐をほどき、軽く頭をかき混ぜるように髪を拭き始めた。

「髪は自分で拭けますから……」

「いいから。放っておくと、暖炉の火は私がやっておきます、って言い出しそうだ」

「火を起こすのは慣れてます。クライス様も早く着替えてください」

「この小屋の扱いに関しては俺のほうが慣れてるよ」

「髪を拭くのは火を入れながらでもできます。クライス様が風邪を引いてしまいますから……」

「雨に濡れた程度でいちいち風邪を引いてたら、将軍職なんか務まりません」

譲り合う押し問答の末、クライスに押しきられ、髪を拭いてもらうことになった。

なんだか子供扱いされたみたいですっきりしない。なのにクライスが髪を拭く指先は、マリアンヌの耳の後ろを意味深に掠めていく。

雨に打たれて冷たくなった指が、うなじから首筋をなぞり、鎖骨を撫でるたびに、ぞくぞくとした疼きが背筋を駆け上がる。

「あ……ありがとうございました。じゃあ、食事の支度は私がします」

熱くなった顔を伏せながら、ようやく髪を拭き終えたクライスに礼を言う。

「飲料水は馬を繋いだ外の小屋に常備してある。とりあえずのぶんは鍋に汲《く》んできたから、それを使って」

雨音で気づかなかったが、クライスはマリアンヌが着替えていた短時間のうちに出入りを済ませていたようだ。

非常食もあるから、と視線で示された籠に入っていたのは、燻製《くんせい》肉や干し野菜である。

どうやらこの小屋は、避難所を兼ねているらしい。ただの休憩所にしては必要最低限の物品がまんべんなく揃っている。

偶然この小屋が近くにあったわけではないはずだ。不測の事態に備えて、いざという時に駆け込める避難所があるこの山を、外出先に選んだのだ。

足を怪我した時、クライスは「もっと頼って」と不満そうだったけれど、頼る隙がないくらいクライスはマリアンヌを甘えさせてくれている。

マリアンヌはそっと吐息して、正面に立つ長身のクライスを振り仰いだ。

「どうかした？」

濃厚な新緑の瞳が、色を深くしてマリアンヌを見つめ返す。雨に濡れた漆黒の髪から一滴《ひとしずく》、こめかみから顎《あご》を伝い、厚みのある胸板に落ちた。

「気になることがあったら何でも言って。じゃあ俺も着替えてきます」

クライスは髪をがしがしと乱雑に拭きながら、奥の部屋に姿を消した。

その広い背を見つめながら、とくとくと鼓動する胸に手をあてる。

――あの人に、恋をしている。

政略結婚の相手がクライスに決まったのは嬉しかったけれど、諦めていた恋だったぶん、戸惑いも大きかった。

けれど今は、また距離がうんと縮まった気がする。恋をしている実感があった。

「暖炉の準備をしてきます。馬が休む支度もかな」

忙しなく動き回るクライスの傍らで、遅い昼食の下ごしらえを手際よくこなしていく。外の雨は相変わらずで、止む気配は微塵《みじん》もない。

店主からもらった、弁当二人ぶんの包みを解く。山菜炒めを混ぜ込んだにぎり飯に、メインは鶏肉の照り焼き。潰したじゃがいもを載せたレタスが添えられていた。

非常食で主食になりそうなものは乾パンしかない。

にぎり飯はリゾットに。鶏肉の照り焼きはそのままで食べたいから、フライパンで軽く温めるだけにする。削いだ燻製肉を煮込み、そこにレタスを入れれば、即席でもまあまあ味わいのあるスープになりそうだ。乾燥野菜は水で戻し、塩を振れば添え物にできるだろう。

料理をするのが久しぶりで、胸が弾む。最後に自分で作った料理を口にしたのは、クライス達が迎えにきた朝食だった。質素でも作りたての温かな食事ができそうで、わくわくする。

王城の料理に不満があるわけではない。宮廷料理人が作る自慢の一品ばかりが毎食並び、溜息が出るほどだ。

けれどマリアンヌの目の前で、料理人自らひととおり毒見をした豪華な皿に手をつけるのに、慣れたわけではない。

『水一杯も、その目で安全確認してから口になさってください』

と、特に飲食に関して徹底管理されている。

幽閉生活と比べても窮屈すぎる生活は、傀儡なりに一国の君主として当然のものと理解するよう努めているのだけれど。

「――美味《うま》い」

食卓の席に着いたクライスは、使い込まれた木目がどこか懐かしい雰囲気のスプーンでスープを口に運び、顔を綻ばせた。

「マリーの料理を食べるのは久しぶりだ。雨に感謝しないとだな」

「褒めすぎです」

「謙遜しないで。軍人用の非常食しかないこんな山奥で、家庭料理を口にできるなんて思ってもみなかった」

本当に美味い、と褒めちぎるクライスは腹が減っているだろうに、ゆっくりと食事を進めていた。もうマリアンヌが自由に食事を作れる立場にないのを、クライスも知っているのだ。惜しむように質素な料理を味わうクライスに、胸が締めつけられるような痛みを覚える。

「そういえば、ユリアナが嫁ぐことが決まりそうなんです」

もう二度と料理を作れないと決まったわけではない。気を取り直して話題を変える。

ユリアナは現在マリアンヌの専属侍女に就いているが、正式に婚約がととのいそうだ、と打ち明けられたばかりだった。

夫となるのは城詰めの文官だ。二人が親しそうに話しているのを遠目で何度か見かけたことがあったから、ユリアナ自身で良縁を見つけたようだ。

乳姉妹でもあったユリアナと別れるのが寂しくないと言えば嘘になる。けれどクライスとの逢瀬を何度も見逃してくれたユリアナを、女主人としてではなく友人として、笑顔で見送りたいのも本心だ。

「結婚って、もう？　王城入りしてまだ三週間なのに？」

「早いですよね。夏の終わりには挙式できるかもしれない、って言ってました」

ユリアナの相手の名を告げると、クライスも知っている男だったのか、「ああ」と頷きが返った。

「真面目な仕事ぶりが評価されている官僚だよ。国王付きの女官はいい縁談が掃いて捨てるほどくるらしいから、他の男に取られないうちに急いで求婚したのかもしれないな」

クライスは苦笑しながら鶏肉を頬張った。

マリアンヌも、冬が来る前に――出会いからちょうど一年が経つ頃に、クライスと結婚する。法で定められた時が満ちれば、マリアンヌは戴冠式を経て正式に女王と認められ、同じ日に挙式してクライスを王配に迎えることとなる。

幸せである。けれど同じくらい、鬱屈とした気持ちも抱えていた。

王権にまつわる責務。前宰相の死。実兄リチャード亡命の件。

一瞬でも気を緩めてはいけない、と常に誰かに監視されているようで、気が休まらない思いをしていた。

城が遠い今は、マリアンヌを捕らえていた足枷《あしかせ》が外れたかのように、心までも軽くなっている。

そんなふわふわとした幸福感に包まれながら、皿の料理を少しずつ胃袋に収めていく。

食事中、クライスは仕事の話をした。といっても、マリアンヌも見知った人物らに関する話題だ。

「アンダーソン議長は、実は恐妻家」とか、「レイモンドは嫁と子供にデレデレ」といった話だった。

そうこうしているうちに、昼食には遅く夕食にしてはいささか早めの食事を終えると、クライスは寝台の寝具を取り替えた。

「少し早いけど、雨で動けない今のうちに休みましょうか」

暖炉の前で食後茶を楽しんでいると、クライスは予備の毛布を持ってきた。

「え？　あ、はい」

マリアンヌは目を丸くして、毛布を受け取った。

仮眠室に促すクライスは、なぜか視線を合わせようとしない。

しばし考えてから、クライスが突然よそよそしい態度を取り始めた理由に気づく。

――クライスは客間で眠るつもりなのだ。

つまり、マリアンヌと寝床を別にするということである。

――どうして……？

確かに狭い寝台だった。女に「どうぞ」と遠慮するのは礼儀に適《かな》っている。

マリアンヌががっかりしたのは、クライスの他人行儀な態度にあった。

誰の監視もない、二人きりで閉じ込められたここでクライスとの初夜を迎えたい。そんなふうに期待に胸を膨らませたマリアンヌは間違えていただろうか。

――皆が聞き耳を立てている場所ではあれこれできたくせに、いざ二人きりになると何もしない紳士ですって、ただの意気地なしじゃないですか。

――私から誘っても、積極的な女はちょっと、と嫌がりませんか。

――もう二人きりになれる機会なんて、二度とないかもしれないのに。

かっとなった勢いで口から出そうになった言葉は、言いがかりのような文句ばかりだった。

期待に膨らんだ胸が、みるみるうちに小さくしぼんでいく。

口に出せない思いを押し黙って呑み込むと、喉元で熱い何かがつかえたように息苦しくなり、涙が溢れてきた。

「マリー？」

無言のまま泣き始めたマリアンヌを前に、クライスがうろたえる。

クライスを困らせたくない。泣き止まなければ。

マリアンヌは必死に嗚咽《おえつ》を堪えようとしたが、涙は木の床に次々と落ち続けた。小さいが造りも手入れもしっかりしている山小屋に、雨漏りに似た染みが点々と増えていく。

「――……抱いてくれないんですか」

ようやく発した声は、涙で震えていた。

「せ……せっかく。せっかく、誰もいない場所で二人きりになれたのに」

嗚咽混じりの訴えに、クライスは困り果てたように後ろ頭を掻きむしった。

「駄目な理由なんてない」

「じゃあどうして」

「……いや、その」

「その、何ですか」

「だから、その……」

しどろもどろで言い訳しようとするクライスをじっと見つめる。しかしクライスはマリアンヌと目を合わせようとしない。マリアンヌを盗み見るようにちらりと視線をくれてから、すぐあさっての方向を向いてしまった。

問い詰めるかのようなやり取りに戸惑っているのだろうか。

マリアンヌはしばらく待ってみたが、クライスは無言を貫いた。

手を繋ぎ、髪を拭いてくれた長い指で触れて欲しかったのだけれど、拒否されては元も子もない。

「すみません。お言葉に甘えて、先に休ませてもらいます」

涙でぐちゃぐちゃになった顔を、ぐいと袖で拭って踵を返す。

挑発的な物言いはよくない。しかし、感じよくおやすみの挨拶を口にする心境にもなれない。

「待って」

奥の部屋へ向かおうとしていたマリアンヌの体に、背後からクライスが伸ばした両腕が絡みつく。

後ろからすっぽり抱きすくめられたまま、首だけで振り向くと、クライスが顔を赤く染めていた。

「他の誰かがいたから、我慢できたんだ。最近は、これならマリーを抱き壊さなくて済むって安心してた、見栄っ張りなんだ」

「我慢？」

「そう。あれで、大人の男ぶってものすごい我慢をしてたんだ」

クライスが何を言っているか理解できない。

クライスにはあれこれと色んなことをされていたと思っていたのだが、それらは彼の忍耐があってのものだった、ということだろうか。

「俺とマリーには二十歳も年の差がある。政略結婚に期待している人達だって沢山いる。マリアンヌ女王陛下に釣り合うような大人の男でいる必要がある。――って、思い込んで焦ってた。さっきまで」

マリアンヌを抱き締める腕に力が篭り、乾いたばかりの髪を撫でるように口づけが落ちた。くすぐったくて身をよじると、クライスは逃がさないと言わんばかりに、一層強い力でマリアンヌを抱き寄せた。

「今日は、せめて二人の時は、マリーの真実の名前を知らなかった頃に戻ろう、って言うつもりだった。それ以上のことは望んでいなかったから、急な雨で戸惑ったんだ」

クライスはマリアンヌの頤《おとがい》を指で摑み、すっと上向かせた。

エメラルドグリーンの双眸は射抜くような強さでマリアンヌを捕らえていたが、ゆらゆらと揺らぐ深い色合いは欲情の火を灯し、熱を孕んでいる。

「もう限界だ。マリーが欲しい。今すぐに」

背後に体を捻るようにして、マリアンヌはクライスと唇を重ねた。

「ん……ん、ふぁ……」

そっと優しく食《は》みながら「マリー」と名を刻んだ唇が、マリアンヌのそれと擦《こす》れ合う。じわりとした疼きがわき上がり、体の芯が燃えるように発熱を始める。

「途中で、やめて、って言われても絶対無理だ。城内なら他の誰かが止めてくれるだろうけど、ここには誰もいない。覚悟はできてる?」

クライスの指がマリアンヌの顎から頰を撫で、首筋をくすぐりながら伝い下《お》り、鎖骨を物欲しげにうろついた。

性急さを増す指先の熱に、鼓動がどくりと跳ね上がる。

「——はい」

頷いた声は、高まる期待で掠れていた。

こんなにもクライスに欲しがられているなど、思いもしなかった。

マリアンヌを抱き壊しそうで不安だから遠慮しただなんて紳士的なクライスらしいけれど、一方で情熱的な発情は彼らしくない。初めて知ったクライスの落差に、胸のときめきが止まらない。

「じゃあ、俺を名前で呼んで。呼び捨てで」

節ばった長い指が、マリアンヌの唇の端に触れる。指先は唇の形を確かめるように、中央までゆっくりとなぞり上げていく。

「ん……」

触れるかどうかの微妙な距離感で唇をくすぐられ、いやいやするように首を振る。が、素早く頤を持ち上げられては逃げられない。

「マリー。俺を見て」

クライスとはかなりの身長差がある。後ろに首を曲げるようにして顔を上げると、切れ長の双眸が獲物を狙うかのような貪欲な視線で、マリアンヌを見下ろしていた。

今にも食らいつこうとする獰猛さを徐々に露わにするクライスを前に、マリアンヌは目を瞠った。

クライスの新緑色の瞳は、苔生《こけむ》した匂いが充満する森の色に似ていると思っていた。その静寂な景色の中に自分が映されると、将来のことが不安でたまらなかった毎日が嘘のように、なだらかな気持ちになったものだった。

見慣れた瞳のはずだった。なのに今この瞬間マリアンヌを見つめているのは、ぱちぱちと音を立てて燃え爆《は》ぜる暖炉の炎を映し込み、煽《あお》られたような熱を宿していて、まるで別人のもののようだ。

――森が燃えているみたいだ。

クライスから向けられた熱い眼差しに、心拍が上がっていく。

二十歳も年上のクライスは、常にマリアンヌの手を優しく引いてくれる大人の男だと、当たり前のように思い込んでいた。

余裕を失い、熱に浮かされたように瞳を潤ませてマリアンヌを求めるクライスなど、想像すらしていなかった。

「マリー。俺の名前は?」

頤を緩く摑んでいた指が、急かすようにマリアンヌの喉を擦《さす》った。首筋まで届く長い指の爪で肌を撫でられ、背筋がぞくぞくと疼き出す。

マリアンヌはクライスに視線を捕らわれるように目を合わせ、薄く唇を開いた。

「……クライス」

「声が小さくて聞こえない」

クライスは首を傾げながら、不満そうに眉を顰めた。

マリアンヌは一度深呼吸をしてから、再び口を開いた。

「クライス。あなたが好き。クライスがすごく好きなの」

「本当に後悔しない?　俺との結婚はあなたの戴冠式とひと揃えになっている。これは政略結婚だ。抱かれてから、こんなはずじゃなかったって言われても中止にできないよ」

試すような口調で念押しするクライスに、「後悔なんてしません」ときっぱり断言する。

「クライスは後悔しますか。王配になる前なのに、証人もいない山奥で女王を抱くなんて、やっぱりやめておけばよかったって思ったりしませんか？」

「絶対しない」

クライスは首を横に振り、マリアンヌを再び強く抱き締めた。

「さっき言ったとおりだ。俺はいつだって、今すぐあなたが欲しくてたまらなかった」

背を丸めるように上体を屈めたクライスの唇が、「マリー」と名を呼びながらマリアンヌの頬に口づける。

体を正面に直しながら、クライスの腕に手を添えると、マリアンヌの唇にじりじりと距離を狭めていたそれが重なった。

触れるだけの優しい口づけは即座に角度を変え、捻じ込まれた熱い舌先が性急にマリアンヌを貪り始める。クライスは唇の裏側をくすぐるように舌先を這わせ、柔らかな舌を吸い出して絡め取ると、口内を縦横無尽に犯していく。

「ん、んぅ……」

上手く呼吸ができなくて苦しい。

激しい口づけが、マリアンヌのなけなしの理性を奪い取る。

口内はおろか頭の中まで掻き乱すような口づけに翻弄され、膝から力が抜けていく。

「あ……」

へたりこむようにその場に崩れ落ちる寸前、逞しい腕がマリアンヌをしっかり抱きとめた。

「今からこんなだと、先が大変そうだ」

クライスはにやりと口端を上げ、マリアンヌを浚《さら》うように横抱きした。

大胆な挑発をしたくせに、口ほどでもなかったマリアンヌは、なんとなく申し訳ない気持ちで厚い胸板に顔を伏せた。

「ご、ごめんなさい……」

「マリーを好きすぎるおっさんのこの先が大変そう、って言ったんです」

クライスは奥の部屋に足を向けた。

すっかり暗くなった外で雷光が閃き、土砂降りの風景が一瞬だけ鮮明に浮かび上がる。

雨脚は弱まるどころか、勢いを増しているようだ。窓の外は、絶え間なく降り注ぐ雨で煙っている。

「火の始末だけしてきます」

部屋に入ると、クライスはマリアンヌを寝台に横たえるように下ろし、客間へ戻っていった。

音のない雷光が立て続けに走り、暗闇に包まれていた部屋が瞬間的に明るく照らされた。

——服を脱いで待ったほうがいいのだろうか。

女官長から閨《ねや》の講義を受けたが、ただ横になっていれば良い、と指導されただけだった。服を脱がせるところからクライスがしてくれる、という意味だったかどうか、はっきりさせておけばよかった。

手間のかかる女だと思われたくない。けれど積極的に脱いで待つのもどうなのだろう。せめてボタンくらいは外しておこうとシャツに指をかけてみたものの、思うようにいかない。手が小刻みに震えているせいだった。

鼓膜が揺れるほど、心臓が速く大きく鼓動を打っている。

指が震えてしまうくらい緊張するのも初めての経験だ。どこまでも速くなり続ける胸の音をどうすれば鎮められるか、皆目見当もつかない。

ボタンを外すのを諦め、半身を起こしたところでクライスが戻ってきた。

クライスは蠟燭《ろうそく》の灯りを入れた銀のランタンを手に提げている。

ランタンは枕側の壁際に、取っ手を引っかけて吊り下げられた。

灯りそのものはぼんやりとしているが、寝台に上がろうとするクライスの顔がしっかり視認できる程度には明るい。つまり、クライスからもマリアンヌが見えるということだ。

「明るくしないと駄目ですか？」

おずおずと訊く。裸体を晒すのはさすがに気が引ける。

「駄目です」

「でも、たまに雷で明るくなってますし」

食い下がってみるものの、クライスは動じない。

「雷程度の光源なんて使えない。マリーが見えない。だから却下」

強い語気に気圧《けお》されて黙ると、両肩を摑まれ押し倒された。

仮眠用の寝台は敷板が硬く布団も薄いが、眠るのに充分な造りをしているようだ。クライスと折り重なるように体を横たえても、背に痛みを感じない。

問題はマリアンヌ自身にある。強く鼓動を打ち続けた心臓がいよいよ壊れてしてしまいそうなほど、期待とともに緊張が高まっていた。

マリアンヌを見下ろすエメラルドグリーンの瞳に、朱色の灯りが映り込んでいる。熱っぽく発情した視線を浴びて、呼吸まで乱れてくる。

「クライス、あの……」

「いいから。もう黙って」

クライスはマリアンヌの頭を囲うように肘をつき、唇を重ねた。

触れるだけの優しい口づけは、最初の一瞬だけ。マリアンヌの唇を軽く吸い、わずかに開いた隙間から舌を捻じ込んで、口内を乱暴に掻き回す。

「んん……ふぅ……っん」

飢えたような強い貪りに喘ぐと、クライスは唇を合わせたまま微笑した。

「マリーをこの目でしっかり見ておきたいんだ。もう諦めて」

マリアンヌを見据える瞳が、ランタンの灯火に照らされ、雄々しくぎらついた輝きを放っている。

穏やかで優しいクライスが隠し持っていた情熱につられるように、胸の奥で得体の知れない感情がざわめくように暴れ出す。

「は……あ、クライス……」

両腕を伸ばし、小さな肢体を組み敷くクライスの後頭部を抱き寄せる。

クライスはマリアンヌの唇の端をぺろりと舐め上げた。唇の形を記録するように、舌先が下唇から上唇をなぞり上げ、頬に音を立てて口づけを落としてから耳朶を食む。

耳に生温かい吐息を吹きかけられ、びくりと上体が跳ね上がった。

「あっ、駄目。耳は……ぁんっ！」

「いいことを聞いた。マリーは耳が弱いのか」

クライスは小さく笑んで、マリアンヌの耳をかぷりと甘噛みした。

「ひぁっ！　やぁ……っ！」

クライスの呼気を耳穴に浴びせられ、全身の肌がぞくりと粟立つ。

じわじわと腰の奥を侵食する甘い疼きとくすぐったさから逃れようと、何度か頭を振ってみる。が、体格差のあるクライスの体に押さえ込まれていて、身動きがままならない。

手触りのいいクライスの髪を掻き乱して抵抗する。するとクライスは片手だけでマリアンヌの両手首をまとめて摑み上げ、シーツに縫いとめてしまった。

「マリーは耳が弱いけど、ここも弱い。そうだろ？」

さらに自由を失ったマリアンヌの首筋に、舌が伝い下りる。弱点を的確に突く吐息と舌の愛撫《あいぶ》に首を縮めても、力ずくで割り込むように顔を埋められていてどうにもならない。

「い、嫌ぁ……」

我慢できないいくらいくすぐったいのに、押さえつけられた体は、クライスの責めに蕩けた反応を示し始める。

乱れた呼吸で荒く上下を繰り返す胸の先端が、薄手のシャツを押し上げるように鋭く尖り、押さえつけられた下肢は、その奥に秘めた花芯をじくじくと疼かせる。

「嫌、はなしだ。途中でやめてやれないって言ったはずだ」

「い、言いましたけど、でも」

「でも、もなし。——黙って俺のものになって」

低く囁いた声は艶めいて、マリアンヌの胸を震わせる。

昂ぶる神経を宥めるために深呼吸しようと口を開くが、掠れたような喘ぎばかりが漏れてしまう。

「マリーの肌は、雪みたいに白い」

クライスの唇は首筋を滑り続け、鎖骨をなぞってから窪《くぼ》みにきつく吸いついた。

「あ……ッ」

熱した針を刺されたような、局所的な痛みに小さく叫ぶ。

痕跡をつけられたのだとすぐわかったのは、そっくり同じ疼痛《とうつう》を内腿に何度か残されたことがあったからだ。

——傷が早くよくなるおまじない。

それが嘘だと、マリアンヌは気づいていた。指先で柔肌を愛《いと》しげに撫でながら、そこに赤色の花びらに似た鬱血《うっけつ》を散らされると、クライスに愛されている証《あかし》のような気がして拒めなかったのだ。

けれどあれと同じ跡が首の周辺に残ったら、困った事態になってしまう。

「だ、駄目。目立つところは……」

上体を弓なりに反らしてクライスの気を引く。宝石のようなエメラルドグリーンの瞳が細まり、何か企《たくら》むように妖しく翳《かげ》った。

「ああ、知ってる。ドレスから見えたら困るんだろ？」

クライスは口元をかすかに歪めて微笑した。嫣然《えんぜん》とした笑みに、背筋がぞくぞくする。

「マリアンヌは俺のものだって、国中に知らせてやればいい。——カルロにも」

「カルロ様……？」

どうしてここでカルロの名が出てくるのだろう。

クライスは怪訝にするマリアンヌのシャツのボタンを、上から順に外していく。

「マリーがあいつと一緒にいるのを見かけるたびに、嫉妬してた。本音を言えば、あいつには近づいて欲しくない」

はだけたシャツのあわせから、ふるりと胸が零れ落ちた。

クライスはマリアンヌの胸元に視線を注ぎながら、シャツを剝ぎ取った。情熱を宿した瞳の下に、何も着けていない白く柔らかな乳房が晒される。

「あっ……！」

大きな掌が双丘を両脇から掬い、高い位置になった乳首を交互に吸い立てる。

熱っぽい舌が赤い実をもぎ取らんばかりの強引さで、ねっとりと絡みつく。

舌先で弾かれた頂が恥ずかしいくらい硬さを増す。

「カルロと俺は似てる。俺はあいつより、ほんの少し運がよかっただけだ。状況が少しでも違っていたら、マリーの夫に選ばれたのはカルロだったかもしれない。そう考えただけで、たまらない気持ちになる」

クライスの口内は熱い。じゅるじゅると音を立ててしゃぶられ、湿った体温に硬い実が徐々に熟《う》れてきたのか、胸の奥がじんと震えてくる。

「それにマリーとは二十歳も年の差がある。こんなおっさんがマリーの相手でいいのか、って不安になる」

「クライスこそ、私が相手でいいんですか。……んあっ」

意思を持った生き物のように蠢く舌が乳首を包みながら、きつく吸い上げる。

甘い疼きが腰の奥からわき上がり、マリアンヌはぎゅっと強くクライスの首にしがみついた。

「俺はどうしてもマリーがいい。俺の前では、女王をやめてただのマリーでいて欲しい」

思い出したのは、クライスが贈ってくれた美しい髪留めの煌き。温かな思い出が胸に蘇り、マリアンヌは幸せに吐息した。

「私、やっぱりクライスが好き。すごく好きなの」

「泣くほど好きだったの？」

想いが溢れ出てしまったのか、眦に水滴が珠《たま》を結んでいた。

クライスは微笑して、マリアンヌの涙を唇で拭い取る。

「俺もマリーが好きだ。好きすぎて、嫉妬で狂いそうになるくらい」

クライスは胸の膨らみをゆっくりと揉《も》みながら、しこった頂を指で摘まみ上げた。

「あ……は、ぁん」

くりくりと乳首をよじる指に、荒い呼吸で胸が忙しなく上下を繰り返す。

「綺麗だ、マリー」

桃色に淡く色づく頂の裾野に、形の良い唇が近づいた。唾液でふやけた小粒の果実ごと咥《くわ》えられ、きゅっと甘噛みされた途端、ぴりと背筋に悪寒が走った。

「も……それ、だめ……」

口内に咥えた頂を攻め抜く舌先に、しびれを切らした腰が淫らにくねり始める。

唇を離しても、即座に隣へ移動し、今度は反対の乳首を舐め回す。空いてしまった頂も、ぬらぬらと濡れた光を放ったまま長く骨ばった指で弄ばれて、口から漏れる嬌声が甘みを帯びていく。

「マリーのここ、熱くなってる」

マリアンヌの腰を守っていたタオルの結びをほどき、クライスの手が膝を割って内股に滑り込んだ。

戦時下では剣を振るっていた無骨な掌は、少しだけ汗ばみ、そして器用だった。

太ももの感触を楽しむように、肌の上をじっくり時間をかけて執拗に這いずり回り、マリアンヌを高みに導こうとする。

くすぐったさ混じりの快楽に膝を曲げると、クライスはすかさずその身を足の間に割り込ませた。

クライスの体は逞しく、幅がある。大きく足を開いた格好を取らされ、羞恥に顔が上気する。

「んんっ」

乳房を吸いながら、クライスの指が花弁を剝いて秘裂を暴いた。

「や……あッ！　そこは嫌……っ」

恥ずかしさのあまり首を何度も横に振りつつ、マリアンヌの倍はある大きな肩を押して抵抗するが、頑強な体はびくともしない。

「少し慣らすだけだ。こうしないと、マリーが痛い思いをする」

クライスは体をずらし、マリアンヌの内股に下肢を押しつけた。弾力のある太ももに食い込もうとする硬い感触に、息を吞む。

慣らしてもらっても痛みは避けられそうにない大きさだ。おののきそうになるけれど、同時に、クライスと肌を重ねてひとつになれる歓喜で胸がいっぱいになってくる。

「怖い？」

ちゅ、と軽く唇を奪ったクライスに、マリアンヌは頭を振った。

「クライスが好きだから、怖くない。……早くクライスが欲しい」

「マリーはいい子だな」

クライスは愛しげな目でマリアンヌを見つめると、再び唇を重ねた。

口づけの角度を変えながらマリアンヌを深く貪る合間に、秘裂に指が触れた。

溝口からは既に愛蜜が滲み出ている。熱を帯びた膣に指がゆっくり沈むと、中に溜まっていた雫がたらたらと零れ落ちた。

「ん……は……ぁ」

クライスは指を抜き、掌まで伝い落ちた蜜をマリアンヌに見せつけるように舐め取った。

「もっと濡れてもらうよ」

口角を上げて微笑したクライスの端整な顔を、ランタンの灯りが妖しく照らし出す。浮かび上がった男の色気に本能を揺さぶられ、マリアンヌはうっとりとした目でクライスを見つめた。

クライスは再び秘所に手を伸ばし、びしょびしょに濡れた花弁を摘まんで女芯を剝き上げる。

外気に晒された花芯は、クライスの接触を待ち侘びたようにぷっくりと充血していた。期待に応えるかのように、指の腹が桃色に染まった膨らみを緩慢な動きで押し潰す。

「やっ……！」

鋭い疼きが体幹を駆け抜け、勢いよく上体を跳ね上げる。

「ここがいいのか？」

露出した肉粒にぬるつく蜜口から愛液をまぶされ、これでもかと執拗に愛撫される。

「ひあっ……ああっ！」

かっと燃えるように胎内が疼いた。苛烈な痺れに堪え切れず下肢をばたつかせるが、扇情的に腰が揺れているようにしか見えない。

「や……やあっ！　だめぇっ！」

「可愛いよ、マリー」

びくびくと打ち震えるマリアンヌの耳元に息を吹きかけるように、低い声音で囁かれ、愉悦のあまり頭がぼうっとしてくる。

「……マリーの中、熱くなってる。自分でわかるだろ?」

じんじんと疼く芽芯を弧を描くように擦りながら、太い指が膣口につぷりと沈み込んだ。

狭い膣道を押し広げるように指を動かされるたびに、甘い蜜が滲み出し、たっぷりと潤った隘路《あいろ》の奥へと誘い込むように、クライスの指を咥え込む。

蜜壺《みつつぼ》をまさぐりながら女襞を押し撫でられ、脳髄が焼け爛《ただ》れたような疼きに耐えかねた瞬間、マリアンヌの口から一際高い嬌声が上がった。

「イったみたいだな」

くす、とクライスが小さく笑う。

上気した頬が熱い。透明の糸で全身をがんじがらめに囚《とら》われたかのように、自由が利かない。

「ふ、ぅ……ぁ……は、ん」

短い息を何度も繰り返し、新鮮な空気を肺に送り込む。

ぼんやりとした意識がゆっくり戻ってくると、膝立ちになったクライスが服を脱いでいるのが視界に映った。

惜しげもなく晒された逞しい肉体に、マリアンヌは目を奪われた。

太刀傷がいくらか残されているが、揺らめく炎と時折鳴り響く雷光に照らされた肌はなめらかだ。

一年前に終戦を迎えたあとも、クライスは鍛錬を怠らなかったのだろう。健康的に艶めく皮膚に覆われた肢体は、筋肉質に盛り上がりつつも、ところどころ引き締まっている。

視線を下方にずらせば、隆々と屹立《きつりつ》が立ち上がっている。

クライスの欲情の証は、体格相応なのだろうか。先端は臍《へそ》まで上向いて、マリアンヌの手首ほども膨らみがある。

「——まだだ、マリー」

目が離せずにいたマリアンヌの腰を、クライスは膝立ちで持ち上げた。

「すごい、マリーがよく見える」

二本に増やした指を膣口に突き立て、反対の手は乳房を包みながら、うっすらと赤みを強くした頂を指で扱《しご》く。

「クライス……っ。私、変なの。お願い、見ないで……っ」

「知ってる。——イきそうなんだろう?」

指を飲み込んだままの秘所にクライスは顔を近づけ、花芽を舌先で立て続けに弾いた。

指先が肉筒の襞をこそげ取るように激しく抉《えぐ》る。舌先でいじめた直後の肉芽にしゃぶりつかれ、マリアンヌは悲鳴じみた声を上げて絶頂を迎えた。

「は……あ……あ……」

息も絶え絶えの体は、意識を彼方遠くに飛ばしている間に横たえられていた。

狭い寝台にぐったりと投げ出した足の間に、クライスの頭が見え隠れしている。

クライスの愛撫は、しつこいくらいマリアンヌを責め上げた。

どんなに首を振っていやいやしても許してくれず、秘所に吸いつくのをやめようとしない。

蕩けた頭で涙を流して善《よ》がる間も、鷲掴みにした胸の膨らみを揉みしだいて、乳首をぐりぐりと摘み上げる。

「もうそろそろか」

クライスは独り言のように呟いて、マリアンヌに覆いかぶさるように組み敷いた。

至近距離で目にしたなめらかな肌がマリアンヌと重なり合い、充血して感度を増した乳房を平らかで厚い胸板が押し潰す。

「マリー。あなたを全部、俺がもらう」

クライスが体重をかけると、彼を受け入れるように自然と足が開いた。その奥のぬかるんだ秘所に、雄芯を宛がわれる。

「……んッ！」

隘路をこじ開けようとする肉茎《にくくき》の切っ先に、マリアンヌは息を詰めた。

火を押しあてられたような痛みに、呼吸がままならない。

「ゆっくり息をして」

クライスはマリアンヌの背に腕を回し、呼吸を促すように肩を軽く叩いた。

「あ……んく……ふ、あ……ッ」

内襞を限界まで引き伸ばす硬さに、ざわりと腰が熱を上げる。

蜜道は屹立に襞をまとわりつかせながら、先に進むのを阻止するように大きくひくつく。

「狭いな……」

低い呻きに、また遠くなりかけていた意識をはっと取り戻す。

「ご、ごめんなさい」

「どうして謝るんだ?」

「……クライスが苦しそうにしているから」

クライスの額には汗が浮かんでいた。

色っぽく見える顔つきも、伏せた睫は濃い陰を作っているし、呼吸も荒い。

「苦しいよ」

クライスは苦笑した。

「マリーが可愛すぎて、辛い」

次の瞬間には、全体重がマリアンヌの体に押しつけられた。貫かれた痛みに悲鳴が上がる。

「もう少しだから。……ごめん」

クライスは緩やかに腰を前後させ、半ばまで挿入された陽根の押し引きを繰り返す。

マリアンヌは広い背にしがみつき、はしたなく足を上げた格好で汗の滲んだ口づけを受け続けた。

女襞に締めつけられた屹立が、先端を最奥に到達させる。蜜口からは剛直に追いやられた愛液が、尻まで濡らすほどしたたっている。

「これで全部だ」

クライスは腰をゆっくり引いてから、素早く最奥を目がけて叩きつけた。

「んんぅっ!」

最奥を穿たれた瞬間もたらされたのは、もう痛みだけではなかった。その証拠に、愉悦混じりの嬌声が口から漏れていた。

「もっと……もっとして、クライス。……ああっ！」

律動が始まって、小さな寝台がみしみしと不穏な音を立てて軋んだ。

火傷《やけど》に似た痛みに意識を失ってしまいそうだが、それも徐々に甘い疼きに変わってくる。

クライスの動きに合わせて小刻みに腰を揺すられ、押し込まれた太い肉茎が花芽を上下に愛撫する。

焦れったい感触に我慢できず、花芯を押しつけるように下肢をクライスの体に巻きつけ、自ら腰を振りたてる。

「いやらしい顔してる」

クライスは隙間なく重なったマリアンヌの体をきつく抱き締め、楔《くさび》を打ち込む速度を上げた。

「あ、あっ！　だって……んあっ！」

「また濡れてきた」

抽挿される肉筒から蜜が溢れるように零れ出て、クライスの根元までぐっしょりと濡らす。

暗闇にぐちゅぐちゅと蜜音を響かせながら最奥を幾度も衝《つ》かれ、マリアンヌは体をしならせて意識を高みに上げた。

「初めてでイく女なんて、都市伝説の類だと思ってた」

「私も、信じられない……」

「マリー、愛してる。もう絶対に離さない。覚悟して」

行き止まりの花筒を壊しかねない勢いで、激しく腰を打ちつけられる。

「あ、ああっ！　クライス……！」

「マリー……っ」

互いの名を狂ったように呼び合いながら内襞をわななかせると、クライスが脈動を打った。

「ん、ぁ……」

雄芯をひくつかせながら胎内に白濁を撒き散らしても、屹立は硬さを失わない。

まだ肉壁を押し広げようとする雄芯が愛しくて腰をうねらせると、クライスは眉を寄せて呻いた。

「あー……。マリー」

「は……い」

「頼む。動かないで」

「どうして……？」

「またしたくなるから」

いたずらされて困り果てた子供のような顔をするクライスが可愛らしくて、マリアンヌは抱き締められたまま下から唇を重ねた。

「まだしたい。──って言ったら、駄目ですか？」

叫びすぎたせいか、喉の奥に痛みが走った。

我ながら大胆なことを口走ったものだが、掠れた声は自分のものではないような、淫靡《いんび》な女の色気が滲んでいた。

乱れた呼吸に上下する胸は、クライスを咥え込んだ下腹からわき出す快感で満たされている。

「おねだり上手だな」

幸せそうに笑ってから口づけを返してくれたクライスに、疼いていた胸がきゅんと高鳴った。


――初恋は叶わない。

そんな話を聞いたことがある。

けれどそれは迷信だ。

双子の呪いの伝承と同じくらい、いい加減な言い伝えだったに違いない。

叶った初恋がここにあったのだから――

＊

夜が明ける直前、クライスは寝台を抜け出した。

カーテンの隙間からうっすらと、紺色の夜明けが見えている。

寝息も立てずにぐっすりと眠っているマリアンヌを起こしてしまわないよう、クライスは布団をかけ直す振りをしながら寝台を下りた。

脱ぎ散らかしたままだった服を拾い集め、客間で着替えを済ませる。

汲み置きの水で軽く顔を洗って、部屋の隅に干していたマリアンヌの服を畳み、枕元に戻してから外の物置へ出た。

「よく寝たか？」

愛馬はとっくに目覚めていたらしく、クライスの姿を認めるや否や、蹄《ひづめ》を地面に打ちつけた。

クライスの馬は雌で、従順で足が速い代わりに力強さに欠ける。戦場ではそれで良いが、雨の山中を二人乗りで歩かされた疲れが残っているのか、ちらりと恨みがましい視線を向けただけでそっぽを向いてしまった。

「つれない態度を取るなよ。俺だって寝てないんだから」

クライスはぼやきながら飼葉の準備をする。

野盗は出没しないと言いきれない環境で寝入るわけにもいかず、一睡もせずに朝を迎えていた。何しろ女王陛下の護衛役を兼ねているのだ。とうとう初エッチしちゃった、などと浮かれてばかりもいられない。

——結局、三回も致してしまった。

愛馬の前に飼い葉桶《おけ》を差し出しながら、クライスは気だるくも甘い溜息を吐いた。

クライスが強要したわけではない——と思う。

『え、クライス？　まだ、その……アレですよね？』

二度目の吐精を終えても、まだ興奮の冷めない下腹部を察知され、

『まあ、男なんてこんなもんですから。気にしないで』

と格好をつけてみたが、

『……気にします』

と顔を赤らめたマリアンヌはいじらしかった。心底可愛らしかった。

マリアンヌの体は、クライスの前屈みの妄想より遥かに柔らかく、そして弾力に富んでいた。

『クライス、イっちゃう！』

は、この際だからいいとして。

『そこ……そこ、すごくいい。……あんっ』

などと善《よ》がるのは完全に反則だ。しかも、ようやくクライスが達し終え、狭い寝台でマリアンヌを体の上に乗せ、抱き合って余韻を楽しんでいる最中だったというのに、

『ぎゅっとして』

と甘えた子供のように、ふにゃりと柔らかな胸を押しつけてくるのだから参ってしまう。

もうこれは、問題行動を起こしたマリアンヌが悪い。欲望にまみれたおっさんの純情を玩《もてあそ》ぶなど、むごたらしいにもほどがある。

夫となる身としては「男というのはかくかくしかじかだから、気をつけなければならないんですよ」といったように諭すべき場面だっただろうが、

――ま、いっか。

と悩むのをやめて、下から抱き締める体勢だったマリアンヌに、先端だけ入れたり入れたりたまに出したりを繰り返す三回戦目に及んでしまったというわけである。

レイモンドが聞いたら、「覚えたてのガキでもあるまい。馬鹿じゃねえの」と頭をはたかれそうだが、「先っぽだけでも馬鹿みたいに気持ちよかったんだから、仕方ないだろうが」とか「目の前に肉が転がってるのに、草食ってる奴は馬か牛かうさぎしか思いつかねえよ」と言い訳したところで、幼い女児二人の父親である副将軍は「この変態将軍」とクライスを罵ることだろう。

二十歳もの年齢差も、うじうじと悩んでいた自分が愚かしく思えるほど、些細《ささい》な物事になってしまった。

マリアンヌは、普通の女でしかなかった。クライスにとってはもちろん特別な女だが、抱いてみればやはり普通の女だ。

――マリーも、普通の女でいることを望んでいる。

クライスの脳裏に、昨夜マリアンヌが流した涙がよぎった。

クライスが英雄伯爵将軍と呼ばれたくないのと同様に、マリアンヌもただの女でいたい瞬間があったのだ。そんな当たり前のことにも気づけなかったのだから、クライスも、この政略結婚に存外大きく戸惑っていたような気がする。

マリアンヌとの結婚は、『傀儡女王と伯爵将軍の政略結婚』、と後世に語り継がれることとなるのだろう。

誰がなんと言おうとこれは恋愛結婚だが、クライスが子を成せなかった時は、マリアンヌには別の男が宛がわれるはずだ。つけこむ隙を見せないためにも、政略結婚の権威を今からでも限界まで高めておいたほうがいいだろう。種馬なりに悩みは尽きない。

「いつ移動になってもいいように、食える時に食っとけよ」

新しい水に入れ替えた桶を置くと、かたん、と奥で音がした。

クライスは振り向きざまに、腰に差していた剣を半身まで抜きかける。

人影はない。耳を澄ますと、ばさばさと羽根音が届いた。

天井に近い窓際の、小さな出入り口から鉄製の籠に入ってきたのは、一羽の鳩《はと》である。灰色がかった群青の体をした鳩は、軍用の伝書鳩だ。

クライスは剣を鞘に戻し、鳩を両手で包むように捕まえて、足にはめられた鉄輪を見た。

鉄輪に彫られた番号は、『30』。30番台はこの監視所が巣となるよう訓練してある伝書鳩で、一方通行しかできないから連れて帰らなければならない。

往復できるように訓練された伝書鳩もいるが、王都にしかおらず、番号も一桁台の精鋭だ。

クライスは鉄輪を外し、細い筒状に詰められた紙片を取り出した。

『伝令受領。昼過ぎに迎えに入る。待機を命ず。レイモンド』

短いが内容を明瞭に伝える文面に、ひとまず安堵の息を吐く。

豪雨が上がったばかりの山道は、思わぬ危険が潜んでいる。クライスにしても一睡もしていないし、マリアンヌは言わずもがなの体調だろうから、迎えが来るに越したことはない。

――所属番号が一桁台でないなら、あと二十羽は飛んでくるか。

さて餌の備蓄は、と鉄籠の下の引き出しを漁っていると、小屋の外に人の気配を感じた。

肌に馴染んだ気配に、クライスは剣を抜かずに振り向いた。

「おはようございます」

小屋に入ってきたのはマリアンヌだった。

クライスが用意していった衣類を着込み、俯き加減で恥ずかしそうに頬を染めている。

クライスは目を疑った。マリアンヌが昨日とは別人のように美しくなっていたからだ。

――寝不足。……のはずだよな?

不慣れな体勢ばかり強いたから、体のそこらじゅうが痛んでいるはずだ。

惚れた欲目で美しく見えるのだろうか。しかし確実に何かが違うと勘が訴えている。

――なんだ……?

観察して間もなく、「姿勢がよくなったのか」と、マリアンヌの背筋が伸びているのに気づく。

「クライス、どうしたの。私、どこかおかしい?」

体が痛むのだろう。マリアンヌは膝をすり合わせるようにしずしずと歩き、クライスの前まで来て、顔を覗き込むように視線を上げた。

寝不足のせいか、マリアンヌの黒色の瞳はうるうると潤んでいた。

「あ、いや。……お、おはようございます」

はっと我に返り、クライスはマリアンヌから目を逸らした。今にも萌《も》え死んでしまいそうで、心臓に悪い。

「ここでは鳩を飼っているの?」

伝書鳩は飼い葉桶に鼻を突っ込む愛馬の背中に止まっていたはずだったが、目を離した隙に餌の入った引き出しの取っ手まで飛び移り、木枠をくちばしでつついている。

「マリーが餌をやってみる？」

「私がやってもいいの、軍用みたいだけど」

「こいつの巣はここだから、誰が餌づけしても構わないよ」

雑穀を混ぜた一回ぶんの餌袋を渡すと、伝書鳩はしゃがみ込んだマリアンヌの前に飛び降りた。

そういえばと思い出したのは、鳩は夫婦で番《つが》う動物であることだった。

この伝書鳩にも配偶者がいるのだろうか、と考えながらマリアンヌの隣で片膝をつき、昼に迎えが来ることと、雑談ついでに軍用伝書鳩と鉄輪について、つらつらと説明する。

「こいつが一番乗りみたいだけど、あと二十羽は同じ内容の伝令を持った奴が帰って来る。往復できる教育をしていないから連れて帰る手間があるけど、戦時中はよく使ってた」

言っているそばから、新たに二羽、立て続けに鉄籠に入ってきた。念のため鉄輪の中身を確認するが、そっくり同じ内容だった。

「紙の端に書いてある、30・5、っていう数字の意味は？」

「同じ内容の伝書を持たせた三十羽のうち、五番目の鳩っていう意味」

「二十羽くらい帰って来るにしても、残りの十羽は？」

「王都からここに帰って来る間に、事故に遭う奴もいる。のんびりしすぎだったり道に迷ったりする奴もいるし」

マリアンヌは微笑して、クライスの腰の剣を指差した。

「鶩に捕まったり？」

クライスは苦笑を返し、マリアンヌの細い肩を抱き寄せた。

「敵陣のど真ん中で堕《お》ちることもあるから、読まれて困る内容は暗号文を使うんだ。ちなみに伝書鳩の管理をしている部署は、騎馬隊だよ」

「馬？」

マリアンヌはクライスに寄りかかり、愛馬を見上げる。返事をするかのように、いななきが返された。

「普段は王都の厩舎《きゅうしゃ》で調教をやってる係もいる。戦場では騎馬隊所属の厩務員が伝書鳩の管理も任される。戦闘の勝敗を決めるのは、剣の腕じゃない。剣を持たない軍人の働きが決め手になるよ」

クライスの言葉に、マリアンヌは何か考え込むように黙りこくってから、すっと瞳を上げた。

「クライスがライノーレの英雄と呼ばれる理由がわかった気がします」

「え？　ああ、えっとその……。うん。偉い人にはわからないことばかりやったから、戦争が終わったのかもしれない」

胸の片隅で、かすかに違和感を覚えていた。マリアンヌの目は、こんなに綺麗だっただろうか。

美しいという呼称では足りない何かがマリアンヌに芽生えたから、輝きを増しているはずだ。

何か強い決意をしたように、眩い光を内側から放つ瞳は、冬のある日に二人で見た雪割り草を想起させる。

純白の花弁。内に向かって朱色に染まる花は、冬の寒さの中にあって凛として、可憐に咲こうとしていていじらしく、とても美しかった。

――チラ見したハミ乳も。

などと思い出してしまうから、昨夜のような狼藉をはたらいてしまうのだ。しかし、

――もうヤっちゃったしな。

既に全ては事後である。

天候に恵まれなかったのは予定外だったが、それにしてもクライスは幸運すぎる身の上である。


迎えの一行が到着したのは、昼近い時刻だった。

輝かしい太陽が天頂を横切ろうとする、晴天の青空の下。クライスは、一行を先頭で率いていたアンダーソンに頭を下げてから、同行していたカルロにも謝罪した。

「心配をかけた。悪かった」

「グレゴール閣下におかれましても、ご無事のご様子で何よりでした」

カルロは嫌味っぽい微笑を口元に刷《は》き、クライスの足を思いきり踏んだ。

「痛《いて》えだろうが。何するんだ、馬鹿」

「馬鹿に馬鹿と言われたくありません。私に黙って脱走など、二度としないでください」

「なんで言う必要があるんだ。宰相に許可を取ったら、脱走にならないだろうが」

クライスは踏まれていないほうの足で、カルロの反対の足を渾身《こんしん》の力を込めて踏み返す。

「言ってくれれば見逃すと言っているんですよ。勘の鈍い筋肉馬鹿は女性に嫌われますよ」

「なんだと。それは俺にマリーを託す、って言ってるのか？」

「そう言ったつもりです。……あんな顔をされたんじゃ、祝福するしかありません」

不意に外されたカルロの視線の先を追うと、アンダーソンと談笑するマリアンヌがいた。

「ご心配をおかけして、本当に申し訳ありませんでした」

「グレゴール将軍がご一緒でしたから、ご無事だろうと思っていましたよ。短い時間でしたが、少しは息抜きができましたか？」

「はい、また脱走したくなっちゃいました」

「はは、それは困りました。脱走する時は、カルロか私に言ってからにしてくださいね」

マリアンヌの頬はいつもに比べるとやや紅潮しているし、歩き方も不自然だ。そんな彼女を見れば、一夜の間に何があったかなど一目瞭然である。

――こいつからすれば、どうしたって俺のほうが横恋慕なんだよな。

苦《にが》い気持ちでカルロに視線を戻す。しかしカルロはクライスの心配をよそに、清々《すがすが》しいほど満面の笑みを湛えてマリアンヌを優しい眼差しで見つめていた。

「……大したもんだな」

クライスは小さく呟いて足を外した。カルロは聞き取れなかったらしい。怪訝に首を傾げながら、クライスを睨みつけた。

「何かおっしゃいましたか」

「いや、何も」

わざわざ恋敵を褒めてやる必要はない。クライスは肩を竦める。

精神年齢だけならカルロのほうが大人だろうが、長い戦争中に散々煮え湯を飲まされた経験のあるおっさん将軍はそう簡単に油断しない。

マリアンヌの気持ちが揺らがないようしっかり捕まえておくことで、結果的にカルロを惑わせないようにするのが、大人らしい対応と呼べそうだ。

「で。アンダーソン議長のみならず、おまえまでわざわざ迎えに来たってことは、何かあったということだな」

話題を変えると、ようやくカルロもクライスから足をどけた。

「急ぐ内容ではありませんが」

カルロは前置きし、クライスと同じ背丈を一歩詰め、ひそひそと告げた。

「リチャード様から便りが入りました。亡き妃殿下の縁者の屋敷で世話になっているそうです」

カルロが言うには、オルブライに出したリチャードの身柄引き渡し依頼に対し、リチャード本人から出頭しても良いと返事が来たのだそうだ。ただし、身の安全を保障する条件付きで。

なるほど、マリアンヌの耳には入れたくない内容である。クライスは小さく舌打ちをした。

この問題は、さっさと片づけたほうがよさそうだ。

「……馬鹿王子は元気なのか」

クライスも声をひそめると、カルロは無表情で頷いた。

「とても元気でいらっしゃるとのことです。——残念ながら」

怒気を抑え込んだ低い声音に、カルロの思考が透けて見える。

「おまえも怖いこと考えてそうだな」

「グレゴール閣下ほどではありませんよ」

「今のところ元気、ということで承知した」

「仮にも王族ですからね。簡単に死なれては困ります」

まだね、と唇だけで付け足したカルロの目は、どこまでも澄んだ青空と同じ色をしていたが、クライスはそこに獄中で殉死した彼の父が映っていたのを確かに見た。

宰相カルロとしては、王家の害となり得るリチャードを何とかせねば、と頭を痛めていることだろう。

しかし、父に責任を擦《なす》りつけられた遺族としては「許せない」とはらわたが煮えくり返る思いをしているはずだ。

冷静沈着を絵に描いたようなカルロが私怨で動くとは到底思えないが、リチャードが今後ものらりくらりと出頭を拒むようであれば、カルロとて怒りを決壊させてしまう瞬間が来てしまうかもしれない。

そうなった時に辛い思いをするのは、結局マリアンヌなのだ。近しい誰かが傷つけば、彼女にも同じ深さの傷がつく。

山奥に十八年間も閉じ込められていただけで、彼女は一生分の不幸を経験し終えている。

──カルロがおかしな考えを起こさなければいいが。

クライスは無意識で、腰に佩いた剣の柄を強く握り締めた。

＊

マリアンヌが山を離れ、ちょうど二ヶ月がすぎようとしていた日のことである。

その夜マリアンヌは四つ這いになって、クライスと体を繋げていた。

改装が済んで移ったばかりの国王の寝所は、ただただ広い。

「マリー。まだ慣れないのか？」

マリアンヌの背後で膝立ちになり、腰のくびれをがっちりと摑むクライスの声音は、やたら高圧的だ。

クライスは初夜の翌日から、ほぼ毎夜マリアンヌに交合を求めてくる。

しかも吐精は一度で済まない。寝不足が続いて体がもたない、というのが本音だが、情熱的に貪ってくれるクライスが愛しくて、マリアンヌも激しく求めてしまうからきりがない。

「んんっ……ッ！」

枕元にいくつも並べられたクッションのうち、目の前に転がっていたひとつを手繰り寄せ、口元を顔ごと埋《うず》めて声を抑える。クライスと激しく交わる行為に、体は溶けるように甘く馴らされていたが、続きの間でいつも誰かが控えている環境には未だ慣れていない。

クライスに泣かされる女の声も。クライスが軋ませる寝台の音も。クライスが達する瞬間に発せられる艶めいた男の喘ぎも。

クライスをひとつ残らず誰にも分けてやりたくない、と思うマリアンヌは極端に狭量で、独占欲にまみれている。

実際、クライスは女にもてた。

女官の中でも特に男慣れしていない、マリアンヌ付きの侍女達がクライスに送る視線は熱烈だ。女王陛下の手前、決して口には出さないが、マリアンヌと同じ目でクライスを見ている彼女達の視線に気づくたびに、胸がもやもやとしてしまう。

本人は「俺おっさんだから」と言ってばかりで自覚していない様子だが、クライスがもてる理由はわかる。

外見こそ軍人そのものに屈強な体つきをしているが、長い戦場暮らしで身につけただろう無駄のない所作は凛々しく、相手が誰であろうと等しく接する控えめな優しさは紳士的だ。

本来であれば警戒心の強いマリアンヌの心でさえ、出会った瞬間虜《とりこ》にしたのだから、他の女にもてないはずがないのは当然のことである。

クライスが親しげに女官の一人と談笑するのを偶然見かけたのは、今日の昼のことだった。

夜になって寝所を訪れたクライスに「彼女とは昔馴染だったの?」と訊くと、「彼女はレイモンドの実妹だよ」と教えられ、ほっとしたのが顔に出てしまったのか、

『マリーでも俺に嫉妬してくれるのか』

と、やきもきするマリアンヌの気も知らずになぜか喜ばれてしまった。

『……私が嫉妬したらおかしい？』

『いや。あとで彼女にお礼を言っておかないと』

どうしてお礼？　と首を傾げたマリアンヌの肩を、クライスが抱き寄せた。

『嫉妬してもらえるほど、マリーが俺を好きだったって知ることができたから』

クライスへは毎晩のように、好きで大好きで愛していると言っているし言わせられてもいたはずなのに、と抗議したが、素早く口づけられ、唇ごと封じられてしまったというわけだ。

「答えて。まだ慣れないのか？」

腰を高く持ち上げられたまま問い詰められ、クッションに顔を押しあてて首を横に振る。

答えになってないよ、と苦笑したクライスが不服だと言わんばかりに責めをきつくした。

蜜にまみれた秘所を奥まで嬲り続けられ、マリアンヌはクッションに顔を押しつけて高く喘ぐ。

クライスの剛直が内襞を抉《えぐ》りながら、下腹を繰り返し押し上げる。下肢の内側から押し出された蜜汁が肌を濡らし、クライスの腰が押しつけられるごとに水音を大きく響かせる。

「……声を聞きたい」

クライスはマリアンヌと繋がったままの体勢で、クッションを抱いていた両肘をそれぞれ掴み上げると、ぐいと後ろに強く引いた。

「あっ……ヤぁっ……！」

乱れたシーツに沈んでいた上体を引き上げられると同時に、膣を穿っていた雄芯の角度が変わり、きゅうと内壁が窄まる。

「マリーがエロすぎて、死にそう」

クライスは短い息を漏らし、マリアンヌの両の手首を腰の裏でまとめて拘束した。

空いた片手は胸の頂を摘まみ上げ、指で引き伸ばすようにくりくりとよじる。背筋を鋭い痺れが駆け、マリアンヌは上体を反らしながら髪を振り乱して首を振る。

「お……お願い、クライス。も、ダメ」

内壁を入り口から最奥までいっぱいに広げていたクライスが、押し込んでいた屹立を激しく打ちつける。互いの肌が打ち合うたびに、蜜を塗り広げる卑猥な水音が一際大きくなり、まだ初心《うぶ》さを残すマリアンヌの鼓膜を犯す。

「まだだ、マリー。――まだイきたいだろ?」

胸の膨らみを弄んでいた手が外され、下方に向かう。

下腹を探る指先は、柔らかな茂みの中からふっくらと膨らんだ花芽を見つけ出した。

「こうされるのが好きなんだよな?」

クライスは楽しそうな声音で囁くと、包皮を剝かれた女芯をマリアンヌと番う剛直の根に押しつけた。

「やあっ！　や、クライスっ……もう嫌ぁッ」

胸を突き上げるような、強烈な疼きに襲われ、声を嗄らして許しを請う。

体の芯を焼くような熱が下腹からせり上がり、体を支える膝ががくがくと震え出す。

「は……ッ」

クライスは小さく呻き、額から汗を一粒、マリアンヌの背に落とした。

円《つぶ》らかな肉粒を指の腹で優しくいたぶられると、逞しい肉茎を包み込む隘路がわなないて、クライスを苦しめてしまうようだ。

「……マリー、もっと。もっと善くなって」

柔尻を叩く抽挿が速さを増した。

天蓋ごと、広く大きな寝台がみしみしと軋んで揺れる。

下がるカーテンは純白のレース生地で、華奢な銀糸が繊細に編まれている。花模様の刺繍《ししゅう》があしらわれた可憐な薄幕が、枕元の壁に入ったほのかな灯りに照らされ、床下に伸びる影が妖しげに蠢いた。

白い闇に侵食されたかのように、頭の中が白色に塗りつぶされていく。思考を粉々に砕かれ、意味不明の言葉を叫ぶが、ことごとく虚空に吸い込まれて消えていった。

「あ……は、あ……ん……」

泣きながらうつ伏せでぐったりしていると、クライスは背後から覆いかぶさって、再び挿入した。

「ん……クライス。あの、三日後に晩餐会だから……」

もう指先すら動かない体で、辛《かろ》うじて口を開くと、ちゅ、と肩に口づけが落とされた。

「知ってる。だから今のうちに、マリーを存分に味わっておかないと」

三日後の夜、王家主催の晩餐会が予定されている。

社交シーズンの開幕となる晩餐会は毎年恒例のものだが、今年は女王即位の直後ということで、いつもの倍の人数が招待されている。

会場となるこの王城は、その準備でてんてこ舞いだ。

――リチャードはどこにいるのだろう……？

会ったことのない兄の居場所を思い、マリアンヌは頭を振った。

リチャードは貴族院あてに、マリアンヌの即位無効を訴え出ている。双子の妹の存在を知っていたら亡命などしなかった、という内容だが、筋が通らないことに変わりはなく、議長アンダーソンは無視を決め込んだ。

アンダーソンとカルロの話では、リチャードは王政派議員の縁者に匿われながら、国内を転々と移動して玉座を奪い返す機会を窺っているそうだが、その包囲網は狭まりつつある。戴冠式と前後して、リチャードの身柄を拘束できるかもしれない。

――カルロと顔を合わせるような事態にならなければいいけど。

脳裏をよぎったのは、空色に澄んだ瞳。

カルロはおくびにも出さないが、虎視眈々《たんたん》と復讐の機会を狙っている。

カルロとは七歳からの付き合いだ。再会してから日が経つにつれ、彼の目が濁りを濃くしているのにマリアンヌが気づかないはずがない。

リチャードには国軍からも捕縛命令が出ている。

捕らえたら即刻裁判にかけられ、国家反逆罪の咎で処刑されることとなるだろう。

しかしそれではカルロの心に安寧は訪れないから、マリアンヌは頭を悩ませていた。

——どうすればいいのだろう。

考えを読み透かしたクライスが、マリアンヌに奥深く沈みこんできた。じわりと腰に広がる濃厚な甘だるさに、マリアンヌは逆らえない。

「何も考えないで」

——そうだった。考えてはいけないことだった。

再び頭を空っぽにし、深入りしようとする思考を止め、クライスに溺れる。

求められているのは傀儡女王マリアンヌだ。賢い振りをしたら、都合の悪い議員達がクライスともどもマリアンヌを玉座から引きずり下ろしにくるかもしれない。

クライスと離れないために、マリアンヌは意志を持たない人形でい続けなければならないのだ。

＊

エイダが初めて謁見した王女リディアは、おおらかというか快活というか豪快というか、とにかく女性らしさにことごとく欠ける人だった。

「初夜が山小屋だったとは初耳だ。しかも処女相手に三回もヤるなんて、なかなかではないか。このエロエロ将軍めっ！」

その美しい容貌からは想像もつかないがさつさに、エイダは苦笑するしかない。

二百年も前の国王ではあるが、八代前の女王マリアンヌの血をその身に引く人が彼女を処女呼ばわりするなんて、まさかと耳を疑う下品さだ。だが、そういう下品さをエイダは好むし、ちっとも王族らしくないざっくばらんなリディアは、人を惹きつける魅力に溢れていて目が離せない。

「全て変名の随想だったり小説だったり、形式が異なるものなんですけど。史実や当時の気象記録と照らし合わせると、王城を脱走した挙句、天候不良で山小屋に閉じ込められたのは本当のようですね」

リディアの興奮につられエイダは鼻息を荒くして、鞄《かばん》から糸綴《と》じの古ぼけた本を取り出す。

「こちらは男性向けの恋愛小説です。百年前の内戦時代、禁書として王立図書館に預けられて以来、放置されて埃《ほこり》をかぶっていたものを発掘してきました」

まさに蔵出しと呼べる取っておきの本を受け取り、ぱらぱらと紙面をめくるリディアの美しい黒色の瞳が、爛々と輝きを増した。

「王城詰めの侍女頭と近衛の恋愛小説です。国王夫妻の閨ごとを盗み聞きして発情した、っていうあらすじの、ありがちな話なんですけど……。国王夫妻が女王と将軍、となっている点が肝です」

この書物はマリアンヌ治世からまだ百年しか経っていない時代に書かれ、内戦で城ごと王都が焼かれてしまう直前に王立図書館にしまわれたものだから、かなり信憑性《しんぴょうせい》の高い内容となっている。

「わかる、わかるぞエイダ。エロい男向けの、お子様は読んではなりません的な官能小説だな」

「そのとおりです。ただのエロ本です。ただのエロ本ですが、希少価値があるとの理由で続々編まで三冊も所蔵されておりました」

続けて取り出した残り二冊もリディアに手渡す。

禁書は持ち出し不可、と司書に渋い顔をされたのだが、リディアとの謁見の日時が書かれた王城入場許可証を見せると、あっさり貸し出してくれたのだ。

「司書の連中もなかなかやるな。予算を上乗せして、蔵書の保全にますます勤しんでもらわねばな」

リディアは開いたままの本を膝に載せ、背後を仰ぎ見た。

「予算増額はアレクシスの裁量で可能か」

エイダとローテーブルを挟み、ソファに腰かけるリディアのすぐ後ろに立っていた青年は、宰相のアレクシス閣下である。

「給金に反映するには次期予算を決定する議会を待たねばなりませんが、蔵書保全名目であれば倍に増額する余裕があります」

全く表情を変えず、口元だけ動かして結論のみ告げたアレクシスは、間近で見ると恐ろしいほど優れた美貌を持つ男で迫力がある。しかしリディアと並ぶと、その煌きが霞んでしまうのだから、間もなくライノーレ国王となる第一王女の美しさを再認識させられる。

「リディア様。巷《ちまた》にはまがい物も多くございます。嘘大げさ紛らわしいことを念頭に置かれた上でお読みになったほうがよろしいですよ」

「嘘か本当かわからぬから、楽しめることもこの世には沢山転がっているのだと思うぞ」

「はあ、左様ですか」

アレクシスは諌めるのを諦め、聞こえよがしに溜息を漏らしたが、鼻歌混じりで機嫌よさそうに本を繰るリディアを見つめる空色の双眸は、柔らかな輝きを宿している。

「……これな、最後のくだりがいいよな」

リディアがしみじみとした口調で呟くと、アレクシスは俯くようにして小さく頷いた。

初恋は叶わない、けれどそれは迷信だ。と書かれた箇所のことだろう。

エイダは目を細め、美しい容貌の二人の様子を盗み見る。

正式にリディアとの婚約が発表されたばかりの宰相アレクシスが、実は子供の頃から第一王女リディアと恋仲だったという噂は、知る人ぞ知る話だ。

無論、二人の間には大変な身分差があるし、リディアは同盟国の貢物になる運命だったのだが、双子の兄が逃亡し、王位継承者がいなくなったことで、今回の婚約と相成った経緯だ。

――王太子殿下は逃亡直後に事故死した、という噂もある。

王太子と駆け落ちした下女だけが、一命を取り留めたらしい。と耳にしたことがある。

その下女も深い傷が原因で、間もなく亡くなったと聞く。今わの際にあった彼女の願いをリディアの威光が叶え、面会を許された家族から漏れ伝わった話としてまことしやかに出回っているが、あくまで噂だ。王太子は行方不明というのが公式発表。真偽は定かでない。

大陸に戦火が広がりつつあり、国内も不安定な政情である。みっともない王族の醜聞《スキャンダル》を世間に曝《さら》け出すより、王家から国政を立て直す選択をしたのだろう。

アレクシスとの婚約も、安定した国内事情を積極的に広める目的で成されたものらしい。

国内外ともに揺らいでいる現状で、結婚適齢期を超えようとする女王が他国の王族と結婚することはできないし、国内の有力貴族を王家に迎えるとなれば、勢力図がたちまち殺伐としたものに変わる恐れがある。

結果として選ばれた最も無難な相手は、奇《く》しくも、若き宰相アレクシスだったというわけだ。

国政に対して権力を持たず、ただひたむきに王家を支えてきた由緒正しい血統の人。腰抜けと称された現国王が恥をかくことなく引退できるのは、まだ歳若い宰相とその父の献身が常にあったからだともっぱらの評判だ。

「じゃあ、私は先に議場に入っているからな」

面会時間が終わり、リディアが立ち上がった。

「承知いたしました」

アレクシスと二人で、上機嫌なまま次の政務に向かったリディアを見送る。

「ではまた何か資料が手に入りましたら、リディア殿下のお慰みにしてもらうつもりでお届けに参ります」

エイダはアレクシスに頭を下げた。

アレクシスはエイダより深く、丁重に腰を折った。

「お忙しい中、ご足労をくださり感謝申し上げます」

「こちらこそ。リディア殿下に拝謁賜る幸運をいただきまして、亡くなった両親への土産話にももったいない、素晴らしい時間をすごせました。ありがとうございました」

エイダの返礼に、アレクシスが頭を上げる。アレクシスはすらりとした長身だが、無駄なく鍛え上げた体軀を着痩せで隠す種類の男だ、と戦場経験から見当をつける。

「エイダ様はまだお若いでしょう。土産話だなど、縁起でもない」

「いえ。この休暇が終わったら、また別の戦地へ取材に出る予定なんです」

ん？　とアレクシスが首を傾げた。

「エイダ様の資料収集能力と度胸のよさを頼りに、リディア女王陛下戴冠に伴う記念行事の一環として、マリアンヌ女王の史書編さん依頼を上役の方へ申し込んだのですが」

まだ聞いておられませんでしたか、と問われ、エイダは頭を振った。

戦地取材は性に合っているが、女の記者が出張るには危険な現場が多くなっている。いったん引いて裏方に回るべきだろうな、と思い悩んでいた時だったから、これ以上とない至高の依頼だ。

「まだ聞いておりませんでした。素晴らしいお話でしたのに、申し訳ございません」

エイダは胸の前で両手を組み、祈りを捧《ささ》げるようにアレクシスを拝んだ。

大げさなエイダの様子に、アレクシスがくすっと微笑を零す。アレクシスは笑うと少し子供っぽく、あどけない雰囲気になる人のようだ。

「お受けしてもらえるなら、門外不出とされる史料も提供できますよ。マリアンヌ治世の宰相日記も閲覧いただくことになりますが……」

マリアンヌ治世の宰相の名は、カルロ。エイダの記憶違いでなければ、女王マリアンヌと同い年だったはずだ。

「かなり詳細に日常の出来事が記録された日報のようなものですが、忘れて欲しいことや今は書いて欲しくないことなどは、こちらで別途指示をいたします」

すっと、整った顔から笑みが抜けていく。その様子は、戦地で瀕死となった軍人の体から魂が抜ける瞬間を想起させた。

「は、はい。恐れ多いことをお任せいただき緊張いたしますが、喜んで賜ります」

冷たい汗が背を伝った。書かないほうがよいことは、山のようにあるはずだ。

例えば、女王マリアンヌの双子の兄の死にまつわる顛末といった話など。

「アレクシス様、少々お耳を拝借したいのですが……」

長身の背に隠れるように、衛兵と思しき制服姿の男が近寄ってきた。

アレクシスは、氷のような冷ややかな目を衛兵に向けた。

「客人の前だ。しばし待て」

「で、ですが……。火急の用件でして……」

「手短に話せ」

仕方ないといったふうにアレクシスは背を屈め、内緒話をするかのように衛兵に顔を寄せた。

何やらよからぬ内容の話を耳打ちされたのだろうか。アレクシスの顔はみるみると青ざめ、くしゃりと歪んだ。

形の整った唇から、低い呻きが漏れる。

「聞き間違いでなければ、リディア様が失踪したと言ったか……？」

第六章　二人の女王

「お手紙でございます」

慇懃《いんぎん》な口調で呼び止められ、リディアは振り返った。

そこにいたのは、リディアと同じくらいの年齢の若い男。

エイダとの謁見を終え、議会が開催される議事堂へ移動しようとする途中でのことだ。

リディアは不審に思った。男は近衛隊の制服を着用しているが、初めて見る顔だったからだ。

おかしな点はそれだけでない。三人いたはずの側近が全員、いつの間にか忽然《こつぜん》と姿を消していた。

王城内に出入りできる人間はおよそ五百人にのぼるが、リディアの側まで近づけるのはそのうち五十名ほどでしかない。

「……」

嫌な予感に胸が騒ぐが、顔に出さず、近衛が差し出した手紙を受け取った。

蠟で閉められた封筒の差出人は、リディアの双子の兄の名前。封蠟は兄の印章が使われている。

——何の冗談だ。

リディアは眉根を寄せた。

リディアの双子の兄は、二十歳の時に事故で亡くなっている。もう五年前の話だ。

王太子だった兄は国王の才覚も器もなく、父王に似た腰抜けであったが、おおらかで優しい性格だった彼は、リディアにとっては愛情深い兄だった。

死亡確認のため父に代わって赴いた事故現場では、恥ずかしげもなく咽《むせ》び泣いたものだ。

だから、駆け落ちの途中で兄とともに事故に遭った彼の恋人が「両親に会いたい」と願った当時、無茶を通して、今わの際にあった彼女と家族を引き合わせることもしている。

兄が既にこの世の人でないことは未公表のままだが、公然の秘密として知る人は少なくない。

――そういえば、私は戴冠直前だったか。

なぜ今さら、と首を傾げるまでもない。リディアは苦笑を零し、受け取った手紙をつき返した。

「せっかく届けてくれたのに悪いが、差出人に返してくれるか」

「ご自分でお返しになられたほうが早いでしょう」

にやりとした男の笑みに、本能が「逃げろ」と告げる。

誰か、と助けを叫ぼうとした瞬間には、頭に麻袋を被《かぶ》せられた。

麻袋の上から首を強く絞められる。息が上手くできない苦しみに、声にならない喘ぎを漏らす。

気を失う寸前。リディアの脳裏をよぎったのは、雲ひとつない青空の風景だった。

＊

マリアンヌを乗せた箱馬車が襲撃されたのは、夕暮れが近い時刻のことだったと公式にも記録が残されている。

護衛を兼ねた随行者らの箱馬車が前後を挟み、騎馬隊の列が両脇を固める厳重な警備を破ったのは、野良仕事帰りの農民より粗末な成りをした所属不明の集団だった。

王家主催の晩餐会を二日後に控えていた日の出来事だ。

宰相カルロが残した日記によれば、「なぜ今日の視察に限って、マリーマリーと馴れ馴れしくデレつくおっさんがいないのだ」と、マリアンヌに代わって国賓をもてなす政務を優先させたグレゴール将軍を逆恨みしたくなるほど、まんまとしてやられた状況だったらしい。

夕の空にかかる雲は、暮れなずむ残照で赤く染まり、まるで血が流れる戦場のただ中にある川のような、薄気味悪いざわつきを漂わせていた。

同乗していたカルロはすぐさま騎馬隊に先導を取らせ、襲撃から逃れるために帰路を急がせたが、追いつめられた袋小路で待ち伏せていた武装集団は、王政派が雇った傭兵だった。

戦時下ではそこそこ稼げた彼らは、終戦と同時に職を失っている。要領のいい者は貴族や裕福な商家に腕を見込まれ雇用されたが、あぶれた者はゆくあてもなくその日暮らしに甘んじる時代を迎えようとしていた。

「移動経路と警備状況を漏洩《ろうえい》させた裏切り者がいた、ということですね」

マリアンヌは凍りついたように顔色を失わせた。

カルロはマリアンヌを箱馬車の奥に座り直させると、腰の剣を抜いて、薄く開いた出入り扉の隙間から外の様子を窺った。

「リチャード様を匿っている、王政派議員の仕業でしょう」

リチャードの行方は未だ判明していないが、逃亡に協力している王政派議員を特定する段階に入っている。

無論、彼らは晩餐会の招待客名簿には載っていない。

――焦りに耐えかねた、というところか。

リチャード捕縛包囲網は狭まりつつある。

そろそろ仲間割れを起こし、裏切り者がマリアンヌ側に寝返ってくる頃合だと思っていたのだが……。

――他に新たな協力者を得たのかもしれない。

カルロは内心で舌打ちをした。

先導していた騎士団が逃がした馬達が、来た道を全速力で戻っていくのが見える。彼らは主人を助けるために、ここから最も近い駐屯地である王都まで一目散に帰り、援軍を率いて戻ってくるはずだ。

――オルブライ公国側が採めている可能性がある。

リチャードを利用する資金力を有し、且つ、マリアンヌを誘拐するか殺害するかして得する者など限られている。

オルブライ公国とは停戦条約を基盤に新たな同盟条約を結ぼうとしているところだが、何しろ十五年も続いた戦争だ。同盟などもってのほかと考え、敗戦を認めようとしない輩もいるだろう。戦争を続けたいリチャードが玉座に返り咲けば、まだまだ焼け太りできると算段した者らが手を組んだのかもしれない。

——なぜ宰相家になど生まれてしまったのだろう。

集団からぬっと姿を現した同い年の男の姿を見て、カルロは自身の不運を呪った。

「——……リチャード様、ですか?」

恐る恐る、マリアンヌが腰を半ば浮かせて立ち上がる。

マリアンヌと同じ色の髪と瞳をした青年は、リチャード本人で間違いなかった。

「初めまして、マリアンヌ。君の兄のリチャードだ。腹の中で一年も一緒だったんだけど、君は覚えているかな?」

二十歳も年下の少女趣味のおっさん将軍も気色が悪いものであるが、リチャードに比べたら可愛いものであっただろう。

——こいつは一度でいいから、冥土に行ったほうがいい。

頭の悪すぎる王についたのが、父の運の尽きだった。

リチャードは王家にとって害悪にしかならない存在と化している。今ここで父の仇《かたき》を討ち取ったところで、誰もカルロを責めない。

「マリアンヌ様、よく聞いてください。既に援軍は出発しているはずなので、マリアンヌ様が行方不明となりにくいよう、私が時間稼ぎします。どうかあとは、リチャード様の指示に従ってください」

騎士団はあらかたやられてしまったようだ。剣を合わせる音も呻き声も聞こえない。

しかし、リチャードが心底馬鹿だったのが辛うじて救いである。

「お目にかかるのが久方ぶりとなり、申し訳ございません」

カルロは馬車から降りた。密かに剣を下段で構え、リチャードににじり寄る。

リチャードはカルロの丁寧な物腰に気を緩めたのか、健やかすぎる笑顔を見せた。

「君！　宰相の嫡男くんだよね、覚えているよ！」

阿呆は可愛げがあるが、次代宰相の名を覚える気もなかったこの男は駄目だ。

こんな男のために、自分は父のあとを追うように命を失うのかと思えばやるせない。が、必死に剣を習ったのはこの瞬間のためだったのだと思えば、少しは格好がつく死に様を残せそうだ。

——リチャードは宰相家を汚《けが》した。王家のためにも、その命をもって償うべきだ。

私怨は駄目だ、と辛うじて押さえ込んできた薄暗い気持ちが、体内で急速に膨張を始める。

どうせ結果は変わらないのだ、主を守るという大義名分の元、今ここでけりをつければいい。と、これまで口を噤《つぐ》んできたもう一人の自分が耳元で許しを囁く。

——マリアンヌを守るためにも。

主《あるじ》が乗った馬車に気を取られた周囲の隙を狙い、カルロは夕闇を切り裂くが如く、鮮やかに白刃を閃かせた。

＊

マリアンヌは襲撃場所からさほど離れていない集落にある民家で監禁されていた。

あばら家である。扉のすぐ外に見張りが立つ部屋は、朽ちかけた木製のベッドがひとつ、ぽつんと置かれただけの殺風景な寝室だった。

小さな窓がついているが、人が一人ようやくくぐれる大きさしかない。

マリアンヌが押し込められた部屋は、二階建ての民家の屋根裏にある。ひびが入った砂埃まみれの窓から外を覗いてみたが、飛び降りるには高すぎて逃げられそうにない。

真っ暗な闇が忍ぼうとする夜の空には、まどろんでいる猫の目のように細い月が浮かんでいた。

襲撃からそろそろ一刻が経過しているはずだ、とマリアンヌは時間を予測する。

――カルロは生きているだろうか。

カルロの剣は少なくとも十人以上に重傷を負わせたが、反撃もすさまじかったように見えた。

カルロが出て行ってすぐ、マリアンヌは髪を引っ張られ、箱馬車から引きずりおろされている。

助けに入ることも誰かを呼びに行くことも何もできなかったし、カルロのその後を見届けることも許されなかった。

『時間稼ぎをします』

そう言い含めたカルロは、穏やかな顔をしていた。はなから勝つつもりなどなかったのだろう。

けれどカルロの捨て身の反撃は、彼の目論見《もくろみ》どおり成功したはずだ。

重傷者の治療と休息のため、マリアンヌを浚《さら》った一行は足止めを余儀なくされていた。

計画どおりであれば、もっと遠くにあるだろう彼らのアジトまで向かっていたはずだ。でなければ、こんな中途半端なあばら家に潜伏を決め込むはずがない。

カルロは、リチャードの指示に従って、と言っていたが、肝心のリチャードは傷の治療もされず、マリアンヌとともに監禁されていた。

「……痛い……痛いよ……。どうしてこんなことに……」

部屋の隅に転がり、うわごとのように繰り返すリチャードの傷は深い。

隙を突いたカルロのひと振りは、リチャードに致命傷を負わせた。

リチャードは右肩から肘を斜めに断裂するように斬られ、腕が半ば千切れかけている。

——もう手遅れに近い。

腕からのおびただしい出血に、リチャードは意識を朦朧とさせ始めていた。

暗がりに慣れた目で見る限り、指先はどす黒く変色している。すぐにでも切断しなければ、千切れて死んだ腕に溜まった毒が全身に回り、命を落としてしまう。

長い山生活で、たまに怪我をした人が迷い込んでいた。だから怪我に関する知識は多少あるが、人手も道具も一切与えられていないこの暗がりで、リチャードの治療をするのは不可能だ。

——いっそ、楽にしてやったほうがいいのかもしれない。

そんな恐ろしい考えが頭をよぎったものの、マリアンヌはすぐ我に返った。

――私が判断すべきことではない。

マリアンヌはリチャードから目を逸らした。

――カルロが言っていたように、既に捜索が始まっているはずだし。

きっと、クライスが捜索の指揮を執っている。だから大丈夫。

言い訳するように強く言い聞かせるものの、リチャードの呻きが小さくなるにつれ、心細さのほうが勝《まさ》ってくる。髪に挿してきた大切な髪留めを落としてしまったことが追い討ちをかけた。

集落のそこかしこに、かがり火が立っている。そこには見張りがいるだろうから、運よく窓から逃げ出せたとしても、すぐに発見されてしまうだろう。

しかし目を凝らせば、遠い方角にいくつかの松明《たいまつ》が見え隠れしている。

恐らく、あれが捜索隊だ。

カルロが足止めしてくれたおかげで、捜索隊は時間をかけずに追いつくことができたのだ。問題は、彼らが集落内に踏み込んだ時、マリアンヌを盾にされる恐れがあることだ。

――たぶん私は殺されない。

マリアンヌは考える。

殺すなら、とっくにやられていたはずだ。移動中散々暴れて抵抗しても叩かれた程度で済んだのは、マリアンヌに人質としての価値があるからだ。

――私とリチャードを生け捕りにして得をする人。

マリアンヌには確信があった。オルブライ公国に違いない。

ライノーレとは言語の異なるオルブライだが、ライノーレの言語でもある公用語で交わされる会話に聞き耳を立てていると、オルブライ訛りのある者が混じっていたのに気づいた。それも複数名。

ライノーレが王政派に手こずらされているのと同様に、オルブライも一枚岩ではないのだろう。

――なぜ私は、傀儡で良い、などと思い込んでしまったのだろう。

オルブライと完全に和睦するためにマリアンヌ自ら積極的に動いていたら、こんなことにはならなかったかもしれない。張りぼてよろしく傀儡女王を気取るから、足元を見られてしまったのだ。

もっと勉強して、沢山の人と話をして。国王として最善の判断ができるだけの力を身につけなければならなかった。

クライスだって、マリアンヌを守ると言ってくれていたではないか。

後悔ばかりが胸に広がっていく。まるで不吉な呪いをかけられたかのように。

けれど今は、クライスに会いたい。朝、視察へ出立する時、「行ってらっしゃい」と見送ってもらったのが最後になるなんて、絶対に嫌だ。

身を挺《てい》して守ってくれたカルロの安否も、マリアンヌの心を掻き乱す。

――必ず、生きて帰らなければ。

マリアンヌは窓から遠い方角を見据えた。

いずれあの松明の灯は近づいてくるはずだ。今すぐ逃げ出すのが賢明でないなら、いざという時に最善を尽くせるよう、準備をしておく必要がある。

まずはリチャードの応急処置だ。

マリアンヌはドレスの袖を摑み、力ずくで肩の縫い目からそっくり破り取った。

「リチャード様。少し痛むかもしれませんが、我慢してください」

ぶらんと力なく下がった右腕を持ち上げ、脇の下にある大きな脈に指を這わせる。

とくとくと、弱いなりにまだ脈を打っているのを確認して、それを止めるように袖を二重に巻きつけ、きつく縛って止血を試みる。

「マリアンヌ……ごめん。ごめんね……」

リチャードが小さく呟いた。虚ろに開かれた瞼から覗く瞳は、マリアンヌと同じ黒色。そこには涙が滲んでいた。

——この人が、私のお兄さん。

聞いていたとおり浅はかな人のようだが、血をわけた双子の兄だと思うと憎めない。

王族はもう、マリアンヌとリチャードしか残されていない。母は出生と同時に亡くなり、父王も一年前に崩御してしまった。

なのに口を開いたら、おまえがいなければカルロが怪我をすることもなかったし、彼の父だって自決などしなくて済んだのだ、と罵倒してしまいそうだ。けれどリチャードも大怪我をしている。今にも死にかねない人に、とどめを刺すような真似はしたくない。

リチャードに安楽な体勢を取らせてから、あとは何をすればいいだろう、と窓から遠い松明をぼんやりと眺めていると、こつり、と窓枠を外からつつく音がした。

「……？」

暗がりに目を凝らすと、窓枠で鳩が羽を休めているのが見えた。

気づかれないように、そろりと観察する。

鳩の足には鉄輪がついていた。もし窓が埃まみれではなく磨かれていたなら、鉄輪に彫られた番号も見える距離である。

――たぶん、一桁台だ。

マリアンヌは確信めいた思いに総毛立った。

鉄輪の色は鼠《ねずみ》色ではなく、金色に加工されている。

特別な鳩は王都にしかいない、とクライスは言っていた。見ばえのする金色に加工されているのは、この伝書鳩が王都を往復できる精鋭だからに違いない。

捕まえて連絡手段に使いたいが、窓は古ぼけている。開ける時に鳩を驚かせるのは避けられない。

――エサで釣る……？

室内を見回す。鳩のエサになりそうな食べ物など、もちろん見あたらなかった。

鳩が興味を持ちそうな仕掛けを作るしかない。伝書鳩は訓練されて人馴れしているだろうから、上手くいけば室内におびき寄せることができる。

鳩の習性は知らないマリアンヌだったが、森に住む野鳥に詳しかったのが幸いした。

崩れかけた壁をくり貫《ぬ》き、朽ち落ちたベッドの足とドレスの裾を切って即席の巣穴を作り、窓の縁《ふち》に置く。

鳩が入ってくる出入り口を作るために、窓ガラスは叩き割ることにする。

音を最小限に抑えるために、スカートの裾を持ち上げてガラスにあてると、鳩がマリアンヌに向けて首を傾げて見せた。

「ごめんね、あなたの力を借りたいの。驚かせるかもしれないけど、協力してくれる?」

鳩を真似るようにマリアンヌも首を傾げると、頷きが返された。

もっとも、鳩が首をかくかくと動かすのは彼らの習性だから返事をしたわけではなかっただろうが、「了解」と言っているかのように従順な動きに、「きっと上手くいく」とマリアンヌは自身を励ました。

*

ばさ、と羽音が耳に入った。

顔を上げる。正方形に角ばった冷たい床の隅に、飛び降りようとする鳥の姿があった。

暗がりに目を凝らしてみる。

徐々に、群青色の羽色が浮かび上がった。

鳩だ。ひんやりとした石床で、両膝を抱えていた腕をほどく。

鳩を驚かせないように注意深く、リディアがそっと立ち上がると、足元で土埃が舞った。

リディアは王城の地下牢に監禁されていた。

地下牢の入り口は、近衛隊が詰める部屋から続く、廊下の奥の床下にあった。絨毯をめくると色の違う石があり、それを動かすと、地下に続く螺旋《らせん》階段が現れるのだ。

地下牢は地上五階分に相当する深さがあり、完全に閉鎖されてから、百年もの年月が経っている。

その存在と場所を知っているのは、王位継承権一位を有した過去を持つ人間と宰相だけだと聞いていた。リディアは兄を亡くしたあと、既に宰相職にあったアレクシスから案内を受けている。

『換気口があるので完全に塞がっているわけではありませんが、百年前の内戦で破壊された王城を建造し直した時、深すぎて無傷だった地下牢は、開かずの間、となりました』

地下牢に案内された当時、アレクシスと交わした会話が蘇る。

多くの貴人が、この地下牢で病死したり処刑されたりしている。そんな場所を簡単に潰すわけにもいかず、国の歴史として、代々の宰相が保存業務を内密に受け継いできたのだそうだ。

『王位継承者と宰相しか知らんのか？』

『基本的には。警備上の理由から、近衛隊隊長も知っています』

『なるほど。いざという時、国王を守る場所として使えるわけだな』

『ええ。そういうことですね』

現在の近衛隊隊長は、王弟の長男――リディアの従兄弟《いとこ》である。

――あいつかよ。

リディアは頭を抱えた。王族公爵家の当主である叔父の威を借りて、リディアにまで威張り散らす嫌な男だ。

従兄弟には着服を始めとした不正に関する噂があった。

犬猿の仲であるリディアが王位に就けば、不正を公《おおやけ》にされ、処分されると案じたのだろうか。

穏健派のリディアは大陸戦争から遠ざかり、積極的に停戦を目指す路線に舵《かじ》を取り直すつもりでいる。だから戦争で金儲《もう》けしている奴らも、リディアが国王になれば非常に困るはずだ。従兄弟に協力者がいるとすれば、そいつらかもしれない。

そもそもこの地下室は、王城が戦火に見舞われた有事の際の避難所や、備蓄置き場として利用するために作られたのだそうだが、建国百年頃には、一般の獄舎に繋げない貴人を「保護」する目的で、地下牢に造り直されたと聞いている。

リディアが意識を取り戻した時、既にここに転がされていた。

簡単な食事を水とともに与えた男は見知らぬ顔だったが、「こんな真っ暗じゃあ、メシなど食えんだろうが」と高飛車に文句を言ったら、鉄柵からだいぶ離れた場所に灯りを置いて去って行った。

どうやらまだ、「貴人」扱いとなっているようで、ひとまず安堵の息を吐いているが……。

リディアが姿を消したのは、アレクシスにも知らされているはずだ。

——血眼《ちまなこ》で探してくれているんだろうな。

女といえど生きた人間を抱え、王城から脱出するのは難しい。何かしらの取引材料として使うつもりでリディアを地下牢に隠し、食事まで与えているのだろう。

しかし、アレクシスがリディアを人質とした交渉で、譲歩するとは思えない。命を盾に取られたとして、リディア本人が交渉を望まないのも、アレクシスは知っている。

つまり、ぼさっとしていたら用済みとなったリディアはいずれ始末されてしまう、ということだ。

隙を見てとっとと逃げなければ、と思うのだが、鉄柵は頑丈でびくともしないし、出入り口も螺旋階段のひとつきり。救助を待つしかない。

——それにしても静かだな。

鳴き声も立てず、牢の隅で鳩がちょこまかと動く気配に、暗闇に引きずられそうな意識を辛うじて立て直す。確か鳩は雑食で何でも食う動物だったか、と思いながら、手をつけていないパンを手にし、ゆっくりと近づく。

三歩ほど引いた位置で足を止め、パンを千切って放る。

換気口から入ってきただろう鳩は、パンの欠片に気づき、かしかしと小さな音を立てて床をくちばしでつつきながら、リディアの足元まで寄ってきた。

「私は食べていないが、毒は入っていない。……と思う」

目の前で毒見された事実がなければ、差し出された食い物は、たとえ相手が視察先の子供であっても絶対に口にしない教育が徹底された身だ。

腹は減っていたが、生まれつきの習慣はこんな場所でも抜けてくれそうにない。

餓死が早いか殺されるのが先か、と他人事《ひとごと》のようにぼんやりと膝を抱えていたが、上手く鳩を手なずければ、話し相手くらいにはなってくれるかもしれないと思えば、場違いに微笑んでしまいそうになる。

鳩が羽を休めていたあたりには藁《わら》が積まれ、こんもりとした小さな山になっていた。鳩は人が往来する道端にも巣を作る。この牢も、鳩の寝床のひとつとなっていたのだろう。

さて何を鳩に愚痴ろうか、と考え、真っ先に思いついたのは、やはりアレクシスのことだった。

『先に議場に入っているからな』

と素っ気なく告げて、

『承知いたしました』

と無表情で返事をされたのが最後の会話になるなんて、色気がなさすぎる。

第一、閉じ込められたのが地下というのが気に食わない。悪い奴に浚《さら》われたお姫様は、塔の最上階で王子様の助けを待つのがお約束ではなかろうか。

「よりによって地下かよ」

——塔だったら、せめて青空を見れたかもしれないのに。

思いがけず零れ落ちた涙を袖でぐいと拭うと、鳩がリディアの爪先を慰めるようにつついた。

「おまえも腹が空いていたのか?」

しゃがみ込んでパンを千切る手が、不意に止まる。鳩の足に何かついているのが見えたからだ。

「申し訳ない。ちと見せろ」

むんず、と鳩を両手で摑む。ぐえー、と変な声で鳩が呻いたが、くるっぽー、などと美しい鳴き声を奏でて欲しいわけではないから気にしない。

鳩の足についていたのは、鉄輪だった。

鉄輪は金色に加工されている。彫られているだろう数字は暗くてよく見えない。

逸る気持ちを抑え、鉄柵の側まで移動して、仄《ほの》かに届く灯りに鳩を掲げる。

彫られていた数字は、『1』だった。

「おまえ、伝書鳩だったのか！」

ぐえー、と頷きが返る。

「というか、伝書鳩なんかまだいたのか！」

むぎゅー、と鳩が首を横に振った。

軍用伝書鳩は五十年ほど前から使われていない。鳩の帰巣本能が頼りとする磁場が狂っているようで、放しても帰って来なくなったのだ。

今では少数の愛好家が個人で楽しむだけのものとなり、伝統的に開催されていた大陸横断レースも、三十年前を最後に中止されたままである。

――王都の騎馬隊が、伝統的に飼っているのかもしれない。

いやそれしかないだろう、と決めつけて、鳩から足輪を丁寧に外す。

「おまえ、すごいな」

リディアは鳩が逃げないよう、パンを咥《くわ》えさせて胸元に突っ込んだ。

羽がくすぐったい。鋭い足の爪が柔らかな胸を引っかいて少しばかり痛むが、鳩の体温は意外に心地よく、病みつきになりそうな温かさである。

不吉な地下牢を保存するなど、「予算がもったいない」と五年前は思ったものだが、愚直に伝統を守る歴代宰相のような者達がいたからこそ、伝書鳩も残されていたに違いない。

騎馬隊もすごい。が、まずはエイダに感謝しなければならない。

伝書鳩の存在はカルロ宰相の乙女日記で記憶していたが、足輪の番号や色が持つ意味は、エイダが献上してくれたエロ本で「伝書鳩えらいぞ！」と知ったばかりだ。

当時女王マリアンヌは、紙の代わりにドレスの端を切ったのだそうだ。

ペンがなかったので、朽ちたベッドから木屑《きくず》を取り出し、割いて鋭くした先端で腕を切って血を染みこませ、布の織り目を点で打つようにして字を書いたという。

木屑なら、鳩が携えてきたものが目の前にある。服も奪われず着たままなので、布地にも困っていない。こうなれば、いっそ真っ裸でもよいと思うほど、心が躍る。

さっそくいそいそと準備を始めたリディアは、運命にも似た強い想いを感じていた。

――マリアンヌ陛下が、子孫までも守ってくださっているのだろうか。

もしそうであれば、きっと必ず上手くいく。

かつてマリアンヌがそうしたのと同じように、リディアも腕に小さく傷を作ろうとして、直前でその手を止めた。

華燭の典で纏うドレスの袖が、透け感のあるレース模様だったことを思い出したのだ。

――まあ、見えない場所ならどこでもいいか。

リディアはスカートをたくし上げ、太ももに傷を入れた。

かすかに裂けた肌から流れ出た赤色の血は、彼女とその夫から脈々と受け継がれたものだった。

＊

マリアンヌ拉致の一報をクライスが受け取ったのは、日が落ちようとする時刻のことだった。精鋭と連れ立ち、愛馬に鞭《むち》打って全力疾走で駆けつけた現場は、襲撃直後だったらしい。カルロが戦闘中のまま、何とか持ちこたえている真っ只中だった。

愛馬の鼻先を突っ込ませるようにして加勢に入り、全員取り押さえることに成功したが、マリアンヌは連れ去られたあとだった。

「まだそう遠くない場所にいるはずだ。片っ端から捜索するぞ」

クライスは指示を飛ばし、手に握っていた髪留めに視線を落とした。

視察に出発するマリアンヌがつけていったそれは、クライスが贈ったものである。

マリアンヌは、髪を引っ張られるか頭を殴られたかして浚われたのだろう。馬車の下に落ちていた髪留めの留め金部分は、不自然な方向に折れて壊れていた。

「お願いします、一緒に連れて行ってください」

あちこち動き回るクライスの背に張りついて懇願し続けるのは、重傷を負ったカルロだ。

クライスは振り返らないまま、冷たく言い放った。

「子供みたいな駄々をこねるな、馬鹿が」

「お願いします」

「足を引っ張るだけの奴など要らん。大人しく、他の奴らと一緒に王城に戻って治療を受けろ」

「盾として死ぬ余力はあります」

「いい加減にしろ」

怒鳴り散らしたい苛立ちを必死に堪えると、自分でも驚くほど低い声音が口から出た。

「さっさと腕を治療しないと、失血死するぞ」

武装した十人もの敵を相手に、首から上の頭部と足を守りきったのは尊敬に値する。

しかしカルロの右腕は、肩から肘にかけてばっさりと斬られていた。もう右腕は使い物にならないだろう。彼自身それを知っているからこそ、「盾として」などと馬鹿な言葉が出てくるのだ。

もったいないことである。クライスと渡り合うほどの腕をしていたのに、カルロは二度と剣を持つことができなくなったのだ。

ならば宰相を続ければいい。これからも宰相としてマリアンヌを支えていけばよいではないか。

「そんなにマリーが好きなのか？」

しつこい奴だ。カルロはまだクライスの背後に張りついている。

「宰相たる私の仕事は、マリアンヌ陛下をお守りすることです」

おびただしい出血で顔面を蒼白にするカルロに、クライスは舌打ちをした。

この付近一帯をしらみ潰しにあたるしかないから無理だと言っているのだ。戦闘を避けられない状況下にカルロを連れ出せば、助かるはずの命まで失ってしまう。

クライスは髪留めを強く握り締めた。

時間がない。カルロの話によれば、リチャードは瀕死の重傷を負っているらしい。実妹を誘拐するろくでもない兄など勝手に野垂れ死ねばいいが、窮地に追い込まれた王政派は何をしでかすかわからない。マリアンヌの安否が気がかりだ。

カルロを張り倒して先に行くしかないな、と思った瞬間。

「ちょっと待った！」

馬のいななきが蹄の音とともに響いた。舞うように馬上から降り、クライスとカルロの間に割って入ったのはレイモンドだった。

「伝令ッ！」

襲撃者を含めた怪我人を次々と荷台に横たわらせる人垣の後ろから、レイモンドに続くように白馬が飛び込む。金色の手綱がかけられた白馬は、王都守備隊に所属する、騎馬隊の伝令係だ。

「マリアンヌ陛下直筆の、居場所を特定できる伝令が入った」

伝書鳩が運んできたという布切れには、朱色で文字が刻まれていた。

あて先はクライス・グレゴール将軍。最後の一行に、マリアンヌ・ライノーレと名が入っていた。

薄緑色の布地は、今朝クライスが見送ったマリアンヌのスカートの裾から覗いていた重ね衣で間違いない。

『今日も綺麗なドレスだ。マリーに似合ってる』

惚れ惚れと褒めたら、『クライスの目と同じ色を選んだの』と頬を染めていた。

——本当はドレスの下に興味津々なんだけど。

などと「風が吹いてパンチラとかしたらいいのに」と心の内をそのまま言ってしまったら、「そんなラッキースケベは二度もねえよ」と白い目で見られる恐れがあったので、

『じゃあ俺の軍服も、マリーの目とお揃いだ』

と、ついかっこつけてしまったのだが。

「あいつも連れて行ってやれよ」

レイモンドが頭を下げ続けるカルロを見やった。

伝書鳩が運んだマリアンヌの伝令によれば、武装集団が逃げ込んだ集落はここからそう遠くない。

「……勝手にしろ。失血死しても知らんからな」

クライスは冷酷に言い捨てた。

「その時は捨てていってください」

カルロも必死なのだろう。クライスが今すぐにでもマリアンヌを助けに向かいたいのと同様に。

それは理解できるのだ。妙な胸騒ぎを覚えるのは、無自覚の公私混同に関することだった。


マリアンヌが決死の覚悟で報せてくれた居場所は、すぐ特定に至った。

夜の暗闇に隠れるようにして集落に立つかがり火を避け、マリアンヌが監禁されているはずの民家の壁に背をつける偵察隊の影は、三名。クライスとレイモンド、カルロである。

見上げた民家の最上階、屋根裏の窓は隅が欠けている。マリアンヌはあの窓から、伝書鳩を飛ば

したのだろう。

クライスは軍で決まっている手振りの合図で、レイモンドに「突入したらすぐ最上階」と最終確認を行う。了解、とレイモンドが人差し指を右から左に小さく振った。

狭い民家では抜剣できない。最初に突入する三名の任務は急襲ではなく、マリアンヌ救出に絞られている。扉を蹴倒《けたお》したら一気に十人の加勢がなだれ込む手はずだ。

扉など適当に蹴破って突入してしまいたい気持ちを、ぐっと堪える。

胸のポケットにしまい込んだ髪留めのあたりが、発火したように熱くなる。

クライスはマリアンヌに、「必ず守る」と約束していた。

──無事に帰城させて、華燭の典でこの髪留めを挿してもらう。

──すぐ行くから。

祈るような気持ちで屋内に聞き耳を立て、静かに突入の瞬間を読む。

屋内の灯りが揺らいだ。

いくらか物音がするのを確認してから、クライスは右手の指を三本立てた。突入するなら今だ。

『三』

一本減らす。

『二』

もう一本、指を折る。

──『一』。

最後の人差し指を折ると同時に、クライスは民家の扉を蹴破った。

＊

乱闘と思しき騒々しさが遠くから聞こえた。鳩を飛ばしてから、まだ四半刻も経っていない。どうやら助けが来てくれたようだ。はらはらしつつ何もできずに立ちすくんでいると、走るような足音とともに、長身の影が現れた。

すらりとした長い足が、がしゃんと派手な音を立てて鉄柵を蹴倒す。

管理者のくせに鍵も持ってないのかよ、と思ったが、リディアではうんともすんとも言わなかった鉄柵を、足蹴ひとつで破壊するとは恐れ入る脚力である。

「リディア様、遅くなり申し訳ありません」

古めかしいカンテラを床に置き、アレクシスが頭を下げた。

どれほどまでにリディアを探してくれたのだろう。額には汗が玉になって浮かんでいる。

「あ、いや。その……外の警備にばかり人員を割いてしまった私の指示が間違っていた。手間を取らせて悪かった」

もしまたアレクシスに会えたら、「会いたかった」「怖かった」「大好きだ」と言うつもりだったのに、いざ本人を前にすると、縫われたように口が開いてくれない。

リディアはいつもそうだ。

双子の兄は生まれた時から王太子で、双子のリディアは気を緩めることが許されなかった。だからアレクシスを、「もし私が一般人で兄がいたとしたら、こんな人だったらよかったのに」と思ったこともある。

頭のねじを数本どこかに落としたような、愚鈍な父王。けれど人の痛みには敏感な人で、尊敬している。

女に節操がなく政務予定もすぐ忘れる、だらしない王太子だった兄。けれど温和な性格で女子供に優しく、誰からも愛される人だった。

一般的な家族だったら、多少いざこざがあっても仲よく暮らしていけただろう。互いに王族としての重責を負っていたから、常に他人行儀で、よそよそしい生活をしなければならなかった。

そのくせ、厄介事はリディアがやってくれるからと過度に期待してくる点だけ、面倒な人達だった。おちおち嫁にも行けないな、と渋々ながら押しつけられた仕事をこなせたのは、アレクシスがいてくれたおかげだ。

晴れた日の青空と同じ色をした瞳を見ていると、あたかもリディアが自由に飛んでいるような錯覚に陥り、無性に惹かれたのだ。

「あー、えっと。その、伝書鳩に手紙を持たせたんだが……」

口ごもって事務的な会話を続けようとすると、アレクシスはリディアに向けて歩を詰めた。

ランタンの灯りを背負うアレクシスの影がリディアを覆う。

「傷はどこ?」と訊かれ、「……足」と視線を落とすと、アレクシスは跪き、躊躇《ちゅうちょ》することなくスカートを大きく絡《から》げて手当てを始めた。

「一番が騎馬隊に届けました。一番の意味はご存知でしたか？」

何となく気まずくて、アレクシスの顔を見ることができない。リディアは俯いたまま、首を横に振った。

「マリアンヌ陛下の手紙を持った伝書鳩が、一番だったんです。それを記念して一番だけ足輪を新しく作って、二百年受け継いでいます」

ぐえー、だの、むぎゅーだのと変な声を出していた奴だったが、選ばれし素敵鳩の一員だったようだ。

「今となっては一番を持つ三十羽しか伝書鳩はいませんが、リディア様の居場所がわかったことで検問を設けることもできました。主犯の捕縛も終わっています」

「主犯は近衛隊隊長殿だったか？」

「はい。リディア様の従兄弟君です」

王位継承権は基本直系が原則だが、マリアンヌ女王の代からは、議会の承認を経れば、存命中に玉座を降りることができるようになっている。

法にのっとり今回は王位継承順位第一位のリディアが戴冠するが、従兄弟は実父に次ぐ三位を保持している。あまりにも浅はかな犯行に、王弟殿下——叔父上の心痛を思うと涙が出そうだ。

「さすがに今回の騒動は流すわけにはいかんな」

大陸戦争の戦火から逃れるために、一時的に王権を強めなければならない大事な時期だ。王侯貴族のいざこざに、国内外から侮りを受けてはかなわない。……として兄の死を隠してきたが、それも限界だろう。

「兄上の事故の件と併せて公表する。そのように手配を頼む」

「それでよろしいのですか?」

「ここでまた身内のいざこざを隠したところで、いつか必ず蒸し返される。臣民に後ろめたいことを増やすより、一時の恥を取る」

それにしても、とリディアは冷たい石の部屋を見回した。

「マリアンヌ陛下の兄君が亡くなった場所で監禁されるとはな」

しっ、とアレクシスが自身の唇に指を立てる。

「滅多なことを口になさってはいけません。あくまで、乙女日記にしか残されていない記録ですからね」

同じ場所で父を亡くした、カルロ宰相の述懐混じりの記録だからこそ、信用に足るものだと思うのだが、マリアンヌの兄の死にまつわる顛末は、王家の秘密とされている。

「ところで、おまえのぶんの乙女日記は見せてくれんのか?」

リディアは話題を変えた。

「存命中の宰相の記録は、誰にも見せてはならない決まりです」

「つまらんな」

「つまらない男で申し訳ありません」

「なんだ、ヘソを曲げたのか？」

くすっと笑うと、アレクシスにしては珍しく、「あなたに何かあったら生きている意味がないと、必死で探していたのに」とむっとした声が返された。

「……ごめん。私も、本当はすごく怖かった」

「もう大丈夫ですよ」

「違う。おまえと二度と会えなくなるのが怖かったんだ」

ほとんど告白に近い言葉を口にすると、今になって気が緩んでしまったのか、我慢していた涙がぼろぼろと零れてしまった。

「――本当に、あなたはずるいな」

アレクシスは手当てを終えて立ち上がると、無言のままリディアを見下ろした。

俯いて涙を袖で拭うリディアに、深い溜息が落とされる。

なんだよ私が泣いたら悪いのかよ、と文句を言おうとしたが、怖かったと正直に吐露したら、もう強がりを口にするのは困難だった。

「ごめん……」

ぐす、と鼻をすするとアレクシスの手がリディアの頬に伸ばされた。

「そんなふうに泣かれると、優しくしたくなるじゃないですか」

持ち主に似た、真っ直ぐに長く伸びた指が涙を拭い、優しく頬を包み込んでそっと上向かせた。

「――え？」

リディアは目を見開いた。アレクシスの整った顔が至近距離にあったからだ。

――キスされる。

どくん、と心臓が大きく跳ね上がった直後。

「リディア殿下はこちらにおられるか……！」

「先ほどアレクシス様が下りて行ったのを見たから……」

「深いな。まさか城内にこんな地下室があるなんて……」

螺旋階段の上から響いた人の声に、二人揃ってびくりと体を震わせる。

「いいところで邪魔が入る。お約束ですね」

苦《にが》りきった低い声に、リディアはくすりと微笑を零す。

「華燭の典まで取っておくか」

「この私が、あと一ヶ月も待つわけがないでしょう。――仕方ありません。今日のところは、これで我慢して差し上げますよ」

アレクシスはぱっと屈み込むと、スカートを膝まで捲り、膝頭に吸いつくようなキスをした。

火が点《つ》いたように、かっと顔が熱を持つ。

「なっ……」

「おまじないです。――早く傷が治りますように、っていう」

アレクシスはいたずらげに微笑みながら立ち上がり、リディアの腕を強く引いて、広い胸の中に閉じ込めた。

先日寝たばかりだが、こんなふうに抱き締められると普通の恋人のようで、どうしていいかわからない。

「私のぶんの日記も、カルロ宰相みたいな乙女日記ですよ」

「リディア殿下好き好き大好き日記なんか読んだら、嬉しすぎて鼻血を噴いてしまうかもしれん」

「もしそうなったら、私がつきっきりでお世話をいたします」

いずれにせよ、リディアはその記録を見たいと、これっぽっちも思っていない。読むことが許されるのは、アレクシスがリディアより先に旅立つことを意味するからだ。

とにかく、あの腹立たしい従兄弟をとっちめる必要がある。頭の出来がすこぶる残念な男だと思っていたが、いよいよ気までおかしくしたのかもしれない。

兄が亡くなった時、「本当に事故死か、アレクシス殿？」とにやりとされた恨みも残っている。

カルロ宰相と同じ年齢で家業を継いだアレクシスの日記には、彼が書いたそれと同様、忠誠と繊細な想いしか綴られていないはずだ。

アレクシスはリディア欲しさに陰謀を企《くわだ》てるような卑怯者ではない、と、その場で殴ってやったのだが、「王位継承順位が繰り上がっただけで満足しろよ」と、口汚く罵りもしていた。

『では、リディア殿下が王太子殿下を暗殺しちゃったのかな？』

と続けた従兄弟を今度は足蹴にしてやったが、誰も止めなかったからあれでよかったのだと思っている。

つくづく口の減らない嫌な奴だが、今回の騒動であいつから言われることも予想はついている。

どうせ、

『マリアンヌ女王の再来と呼ばれるリディア殿下も、その手で実兄を殺しちゃったんだよな？』

といった具合だろう。

＊

王城の地下に、その牢獄はある。

地上建て五階相当にも及ぶ地下牢には、太陽の光も月の煌きも、そよぐ風の欠片さえ届かない。

クライスが調べた限り、地下牢で処刑された貴人の数は百人にものぼる。

中には「病死」と発表されたはずの、百年ほど前の王妃の名も混じっている。彼女は夫である国王に不貞を疑われ、王命によって腹の子とともにこの世の人でなくなったらしい。

その腹の子は双子だった可能性がある。王妃は既に第一王子を残していたし、側妃や妾らも子を持っていたそうだから、後継者に困ることはなかったのだろう。

王太子の母となった尊い女性にこの所業か、と胸が悪くなるが、この件も記録として残されていないので、真偽は定かでない。

百年も経過してしまえば、「あくまで言い伝えだが」と儀礼的に前置きがつく口伝となってしまう。きっともう百年経過したら、幽霊の存在について論じるような、伝説の類になるのだろう。

多かれ少なかれ、どこの国も抱える事情は似かよっている。

だからこそ、宰相職を血族継承としたライノーレは幸運な国である。

遠い未来の宰相も、カルロとその父がそうであったように「真実の歴史」を残していくのだろう。幽霊はいるかもしれない、ではなく。幽霊などいるはずがない、でもなく。幽霊の存在を証明できた人はいなかった、といったふうに。

暗闇に包まれた螺旋階段の上から厳かに足音が響き、クライスは顔を上げた。

待ち構えていた中二階に相当する深さに、燭台に一本だけ蠟燭を立てた灯りが近づいてくる。淡い蠟燭の光に照らされ、ゆらゆらと整った顔立ちが浮かび上がった。

クライスと同じくらいも背丈がある長身の青年は、カルロだった。

「グレゴール閣下、こんな夜中に地下牢へ何か用事でも？」

カルロは手にしていた燭台を右手に持ち替えた。

マリアンヌ拉致事件から、ちょうど一ヶ月が経っている。カルロの怪我は深かったが、歳若いことや生来の体の丈夫さが回復を助け、三日前から政務へ復帰することができた。

奇しくも同じ場所を負傷したリチャードは、腕を切断せざるを得なかったが、何とか一命を取り留めている。

リチャードを利用した主犯はオルブライ公国でほぼ間違いない。リチャードの証言もある。しかし確たる証拠がない上に、唆《そそのか》した側はライノーレ貴族院議員一派ときた。

痛くない腹を探られて面倒なのは、両国とも同じ。静観する現状を続けている。

そんな背景事情で、リチャードの帰還は公《おおやけ》にされないまま地下牢で「保護」しているが、いずれ人知れずひっそり処刑されることとなるだろう。

「念のために、先王殺しの片棒を担いでやろうと思ってな」

クライスが「よっこらしょ」と寄りかかっていた壁から背を離すと、カルロは憮然として首を傾げた。

「自分の身を守るくらいの器量はあるつもりですが」

クライスは軽く頷いた。

「知ってる。だから、念のためだ」

回復したリチャードを地下牢に閉じ込め、二週間が経つ。

その間、毎食の食事の世話はマリアンヌが自ら行っていた。

『食事はマリアンヌが毒見したものしか口にしないからな』

さすがのリチャードも処分を恐れたらしい。

重ねた愚行を省みず、身のほど知らずも甚だしい勝手なことを言い出した時は、「だったら餓死でも何でもしろ」と怒鳴ってしまったし、アンダーソンも「食事は差し入れますので、食べるか否かはお好きに判断なさい」と呆れていた。が、マリアンヌは、

『わかりました。私もお料理をしたいと思っていたところです』

と引き受けてしまったのである。

『リチャードに何をされたか、ちゃんとわかってるのか？』

クライスは納得できず、承諾の撤回を試みたが、「色々なことを言う人もいますけど、私の兄に

は違いありません」の一点張りで、「護衛に俺をつけるなら」と条件をつけることで何とか折れた。

マリアンヌは談笑さえしながら楽しそうに、朝晩二回、地下牢へ通っているが、

――しかし、いずれ処刑など手ぬるい処分を待てない奴がいる。

と予想し、カルロの復帰に合わせ毎晩待ち構えていた。遠からず闇に葬られるリチャードを前に、カルロが大人しく指を咥《くわ》えていると思えなかったのだが、予感は当たったようだ。

「グレゴール閣下も物好きな方でいらっしゃる」

顔色ひとつ変えず、淡々と螺旋階段を下りるカルロと肩を並べる。

「おまえがやらなければいけない理由だけ、教えろ」

「マリアンヌ様には絶対に言わないとお約束をくださるなら」

「保証する。おっさんの口は堅いんだ」

「口が重い、ではなく？」

「軽いよりマシだろうが」

それもそうですね、と小さく笑んだカルロの顔に、蠟燭の灯りの影が落ちた。

「父の仇を取るためです。議会の全会一致で処刑が決まった、では、具合が悪いのです」

やはりそうなのか、と暗澹《あんたん》とした気持ちになったものの、カルロも相応の犠牲を払った上でのことだ。結末が変わらないなら、クライスが口を挟む問題ではない。それでも最後に訊く。

「復讐なんて、マリーは望んでいないと知ってるだろ？」

カルロは何も答えなかった。それが答えなのだろう。

ぐるぐる螺旋階段を下り続け、やがて番兵が二人立つ入り口に到着する。

面会記録にカルロとともに署名を入れる。直前の署名は、夕食を差し入れたマリアンヌだ。

「リチャードの様子は？」

クライスに敬礼した番兵に訊く。

「食事中に眠くなったとかで、マリアンヌ陛下が退室されてから、おやすみになったのを確認しています」

「いいご身分だな」

クライスは吐き捨てるように皮肉ったが、カルロは相変わらず無言のままだ。緊張しているのかもしれない、とクライスは思った。

リチャードは一日革命でクライスが斬るはずだった。伯爵将軍に与えられた仕事として。

マリアンヌは既に玉座に就いているし、クライスも間もなく王配となる。

それに対し、カルロは宮廷政治において発言力がない。風向きが悪くなった時、自身を守る鎧を持たないカルロにとばっちりがいく恐れがないとは言いきれない。

マリアンヌ大好き病に罹っているのは許しがたいが、叶わぬ想いを抱えて政務に就かなければならないのは拷問に等しいだろう。マリアンヌの夫となるクライスが、せめて報いる時があるとしたら、今をおいて他にない。

「案内は要らん。鍵を寄越せ」

番兵から鍵束を受け取り、十の牢屋が横一列に並んだ五番目まで進み、冷たい鉄柵を開く。

番兵が言っていたように、リチャードは部屋の隅に置かれた寝台で、布団に包《くる》まって横になっていた。

「リチャード様」

ぞくりとするほど冷ややかな声音で、カルロが名を呼ぶ。

リチャードはぴくりとも動かない。

「リチャード様」

再び声をかけたカルロが一歩踏み出したところで、クライスは異変に気づいた。「待て」と手で制す。カルロはクライスに顔を向け抗議した。

「まさか、止めるつもりですか。今さらですよ?」

「いや、そうじゃない」

クライスは頭を振って、寝台に近づいた。

胸騒ぎを抑えつつ、片膝をついて屈み込む。

リチャードは壁のほうを向いて横になっている。布団から覗く首筋に、クライスは指先をそっとあてた。まだ体温は残っているが、いくら探しても脈は触れない。

まさか、と頭に浮かんだのは、栗毛が美しい人の顔だった。

「まさか……」

カルロもリチャードが既に絶命していたのを悟ったらしく、青ざめて目を瞠らせた。

マリアンヌは山で育った。野草に詳しく、自ら採った山菜料理を毎日のように作っていたのだから、毒物の知識も豊富だったに違いない。

マリアンヌは今朝早く、王城内の薬草園に足を運んでいた。

『どうかした、ぼんやりとして？』

『え……そう？　クライスが体にいいお茶を持ってきてくれていたことを思い出してたの』

微笑むマリアンヌに、クライスも笑みを返した。

『あともう少しで、一年が経つのか』

懐かしいな、とデレデレしていたクライスは、脳内お花畑状態だったらしい。

——今朝、マリーは毒草を探していたのだ。

見る限り、リチャードに苦しんだ痕跡はない。どんな毒を使えば、こんな安らかな死に様にできるのか。しかしこれは自然死ではないと、クライスの勘が訴える。

王城へ帰ってから、マリアンヌに変化があったことには気づいていた。

よく勉強するようになったし、わからないことがあれば講師を問い詰める勢いで質問をしていた。苦手だったダンスの練習も熱心になり、練習名目で、アンダーソンの紹介で貴族院の議員を次々と王城へ招待していた。引っ込み思案だったのが嘘のように、視察へも積極的に出るようになった。

拉致事件をきっかけに、彼女なりに考えることがあったのだろうと、巣立つ雛《ひな》を見守るような寂しい気持ちでたそがれている場合ではなかったのだ。

——どうして気づいてやれなかったのか。

マリアンヌは、カルロの話を一切していなかった。守ってくれたカルロの話題を出さないなど、不自然極まりなかったではないか。

「番兵ッ」

クライスが怒鳴ると、小走りで二人とも駆けつけた。

「リチャードが死んだ。アンダーソン議長に伝令をやれ」

少し迷ってから、

「マリアンヌ陛下を呼んでくれ」

と付け足した。

慌しく番兵が去って行くと、ようやく状況を飲み込んだカルロが、膝から崩れるように石床に両手をついてうな垂れた。

「グレゴール閣下」

クライスを呼んだ声は小さく、端々が震えていた。

「なんだ」

「以前、もし私がライノーレか好きな女か、どちらかしか選べない状況に陥ったとしたらどちらを取ると訊かれ、マリアンヌ様が国王でないならばライノーレを選ぶと答えたことがありました」

そんなこともあった。花鳥の間での模擬戦の一件だ。

「撤回します。マリアンヌ様が国王でなくとも、取るに足らないこの命を捧げて、一生涯お仕えいたします」

取るに足らないなど滅多やたらに言うな、と怒鳴りつけてやるために振り返ったが、石床をぽたぽたと雫が濡らしていたのを見て、口を噤む。

クライスは軍服を脱ぎ、カルロの頭にばさりと被せた。

「すぐ人が来る。それまでに見れる顔にしておけ」

漆黒の軍服が、静かに、そして小刻みに揺れ続ける。

カルロも自責の念に駆られているのだろう。

国を代表して主君を斬るはずだった身としては、身分だけでなく右腕も失い、呼吸すらやめてしまったリチャードを前に、持って行き場のない重苦しさに息が詰まる。

クライスが知っていたマリー嬢は、双子の兄を殺せない。

女王マリアンヌとて、その手で彼を裁く理由がない。

それでも、気づいてやらなければならなかったのだ。

マリアンヌの命を守れたことで、慢心していたのかもしれない。

必ず守る。そう約束したのは、彼女の心も含めてだったというのに。

クライスはやるせない思いで一度天井を振り仰いでから、冷たい石床の牢を見渡した。

——五番目の牢獄は、リチャードにも仕えた宰相が亡くなった部屋だったか。

ふと思い出した出来事に、クライスはまた、胸を引き裂かれる思いだった。

*

眠りにつく直前まで元気だったリチャードが急逝したにもかかわらず、マリアンヌを問い詰める者は誰一人としていなかった。

マリアンヌはリチャードの夕食に、遅効性で不整脈を起こす毒とともに、効果が出た時、苦しんで暴れてしまわないよう、睡眠剤を多めに盛っていた。

調剤を学んだのは、長い山暮らし生活の中だった。食事を作る身として、危険な食材を学ぶ必要があったのだ。しかしそれらの知識は自身と一緒に暮らす人達を守るためのものであって、積極的に用いる目的ではなかった。

薬草園に一緒に出たクライスも、マリアンヌが犯した罪を当然知っていたはずだ。カルロは泣き腫らした痕があったが、何も言わなかった。

間もなく王城に駆けつけたアンダーソンは、クライスといくらか小声でやり取りしたあと、夜が明け次第リチャードを火葬する決断を下した。慣習に従えば棺《ひつぎ》に納めて埋葬すべきところを、わざわざ火葬にすると決めたのは、リチャードの死因が毒殺だと知っていたからだ。

『リチャードは、怪我を悪化させて亡くなったと発表することになった』

翌朝、リチャードを納めた棺が地下牢から運び出されるのを見守っていると、クライスが内緒話でもするように、腰を屈めてマリアンヌの耳元でひそひそと告げた。

マリアンヌは頷く気力もなく、

『そうですか』

とだけ言葉にするのが精一杯だった。

人の命を故意に奪った罪の意識で、心だけでなく目まで濁らせたマリアンヌを見て、真相を知らない人達は、

――毎食差し入れておられたのに、甲斐《かい》のない結果となっておいたわしい。

――拉致まで仕組んだ酷い兄のために、あれほど尽くされたのに。

――最後まで恩知らずの愚王だった。

――世間知らずでもあった。

――長く幽閉されていたマリアンヌ陛下のほうが、よほど見識が広い。

と、同情しながらリチャードを蔑み、最後は必ずマリアンヌを持ち上げた。

違います、私がやったんです。

そう自白する余力もなく、マリアンヌは一夜にして憔悴《しょうすい》した。

――こうするしかなかったのだ。

客観的に見ても、マリアンヌは同情されるべき立場の人間だ。

双子の伝承などといい加減な言い伝えに呪われて、生まれながらに山奥に幽閉された。

父は国王、母は王妃の出自にもかかわらず、名乗ることさえ許されない生活を強いられた。

それでも、平和で穏やかな生活をささやかに楽しもうとしていたというのに、貴族院の都合で玉座の前に引きずり出され、傀儡として座すことを強要された。

どこから見ても、哀れまれるべき身の上だ。けれどもう一人のマリアンヌが耳元で詰問する。

――本当に？　本当に、こうするしかなかったの？

マリアンヌは山奥で幸せに暮らしていた。

自ら稼ぐこともなく、乳姉妹と衣食住をともにして。

戦争からも遠い、自然豊かな土地でのびのびと毎日をすごしていた。

恋もした。国軍将軍クライスと。

マリアンヌは初恋の人と結婚できる幸運と引き換えに、玉座に上《のぼ》ったのだ。

——ずるい女。

座った玉座の影から、マリアンヌの形をした女が現れ、マリアンヌを責める。

——責任を果たしていないのはあなただけでしょう?

マリアンヌは自身と同じ顔を持った影に向かって頷く。「そのとおりね」

クライスも、アンダーソンも、ユリアナも、みんな自身の責任を果たしているのに、マリアンヌだけが何もしていないなど、許されるはずがない。

——リチャードは必ず誰かの手によって断罪される。

それは王族殺し。

大罪だ。罪状がついた上での処刑であっても、処刑人は後世までその名を伝えられることとなる。

——処刑人が宰相カルロだなんて、もってのほかだ。

文字どおり命がけで国王を守った人の手が、王族殺しで穢れてはならない。

——誰かがやらなければいけないことなら……。

私が。女王マリアンヌがやるしかない。

兄殺しは、新国王に課された責務だったのだ。

公務は休めない。しっかり自分の足で歩いて、目の前で毒見をしてもらった食事を摂って、また忙しい毎日をすごさねば、と決意を新たにしながら、業火《ごうか》に焼かれてゆく兄の棺を虚ろな目に映した。


クライスに寝所へ閉じ込められたのは、その直後からだった。

乱れたシーツに栗毛をばら撒き、クライスに強く組み敷かれながら愉悦に喘ぐ。

「ん……クライス……あ……」

「マリー、まだ欲しいだろ?」

ゆっくりとした抽挿が少しずつ速くなる。

寝所に篭って、一週間が経とうとしていた。

ぶ厚いカーテンで二重に閉めきられた部屋は一日中暗く、今が昼か夜かもわからない。

運ばれてくる食事はクライスが食べさせてくれる。二人ぶんの体液で汚れたシーツの交換も、クライスがやってくれる。汗にまみれてぐしゃぐしゃになった髪を洗うのも、クライスがしてくれた。けれど、体を清めることだけは許されなかった。

もっともシーツはすぐ濡れてしまうし、髪もあっという間にもつれてしまうのだが。

「いい子だ」

シーツの波間に溺れるマリアンヌを、クライスはあやすような口調で宥めすかし、額に、頬に、唇に、甘い口づけを繰り返す。

必要最小限の睡眠と食事の時間以外、抱き抜かれたマリアンヌは時間感覚を麻痺させつつあった。

マリアンヌを甘やかして、愛されている実感を持たせ、慰めようとしているつもりなのだろうか。

「あ……あっ！　う……クライス……。いつまで、ここに閉じ込めておくつもり……？」

クライスと向かい合い、下から最奥を垂直に抉《えぐ》るように衝かれながら、甘えたような声で訊く。

クライスはマリアンヌの腰を両手で摑み、小刻みに揺さぶり続ける。

「マリアンヌ陛下がグレゴール将軍の子供を産むまで」

頭のてっぺんから氷水をぶちまけるような冷酷非情な言葉に、マリアンヌは言葉を失った。

クライスはマリアンヌを横たえ、双丘をしだきながら、膝を立てて上体を起こした。打ちつける腰が、濡れた肌に律動の音を立てた。

「いく……クライス、そこ……あッ！　や、んっ」

硬い屹立が内壁の上部を擦り、子宮を穿つ。クライスは濡れそぼった蜜口に恥骨を押しつけ、マリアンヌが悶え狂うまで赤く腫れた蕾《つぼみ》をぐりぐりと押し潰すように責めてくる。

「何も考えないで。マリーは、俺のことだけ考えていればいい」

逞しい腕に抱き締められながら絶頂を迎えるが、クライスの律動は緩まない。それどころか一層激しくマリアンヌを衝き上げてくる。

「あっ、あっ！　いヤぁ……っ！　もうやめて……んくっ！」

きつい責めに瞳を閉じると、つ、と熱い涙が頬を伝い流れた。

「やめないよ。マリーが余計なことを考えるのをやめるまで」

「よ、余計なことって……。クライスは、私が怖くないの？」

実兄を油断させて毒を盛るような女だ。軍人として激しい戦火の先陣を切ったクライスだからこそ、静かに目的を達成する種類の人間を恐ろしいと思わないのだろうか。

「マリーは、リチャードが好きだっただろ？」

少し困ったような声音に、硬い甲羅で覆った、心臓に近い場所が薄膜に変わる。

「……どうしてそう思うの？」

「リチャードが食事を摂っているのを、すごく嬉しそうに見つめていたからかな」

その瞬間、薄膜が破裂する音が体の芯に響いた。

体の奥から感情が溢れ出る。安堵、不安、悲しみ、喜び、焦燥、怯え、苦悩。無理やり押し込めていた全てが、逆流するようにマリアンヌから流出する。

マリアンヌが声を上げて泣き出すと、クライスは律動をぴたりと止め、ぎゅうと強い力で細い体を抱き締めた。

「マリーとずっと一緒にいる。俺がマリーの家族になるから。子供だって沢山できる。孫もひ孫もその先まで、ずっと沢山家族は増えていく。マリーを絶対に一人にはしないから、大丈夫」

泣き続けるマリアンヌの背を、クライスの大きな掌がゆっくりと擦り上げる。わあわあと涙を零して泣く声は、生まれたばかりの赤子に似ていた。

「俺はこんなおっさんだから、マリーに沢山の約束をしてやれない。だけど、必ず幸せにする。それだけは絶対に守るから、何も心配しないで、マリアンヌとして思うことを全部頑張ってきなさい」

マリアンヌはライノーレ王国にたったひとり残された、最後の王族だ。

けれど一人になるのが怖かったのは、今に始まった話ではなかった。

山で暮らしていた時から、ずっと不安だった。幽閉されたまま存在を忘れ去られて、最後はひとりぼっちにされてしまうのではないか、と。

やっと血をわけた兄に会えたというのに、喜んではいけないだなんて酷い。

この手でひとりぼっちになることを選んで、この足で孤独な道を歩いていかなければならないだなんて、過酷だ。

「マリー。もう大丈夫だから」

何度も繰り返すクライスの体温に包まれながら泣き続け、いつの間にか気を失うように眠りに落ちた。

一週間ぶりにドレスを纏い、寝所を出て政務に復帰したのは、翌朝のことだった。

――もう泣かない。

強く決意してカーテンを開くと、昇り始めたばかりの太陽があった。

眩い日の光が、マリアンヌの全身を覆っていた闇を洗うように照らしてくれた。

兄に謝るのは、この命を使いきってからだ。

そう思った。

＊

季節は初夏。

例年この時季、王都はぐずついた天候になりがちで心配されたが、新女王リディアの誕生を祝うかのように、今日は朝から快晴の空模様だ。

午前は戴冠式、午後は華燭の典。それぞれの会場を王城から王都内の寺院に移す慌しさをリディアはそつなくこなし、残すは挙式開始時刻を待つだけの身となった。

王国史上二百年ぶり、二人目の女王となった人の結婚式をひと目見ようと押し寄せた群集の熱気は、最高潮の盛り上がりを見せている。

寺院の内も外も祝賀の人波でごった返す中、地下室へと続く回廊の手前にあるその部屋は、まるで別世界のような静寂に包まれていた。

花嫁控え室である。エイダは深呼吸を何度か繰り返してから、重厚な扉を叩いた。

「リディア陛下。このたびは個人的なご招待を賜り、身に余る光栄に恐れ多く……」

国王友人として戴冠式にも招かれる栄誉に浴し、感極まって早口でまくしたてる。

と、柔らかな日差しが差し込む窓辺に佇んでいた今日の主役――女王リディアが、苦笑を浮かべながらエイダを振り返った。

「ああ、もう面倒な挨拶は要らん。聞き飽きた。エイダは普通で構わんぞ」

二人の他に人はいない。激務の合間を縫って、結婚式の準備に勤しんでいたというリディアの花嫁姿を前に、エイダは息を呑み声を失って、我知らず細く長い溜息を吐き出した。

宮廷お抱えのドレス専門店と、新進気鋭として腕を鳴らすデザイナーとの合作だという花嫁衣裳は、噂に聞いていたとおり素晴らしいものだった。

裾は介添え人が五人がかりで持たなければならないほど、長い。青空にたなびく雲のように裾を引かせるのは、花嫁の家格を象徴するためのものだが、裾が長いほど花嫁が幸せになるという言い伝えも由来する伝統にのっとったものだ。

そうして古きを重んじる一方で、純白のサテン生地をふんだんに使った一枚布のドレスは、鎖骨が見えるほど大胆に胸元が開いている。腕も透け感のあるレースがあしらわれ、花嫁のしなやかで力強い美しさを引き立てる斬新な意匠となっている。

化粧は薄めだが、朱色の紅を差した唇は鮮やかだ。頬に刷いた薄桃のチークが、結婚式に臨む花嫁の幸福を象徴している。

黒色に艶めく髪はひとつにまとめられ、花柄模様に編まれたベールがふわりと覆う。

髪と瞳が黒色なのは、マリアンヌが残した五人の子らから連綿と継がれているものらしい。リディアはそのうち二人目の第二王子の血族であるが、現在ライノーレに残る王族は全てマリアンヌ女王とグレゴール将軍の血統で、先祖返りで瞳が緑色の子が生まれることも稀《まれ》にあるのだそうだ。

「記録に残る女王マリアンヌの花嫁姿も、これほど美しくはなかったでしょうね」

比較してはいけないことと知っていても、エイダはこれほど美しい女性を目にしたのが初めてなのだから許して欲しい。

「マリアンヌ陛下はとんでもなく美しかったらしいからな。女らしくもない私など、足元にも及ばぬわ。それにこの裾な。介添え五人を引きずっているようにしか見えないから、もうちょっと花嫁らしく淑《しと》やかに歩けと司祭殿に苦言をいただいたばかりだ」

「色々噂されましたが、こちらの寺院で挙式なされることにしたのですね」

「せっかくだから、マリアンヌ陛下の幸せにあやかろうと思ってな」

王都中央にある寺院は、マリアンヌも挙式した場所である。かつて寺院は王城敷地内にあったが、百年前の内戦で著しく損傷し、現在の場所へ移築されたのだ。

この寺院には、王族の霊廟《れいびょう》がある。墓所は郊外の王立墓地にもあり、そちらは普段から多くの礼拝者を迎えているが、棺は寺院の地下に納められている。——この部屋のちょうど真下に位置しているはずだ。

「リディア陛下。その髪留めは……」

エイダが左耳の上を指差すと、リディアは恥ずかしがるように長い睫を伏せて微笑した。

リディアは戴冠式に臨むにあたり、兄王太子事故死の公表に踏みきった。これまで王太子失踪の真相は公然の秘密とされていたが、同時に事故死した女性の遺族から同意が取れたことが、今回の公式発表に繋がったと聞いている。

リディアの兄は、地下の霊廟に納められている。新女王が兄に見守られるように挙式する場を選んだことは美談として、王族公爵家嫡男の不祥事問題でもちきりだった国民の間に瞬く間に広まり、今日の日を迎えたところだ。

「これな、アレクシスが結婚記念に贈ってくれたんだ。エイダのおかげだな」

リディアが照れくさそうに、左耳の上あたりを指で指し示す。

ベールを留めるように挿されていたのは、小粒の真珠球が枝先に垂れるように連なる、恐らくはスズランを模した髪留めだった。

『アレクシス閣下、マリアンヌ陛下の髪留めのデザイン画が残っておりましたっ！』

と報告したのが、つい先週のこと。

二十年前に行われた霊廟調査の折、マリアンヌの棺に入った女性の手に、大切そうに握られていた花を模した髪留めは、宰相家に残されていたレイモンド副将軍の日記から「グレゴール将軍が贈ったものである」と判明していたが、さらにエイダが城下での取材を深めたことにより、かつて小間物屋だった店が宝石店として今も営業を続けていたことがわかり、受け継がれたデザイン画の中に、マリアンヌが所持していた髪留めとそっくり同じものを発見することができたのだ。

『私も、リディア様にスズランを贈ったことがあります。子供時代のことですが』

やはり恥ずかしそうに惚気《のろけ》ていたアレクシスだったが、女王マリアンヌの幸せにあやかって、同じ宝石店に発注して作らせたはずだ。これも女王伝のネタにするしかあるまい、と、エイダは密かにほくそ笑んでいるのだけれど。

それにしてもスズランか、と、エイダは溜息を吐いた。

「リディア陛下はスズランの花言葉をご存知でしたか？」

「いや、知らん。私が詳しいのは政事であって、花ではないからな」

心なしか寂しそうに自嘲したリディアに、エイダは耳打ちするようにそっと明かした。

「純愛、です」

途端に、うわーとリディアは奇声を上げて頭を抱えた。真っ赤に染まった顔を隠すためなのだろう。しゃらしゃらと、下向きに咲いたスズランの髪留めが可愛らしい音を鳴らした。

多年草のスズランを花嫁に贈る風習を持つ国もあるが、花は毒性を有している。スズランは牧場でもよく見かける馴染みある花のひとつだが、家畜はスズランの場所だけそっくり残し、周囲の牧草を食べてしまう。

誰も立ち入ることを許さない、気高い花なのかもしれない。そんなふうにエイダは思う。いつかきっと、リディア女王の結婚式も未来の誰かが思い出す日がやってくるのだろう。女王マリアンヌに想いを寄せ、史書を編んでいるエイダのように。

「エイダ。客人に頼んでは申し訳ないが、そこにある水差しを取ってくれないか、ワゴンごと」

リディアは顔を赤くしたまま、扉付近にある水差しが置かれたワゴンに視線を向けた。

「この衣装では、水を飲むのもひと苦労だ」

ええもちろん、とエイダは快諾し、扉に近寄った。と、厳かな叩扉ののちに控え室に入ってくる長身の影があった。

「リディア様、お支度はいかがですか」

アレクシスである。金色の髪に空色の双眸が、陽の光で溢れた部屋で艶やかに輝きを増す。

「ちょうどいいところに来たじゃないか。アレクシス、水を……。って、アレクシス？」

ほっと表情を緩めたリディアが、ん？　と首を傾げた。アレクシスが扉の真横にエイダがいるのにも気づかず、呆然と立ちすくんでしまったからだ。

アレクシスが魂を抜き取られたかのように見惚れるのも当然のこと。窓枠にかかった太陽を背負うかのように立つリディアは眩しく、さながら宗教画に描かれた聖母のように神々しい。

「……リディア様。ご結婚、本当におめでとうございます」

「おまえ、何を言っているんだ。新郎はおまえじゃないか」

「そうらしいですね」

「らしいですねって、他人事《ひとごと》みたいな言い方するなよ」

アレクシスはエイダの存在に気づかないまま、雲の上を歩くようなふわふわとした足取りでリディアに歩み寄ると、おもむろにその細い体を抱き締めた。

「こうでもしないと、幸せな夢の続きを見ているんじゃないかと、目が覚めるのが恐ろしくさえありますよ」

うっとりとした低い声音の、広い背の肩越しに、リディアが茹《ゆ》でられたように顔を赤く上気させ、エイダに何か訴えるように口をぱくぱくさせているのが見える。

「あとで私が化粧を直して差し上げますから。——少しだけ」

エイダの位置からは、執事の礼装よろしく漆黒の燕尾服《えんびふく》を隙なく纏った男の体に、リディアが隠れたようにしか見えない。鼻にかかったような喘ぎが漏れているのを察するに、熱烈な口づけを受けているようだが。

「ん……っ！　だ、ダメだ。エイダが……」

「エイダ様のおかげで、この髪留めも間に合った。職人に急いでもらった甲斐があった。今日のドレスに似合っているよ、リディア」

「だからっ。そのエイダがそこにいるんだよ、馬鹿宰相っ！」

「うん、エイダ様には感謝しきれない。リディアの命の恩人だ。――って、エイダ様っ⁉」

へえ、堅物そのもののアレクシス閣下も二人きりの時はリディアを呼び捨てにするんだ、と物珍しい目で眺めていたエイダの存在にようやく気づき、アレクシスが慌てて振り返った。

「こ、これはエイダ様。本日はお日柄もよく……っ」

「アレクシス、それは新郎のおまえが使う言葉じゃないだろ」

「失礼いたしました、動揺のあまりエイダ様には大変なご無礼を」

「動揺する暇があるならさっさとその口を拭け、たわけが」

お似合いという言葉は、同じ色の口紅で唇を染め合った二人のためにあるのだろう。

エイダはワゴンをアレクシスに渡し、控え室を辞した。

扉を閉める寸前、「口移しで飲ませましょうか」とリディアをからかう楽しそうな声を背で聞いたから、お邪魔虫になってしまわないうちに退散したのは正解だったようだ。

エイダは、寺院の最北でひっそりとする右側をしばらく見つめてから、やがて踵を返し、招待客が集まる大広間に足を向けた。

賑やかな喧騒を左手にし、逆方向となる通路の右奥には、地下室へ下りる石階段があった。

二十年前。まだ大陸が平和だった頃、歴史家によって寺院の調査が行われた。

当時の記録によれば、鉄で固く封印されていた棺の中のマリアンヌは、祈りを捧げるように胸元で組んだ両手で、髪留めを包むように握っていたのだそうだ。

彼女の右隣には、名が刻まれず、ただ「王族縁者」とだけある棺が安置されている。

蓋が開かれる以前は、マリアンヌ治世に活躍した宰相カルロだと主張する学閥があったらしく、封印が解かれて右腕がないことが確認されるや否や彼らは一斉に色めきたったが、土葬が主流だったライノーレにおいて二度も火葬された痕跡があったことや、骨格から二十歳前後の若い男性だと判明して以来、口を閉ざしている。

カルロは文官でありながら剣術に長け、その腕をもって兄王に襲撃されたマリアンヌを守ったと公式記録が残されている。その折にカルロは右腕に重傷を負ったと治療記録が併記されており、これを根拠に「王族縁者はカルロ派」が活気づいたのだろう。

右腕のない男性を特定できる記述は、現時点ではカルロがしたためていた宰相日記にしか残されていないと、現宰相アレクシスがつい先日、リディアと連名で公式に認めたばかりだ。

二百年経った今も「愚王」と蔑まれる、在位一年に満たなかった国王リチャードその人である。

マリアンヌの隣に安置されたのは彼女の遺言で、夫のクライス将軍が叶えさせたとカルロは記していた。

リチャードとマリアンヌを挟むように、彼女の左隣に安置されるのは、クライスの棺だ。

マリアンヌは一人しか夫を持たなかった。

第二王子に次いで三人目の第一王女を腹に宿した、在位十年目。ようやく法がととのい、父王の王弟に連なる血族のアンダーソン侯爵に王位を譲ったが、その翌年、大陸戦争が勃発。乱れる国内を治めるアンダーソンに代わり、国軍を率いる夫を伴ってマリアンヌは初陣を踏み、オルブライ公国を始めとした周辺国と協働戦線を張ることで、わずか一ヶ月で制圧に至っている。

第二王女となる四人目の子を出産する間際の三十歳の頃、分裂した敗戦国を国家として独立させるために暫定国王として再び玉座に就いたが、第三王子の五人目を身ごもったばかりの三十四歳で、アンダーソンが急病に倒れたため、急遽帰国。アンダーソンの遺言に後押しされる形で、ライノーレ国王として二度目の戴冠を受けた。

マリアンヌは五人もの子を次々と出産する中、激務に耐え続けたことが災いしたのか、三十八歳で病を得て、その若さを惜しまれながら崩御する。

急逝した女王が残した偉業を継いで守ると思われたクライスであったが、国中に溢れた涙が乾ききらない翌年、愛妻のあとを追うように五十八歳で病死した。

再び貴族院に渡された王権を支援したカルロは、奇しくもクライスと同じ年齢で死去し王立墓地に埋葬されたが、生涯独身で子を残さなかったため、実弟の子が職務を引き継ぎアレクシスまで血族継承を繰り返し、現在に至っている。

――生まれながらの幽閉生活ののち、三度戴冠した偉大な女王。

そう伝わるマリアンヌの生涯は、波乱に満ちていたことが新たに見つかった史料の数々から判明し、女王伝に収められることが決まっている。

エピローグ

戴冠式を終え、あとは華燭の典が始まるのを待つだけとなった、その日の午後。

前日までしとしとと降り続いた雨は夜のうちに上がり、冬を前にした晩秋の空は雲ひとつなく澄みわたって、どこまでも高かった。

介添えには、つい先日子供を身ごもったと報告してくれたばかりのユリアナが駆けつけてくれた。

「すごい。綺麗……」

ユリアナに着付けてもらったドレスに、マリアンヌは感嘆の溜息を吐いた。

「女王の花嫁衣裳なんだから、当然でしょ?」

姿見に映ったマリアンヌの隣で、ユリアナが得意そうに微笑んだ。

肩をふわりと包み、腰のくびれを美しく見せるようにデザインされた一枚布の純白のドレスは、光を練り込んだかのように、しっとりとした輝きを放っている。ところどころに縫いとめられているのは、七色に艶めく真珠球。頭に被ったベールはふちを細かな花模様であしらった可愛らしいものだが、左耳の上に挿した髪留めは、クライスから贈ってもらった宝物である。

「マリアンヌ様。お時間ですよ」

控え室に迎えに来たのは、カルロとアンダーソンだ。

「これはまた……。眼福とはこのことですね。目が潰れそうなほどお美しい」

アンダーソンは、光が差し込む窓辺に佇むマリアンヌを前に、眩しそうに目を細めた。

「褒めすぎですよ。ドレスが素晴らしいのは本当ですけど」

気恥ずかしさに熱くなった頬に手をあてると、カルロはにっこりと柔らかな笑みを浮かべた。

「マリアンヌ様が謙遜する必要はありません。あのおっさんにはもったいないくらい綺麗ですよ」

「カルロ様。何度も言いますが、クライスはおっさんなどではありませんよ」

マリアンヌが軽く咎めると、カルロはおどけたようにひょいと肩を竦めた。

「仕方ありませんね。今日のところは、花婿と呼んで差し上げましょうか」

口で言うほどクライスを嫌っていないカルロは、リチャードが亡くなった直後は無理に明るく振る舞おうとしていたようだったが、あれから半年経った今は、腰を据えて宰相の職務に励んでいる。

マリアンヌの前でも目を泳がせることなく、自然な笑顔を見せるようになっていた。政事に携わるにつれ、見失いかけていた本来の自身を取り戻すことに成功したのだろう。マリアンヌと同様に。

マリアンヌに限っては、クライスの支えがあったからこそのものだけれど。

「クライス様のお支度はいかがでしたか？」

マリアンヌが問うと、思い出したようにアンダーソンが手を差し出した。

「美しい花嫁を前にすっかり忘れておりましたが、花婿が既にお待ちかねですよ」

マリアンヌはユリアナの助けを借りながら歩を進め、アンダーソンの手を取った。

控え室を出る。進むのは左手のほうだが、霊廟へと続く地下階段がある右方向に気持ちが引かれてしまう。

父王が納められ、母の棺もあるその場所に、しかし兄はいない。現国王マリアンヌ襲撃事件の首謀者とされたリチャードは、王族として祀《まつ》ることが赦《ゆる》されなかったのだ。

妥当だろう。けれどリチャードは、刑罰によって罪を贖《あがな》う機会があった。その機会を奪ったのは、マリアンヌである。

先月、クライスと連れ立って挙式の下見に訪れた際、霊廟にも足を伸ばしていた。

『いつか。……いつか、ここにマリーが納まる日が来たら、隣にリチャードを安置しておくから心配しないで』

父母の棺の前で跪いて祈りを捧げていたクライスの呟きに、複雑な心の底まで見透かされている安心感で、マリアンヌの眦に涙が滲んだ。

『その気持ちだけで、もう胸がいっぱい。ありがとう、クライス』

反逆者リチャードを霊廟に納めるのは、どれだけ時間が経っても困難なことに違いない。

お仕着せに微笑したマリアンヌに、クライスはいたずらげに口端を上げた。

『カルロとこっそり運べば何とかなる、任せておいて。そのためにも、俺はマリーより一日だけ長生きするつもりだ。だからマリーは、絶対にひとりにならないってことでもあるかな』

どうしてクライスという夫を持てる身の上になれたのだろう、と思うことがマリアンヌにはたびたびあった。

今ならわかる。

クライスは後継が育つまで、まだしばらくは将軍として現場に立つつもりでいる。

恐らくは、すぐそこまで迫っている戦禍にライノーレも巻き込まれる日がやってくるはずだ。その時愛する夫は最前線に立つだろう。彼を守るためには、政に勤しむしかない。

そう考えるとマリアンヌが今日この日を迎えたのは、天命だったようにも思えるのだ。

「――マリアンヌ陛下。参りましょうか」

アンダーソンに促され、マリアンヌは霊廟のある右手に深く腰を折って一礼を捧げてから、聖堂へと続く左に足先を向けた。

聖堂の天井を飾るステンドグラスからは、鮮やかな色彩の淡い光が差し込んでいた。

聖堂を満たす空気が、きらきらと輝く光景は壮麗だ。まるで天界に住まう神と天使が舞い降りた祝福画のようだ。

その美しい景色の中央を貫くバージンロードは、金糸が織り込まれた紅の絨毯。

祭壇で司祭とクライスが待つ、長いけれど真っ直ぐな道を、マリアンヌは一歩ずつ確かめるように、ゆっくりと進んでいく。

「グレゴール伯、本日はおめでとうございます」

手を引いてくれたアンダーソンが、マリアンヌから一歩下がった。

「ありがとうございます。これからもどうぞよろしくお願いします」

クライスが伸ばしてくれた手を取ると、導かれるように祭壇に上げられる。

クライスが着ているのは、華燭の典のためだけにあつらえられた特注の軍服なのだそうだ。式典用の軍服と何が違うのかよくわからないが、言われてみれば、肩章や房飾りが立派な気がする。けれど着ているクライスの精悍さに目を奪われたきり、つい見惚れてしまい、まじまじと衣装を見る余裕がない。

司祭が祝福を述べている時も、夫婦の宣誓を口にする時も、誓いの口づけを交わす時も、クライスはマリアンヌの手をずっと握っていた。

リハーサルにはなかった冒険的な行動に、「みんな見ているのに、あとで怒られないかな」と内心冷や冷やしていたが、「見られたところで、仲がよくて微笑ましいと思われる程度です」と言いたげに、クライスは涼しい顔をしていた。

クライスらしいなと、なんだか可笑《おか》しくてベールに隠すように苦笑すると、見咎めた司祭が小さく咳払いして、微笑を返してくれた。

クライスとは二十歳もの年齢差がある。けれど二十年後もこの手をクライスと繋いだまま、歩幅を揃えて一緒に歩いていられたらいいな、と思う。

王都から遠くに臨む山脈では、そろそろ初雪が舞う頃だ。雪が降る前に少し遊びに行こうか、とクライスに誘われ、来週早々に出かける約束をしている。

山に行くのも、雨に閉じ込められて初夜をすごしたあの日以来だ。とても楽しみだな、と胸をときめかせながら寺院を出ると、空から白い何かが、ひらと舞い落ちた。

雪のように白いそれは、鳥の羽だった。空を振り仰ぐと、王都で飼われる鳩が群を成して天球を横切っているところだった。

——あの中に、私達を助けてくれた鳩も混じっているのだろうか。

そんなことを考えていると、背の高いクライスがひょいと視界を遮った。

「よそ見は禁止だ」

下げ直したばかりのベールを再び上げられ、ぐいと肩を抱かれて口づけを受ける。と、女王の結婚式をひと目見ようと集まった群衆がどよめき、割れんばかりの拍手喝采がわき上がった。

マリアンヌ治世一日目は、そのようにして幕を上げた。

番外編　スズランの追憶

――スズランをもらうまで、リディアはアレクシスを兄だと思っていた。


「お土産です」

アレクシスから差し出されたのは、一本のスズランだった。

クリスタルの一輪挿しごと、赤子を包むように純白の包装紙を何枚も重ね、仕上げに銀色の細いリボンで飾られていたスズランに、リディアは目を輝かせた。

その前日、リディアはレイモンド・マルティン副将軍の日記に、歴史講義の一環で目を通していた。

マリアンヌ女王との婚約にあたり、クライス将軍がスズランを贈ったと記されたページで、「スズランって綺麗だよな。いいなぁ」とうっとりと呟いたのを、王太子だった兄とともに講義を受けていた宰相の息子アレクシスに聞かれてしまっていたようだ。

「ありがとう、一生大事にする」

当時リディアは七歳だった。まだ幼い第一王女の無邪気な笑顔を前に、十歳になっていたアレクシスは小さく笑った。

「一生は無理ですよ、枯れてしまいますからね」

「一生枯らさないようにするもん」

頬を膨らませてむきになると、アレクシスは宥めるように頭をぽんぽんと軽く撫でた。

「枯れる前に、また差し上げますよ」

それから十日に一度ほどの頻度で、花が一輪だけ、リディアの自室の窓辺に置かれるようになった。スズランが咲かない季節は、白色をした別の花が代わりに置かれた。雪深い時季は、小さな雪うさぎがちょこんと載ることもあった。

秘密の恋に気づいていた人は少なくない。けれどみんな見逃してくれた。

理由は二つ。

一つは、寄宿舎に入ってから王室に関心を失った兄のぶんまで、リディアが一手に政務を引き受けるようになったから。要するに、尻拭い役。嫁に出ることしか期待されていない第一王女に、その役目は割に合わないことが多かった。

もう一つは、二人とも自制心を保っていたためだった。

王女と宰相は結ばれることなく、いずれ別れの日を迎える。よくも悪くも生真面目だった二人は友愛以上の関係に踏み込もうとしなかったので、むしろ、「淡い恋くらいさせてあげてもいいんじゃないのか」と周囲の同情を誘っていたようだ。

――そんな二人の関係が進展したのは、リディアが十三歳の頃のこと。

「王太子殿下はいずこに……！」

朝目が覚めると、脱走した兄の捜索で城中は大騒ぎになっていた。

「兄上がいかがした？」

廊下を走っていた侍従を捕まえて訊くと、「リディア殿下は王太子殿下の居所をご存知ありませんか」と問い詰められる始末だった。

兄は反抗期に入ってから政務をすっぽかすようになっていたが、その日の公務は外国の来賓を迎えての軍事パレードで、「サボりました」ではとても済まされないものだった。

リディアはしばし考えてから、言った。

「兄上は急病で欠席したことにする。宰相とアレクシスに、私が代理を務めると伝えろ」

「国王陛下には何と申し上げますか」

「父上は今日の準備でお忙しいだろう。これ以上煩わせることがないようにと、宰相に言っておけ」

侍従は「助かった」と顔に書いて、さっそく来た道を全速力で引き返して行った。

リディアは寝衣を脱ぎ捨てながら、「父上があてにならない人だから、こんな大騒ぎになっているんじゃないのか？」と溜息を吐いたが、来賓の最前列での観兵式《かんぺいしき》には特別な支度が要る。着替えの時間すら惜しい今は、愚痴ることも面倒だった。

兄は翌朝、城下をぶらついていたところを発見されたらしい。

らしい、と言うのは、リディアは風邪による高熱を隠して代理役を果たした直後、倒れてしまったからだ。

「もう倒れて構いませんよ」

無事、全てのスケジュールを終えて城に戻ると、アレクシスがにっこりとして腕を広げてくれた。

誰一人として、リディアが体調不良をおして観兵式に臨んでいたことに気づかなかったのに、アレクシスだけは見抜いていたのだ。

公務を終えた安心感もあって、ほとんど気を失うように差し伸べられた腕の中に倒れ込み、リディアは恋心を自覚した。

兄だと思っていた人は、兄であって欲しかった人になっていたのだけれど、絶対的な信頼はいつしか恋に変わっていた。「やっぱりアレクシスが好きだなぁ」。熱に浮かされた頭で、そんなことを思っていた。

「――……リディア様。具合はいかがですか」

看病についていた侍女が氷水の追加に出て行った隙に、アレクシスが様子を見に来てくれた。

「もう大丈夫だ。心配させたようで悪かったな」

アレクシスは起き上がろうとするリディアを押しとどめ、熱で上気する額に掌をあてた。

まだ高熱の残る熱い額に、大きな掌は冷たくて心地よい。

「今日はご立派でした。こんなに熱があったのに……よく頑張りましたね」

優しく前髪を梳いてくれるアレクシスに、リディアの胸がどきんと音を立てた。

アレクシスは滅多にリディアを褒めない。できて当然のことを称えるような人ではないのだ。

「……私だって反抗期なのにな」

リディアは一言だけ、ぽつりと弱音を口にした。いつになくアレクシスが優しいせいもあり。高熱で頭が沸いていたせいもあり。

反抗期をやりすごしたアレクシスに言うべきことではない、とわかっていたが、その日リディアの心は不安定だった。

頼りない父王。何かにつけて反抗的な双子の兄。

こんな時母がいたら、と思うのだけれど、残念ながら母は三歳の時に病死していて、リディアには彼女との思い出は欠片ほども残されていない。

将来のことが不安で不安で仕方ない時期だった。気づけば、涙がぽろりと眦から流れ落ちていた。

ごめん、と謝って涙を拭おうと頬に手を伸ばす。と、その手を包み込むようにアレクシスが掴んだ。

「……え？」

次の瞬間には、アレクシスの唇がリディアのそれに重ねられていた。

キスされたのだ、と気づいたのは、柔らかな唇が何事もなかったかのように離れてしばらく経ったあとだった。

「う、移ったらどうするんだよ。か、風邪を引いてるんだぞ、熱が出るんだぞ」

狼狽するリディアに、アレクシスは端整な顔でいたずらげに笑んだ。

「風邪は他人に移すと治ると言いますしね。さあ、もうおやすみになって」

アレクシスは摑んでいたリディアの手を布団に入れ、愛しげな手つきで肩のあたりをゆっくりとしたリズムで軽く叩いた。

一気に熱が上がってしまったのだろうか。リディアは頭をくらくらとさせたまま睡魔に襲われた。

アレクシスとキスをした。夢のような出来事に、胸がどきどきと鼓動を打ち鳴らしていた。

目が覚めると、枕元の一輪挿しに新しいスズランが活けられていた。だから、昨夜のキスは夢なんかじゃない。


――そうして縮まったかのように見えた二人の関係は、けれど後退する時を迎えた。


リディアが十五歳の頃のことである。

「リディア。そなたの婚約が決まりそうだよ」

父王に告げられた嫁ぎ先は、北部山脈の遥か向こうにある同盟国。相手は三十歳になる国王だった。跡継ぎを産める後妻が欲しいと打診があったのだそうだ。

「悪くないお話だと思います。進めてください」

恋の死刑宣告に、リディアは潔い返事をした。

いつかは嫁に出なければならない。ならば、いっそ遠方でよかったと安堵したほどだった。

アレクシスを綺麗さっぱり忘れるのに、ぴったりの環境だと思っていた。他国王家の一員として身を粉にして働こう。そう思っていたのだ。

婚約打診の話が出て以来、アレクシスとは城内ですれ違っても不必要に会話をしなくなっていた。

そして、花も届けられなくなった。

アレクシスが隣国への留学を取りやめ、宰相となったのはその翌月のこと。彼もリディアを忘れる努力を始めたようだった。


――決定的な終止符を打ったのは、その翌年。十六歳の時である。


リディアが二十歳になったら、嫁入り準備のために同盟国の王家に行儀見習いとして出国することが決まった。

相手国側は「今すぐにでも来て欲しい」と言ったそうだが、父王と兄が渋り、二十歳まで先延ばしにされたようだ。

なぜ今すぐ出国させてくれないのだろう、とリディアは愕然とした。

あと四年も、人形の振りを続ける自信がない。

手を伸ばせば届く距離に好きになった男がいるのに、触れてはいけないだなんて、なんの拷問だろうか。王家に尽くしてきた末の仕打ちがこれだと言うなら、リディアの努力では不足だったということなのだろうか。あるいは、禁忌の恋を育んでしまった罪を贖えということなのだろうか。

悩みに悩んだ末、リディアは王城庭園の隅に咲いていたスズランを一輪手折《たお》り、文《ふみ》を結んで宰相室の執務机の上に書類とともに置いた。

その夜、呼び出した客室にアレクシスは指定した時間どおりにやってきた。

好きだった、と過去形で想いを告げて、この恋を終わりにするつもりだった。

なのに、見慣れたはずの長身と逞しさを増しつつある体躯を目にした途端、リディアの瞳からは涙が溢れ出た。

あとからあとから流れ出る涙を止めることができず、声すら出せない状態だった。

「――私と逃げてくれませんか」

アレクシスの腕がリディアを強い力で抱き寄せた。

「そんなこと、できるわけがないだろ」

リディアはアレクシスの厚い胸板を押し返したが、引き寄せようとする彼の力のほうが強かった。

「誰も知らない遠くまで、逃げてしまいましょう。あなた一人くらい、養ってみせます」

全身をすっぽり抱き締める体温に、リディアが抗う気力を失《な》くしたのはすぐのこと。

恐る恐る顔を上げるのが先だったか、アレクシスの長い指がリディアの頤を掴み上げるのが早かったか。リディアは背の高いアレクシスを振り仰ぐようにして、真っ直ぐに降ってきた口づけを受け入れた。

「ん……ふ、……っ」

アレクシスは唇を角度を変えながら深く重ね合わせ、リディアの小さな唇を舌先でこじ開ける。

――宰相アレクシスの持つ恐ろしいほどの美貌を再認識した日でもあった。

細く柔らかな髪は太陽の光を紡ぎ合わせたかのような金色に艶めき、晴れた日の青空と同じ色をした切れ長の目元は涼しげだ。肌も白磁の陶器のようになめらかで、神のいとし子のような容貌をほしいままにする彼が、黒髪に黒瞳の夜色をしたリディアに落ちてしまうのが恐ろしくて、けれど同じくらい愛おしくて抱擁を拒めなかった。

「……ん、ッあ……!」

アレクシスはリディアの口腔《こうこう》を舌で探りながら、コルセットに包まれた胸元を掌でまさぐる。固い下着の上から乳房を軽くしだかれ、リディアがびくりと体を揺らすと、アレクシスは再び深く口づけを施しながら、すぐ後ろにあったベッドにリディアを押し倒した。

アレクシスは枕元に点していた灯りを消すと、リディアの着衣を奪うように剝ぎ取り、コルセットの紐をほどきにかかる。

「……アレクシス。おまえ、慣れてるんだな」

胸元から順に下着を緩めていくアレクシスの手が素肌を掠めるたびに、リディアは熱が篭った息を吐いた。

「何か勘違いしているようですが、不測の事態に備えて、一通りのことはできますよ。ドレスの着脱もね」

「そ、それはだ。おまえも初めてだっていうことか？」

コルセットの紐を抜き終え、合わせからふるりと胸がまろび出る。

月明かりしかない暗闇で、どくどくと鼓動を逸らせる胸に、痛いほど熱い視線が注がれる。

「さあ、どうでしょう。あなたをがっかりさせたくありませんから、ご想像にお任せしますよ」

「それ、ずるくないか？　私が初めてだっておまえは知ってるのに」

なんとなく不服で口を尖らせると、アレクシスは面白がるようにくすっと微笑を零した。

「知っているようで全く知らない女でしたけどね、私にとってのリディアは」

溜息混じりの低い声音に、心臓が大きく跳ねた。

リディア様、でもなく、王女殿下、でもなく。ただ、「リディア」とアレクシスに呼び捨てられたのも初めてのことだった。

「アレクシス、ごめん。もう一度……」

もう一度名前を呼んで、と乞おうとした唇は、覆いかぶさってきたアレクシスのキスで封じられた。

アレクシスの舌先は忙しない動きで口内に捻じ込まれ、余裕を失ったように乱暴に蠢いた。

「リディア……」

唇を合わせたままアレクシスが囁いた隙に息を吸おうとすると、遮るようにまた塞がれ、リディアの頭が呼吸困難でくらくらとしてくる。

「や……あ、んんっ……ッ」

「嫌なんて言わせない」

す、と長い腕がリディアの足に伸ばされ、ガーターベルトの留め金をもぎ取るように外した。骨ばった細い指が、ただの部品の集積と化したガーターを関節に引っかけて、足から引き抜く途中で、リディアの柔らかな内腿を撫で、膝裏をくすぐり、足首を擦るように愛撫していく。

ぞわぞわと悪寒に似た疼きが背筋を駆け上がり、リディアは真っ白なシーツを両手でぎゅっと握って背を仰《の》け反らせる。

「もうこんなにして」

アレクシスに向けて差し出すように反らした胸の頂を、熱っぽい唇が食《は》み上げた。

初めて男の前に晒した素肌の乳首は、濡れた舌の愛撫に反応し、たちまち硬さを増す。ちゅ、と吸われた口内で舌が絡みつき、ころころと飴玉《あめだま》を転がすように舐め回される。

「だ、だめ……」

胸を急速に侵食しようとする疼きに耐えかね泣き言を漏らすが、アレクシスの愛撫はますます強くなっていく。

コルセットから開放されたばかりの胸の膨らみを、節ばった掌が柔らかに包み込み、やわやわと揉みしだく。唇に愛されていないほうの頂は指で挟まれ、糸をより合わせるようにしごかれた。

「あ……は、あ……」

交互に胸を愛撫する手と唇に翻弄されるうちに、足の間から熱が漏れ出るような感覚に襲われ、リディアは膝をすり合わせた。

もじもじとし始めた下肢に、アレクシスが気づかないはずがない。

「触って欲しいんでしょう?」

意地悪な言葉に、リディアの顔にかっと血が上《のぼ》る。

アレクシスのからかうような声音に、いつものリディアなら「そんなわけあるか」とか、「試すようなことを言うな」と威勢よく言い返していたかもしれない。

アレクシスによって裸に剝かれた素肌のリディアは、すっかり無防備になっていて、強がることなどできなかった。

「……うん。触って」

恥辱にまみれた言葉を小さな声で口にして、そっとアレクシスを見上げる。

女らしいリディアに驚いたのだろう。アレクシスは数瞬目を瞠らせていたが、はあ、と大きく息を吐き出すと降参したように頭を振った。

「私は一生、あなたにだけは勝てる気がしない」

アレクシスはリディアに触れるだけのキスをしてから、耳朶を食み、首筋に唇を這わせ、下腹を舌先で撫でてから、足の付け根に顔を埋めた。

思いがけない愛撫の方法に、リディアはびくりと体を跳ね上げて抗ったが、腰からしっかり両足を押さえ込まれていて動けない。

「あ……やめて……」

房事について知識として頭に入っていたものの、相手がアレクシスになるとは思っていなかった混乱で、リディアは涙を滲ませた。

「無理だ。もうやめてやれない」

熱に浮かされたような呟きが花弁に吹きかかり、そこが既にじっとり濡れていることを知る。

「ふ、あっ！」

じゅるじゅると音を立て、アレクシスが零れかけていた蜜を吸う。尖った舌先が花弁をなぞるように剝き、ふくよかに充血を始めた花芯を暴いた。

「お願い……やめて……。そこ、ダメだから。……んぁッ！」

いやいやしてもアレクシスは宣言どおりやめてくれない。リディアから滲み出る蜜はアレクシスの濃密な接触で量を増し、彼を煽るようにたらたらと零れ続ける。

そこに指が一本沈む。隘路を強制的に広げようとする圧迫感から逃げるように、腰が浮き上がる。苦痛を和らげるための前戯だとわかっていても、未通《おぼこ》のリディアの体は容易に異物を受け入れてくれない。

「リディア、緊張してる？」

アレクシスはリディアをほぐしながら、細い肩を抱いて耳元で囁いた。

リディアは厚い胸板に顔を伏せながら、うん、と声なく頷く。

「大丈夫ですよ。私も緊張してますから」

二人して緊張していたら大惨事じゃないか、と突っ込みたいところだ。けれど平らかな胸板に耳をあてると、そこから響いた鼓動はリディアより速いくらいだったので、なぜだか無性に安心してしまった。

「アレクシス。もう欲しい。お願い」

ぐちゅぐちゅと女襞を掻き回す指が三本に増やされて間もなく、リディアはあられもない懇願をした。内壁はとめどなく潤い続け、太い指を奥まで呑み込みたがるように細かに蠕動《ぜんどう》している。

「痛かったら、私の肩を嚙んで。唇は嚙まないで」

ぐっと体重をかけて押し入ろうとする熱杭《ねっくい》の切っ先に、ぎゅっと唇を引き結ぶと、あやすように肩を何度か叩かれた。

アレクシスの熱情の証は、リディアの想像を遥かに上回る大きさだった。けれど、酷い痛みを与えて欲しいとリディアは思っていた。この体にしっかりアレクシスを刻み込んで記憶しよう。そう切実に願いながら、アレクシスの腰に足を絡めた。

「しっかり息をして」

アレクシスに促され、リディアは荒い呼吸を繰り返す。熱杭が襞を突き破り、さらに奥へと進んでいく。一方的に与えられる鮮烈な痛みは、しかし甘い。

「あ、あ……あっ！」

抜き差しを繰り返しながら、ゆっくりと先に進み続けた剛直が、とうとう最奥に突き当たった。

リディアが大きく深呼吸をすると、アレクシスは困ったように小さく吐息した。

「ごめん。まだだから」

え？　と首を傾げると同時に、アレクシスが全体重をかけてリディアを貫いた。全て押し込まれた衝撃で、意識が瞬時に遠のく。

小刻みに体を揺すぶられ、すすり泣きに似た悲鳴を上げたけれど、それも徐々に鼻にかかったような甘だるい喘ぎに変わっていった。

月光に照らされた逞しい肢体に組み敷かれ、リディアは純潔を失った。

「今夜日付が変わる頃、隠し通路を使って城外に出てください。待っていますから」

アレクシスにそう指示されたのは、情事を終えて先に部屋を出ようとした時だった。

寝室の奥に、王城裏に繋がる隠し通路がある。避難経路として用意されているもので、王族と宰相しか知らないとされる隠し部屋のひとつだ。

「待ちぼうけになるだけだから、やめておけ。私は行かない」

気だるさを残したアレクシスの顔が、ぎくりと強張る。

「どうして?」

「王族の結婚は義務だ。宰相をやめようとまで考えてくれた、その気持ちだけで充分だよ」

アレクシスは無言のまま、ベッドに視線を落とした。

リディアが同意するはずがないと知った上で、逃避行を持ちかけたのだろう。無表情の顔は、少しだけ悲しそうに見えた。

王族に生まれたのを後悔しなかった日はない。双子の兄が不完全だったぶん、常に完璧でいることを求められてきた。苦痛なことばかりの毎日だった。けれどリディアは逃げなかった。

そんなリディアを、アレクシスは哀れんでくれただけなのだ。彼も、生まれた時から宰相になることが決まっていた人だったから、痛いほど共感してくれたのだ。

契りを結んだからといって勘違いしてはならない。これは、報われてはならない恋だ。

夜が明けてから、リディアは国王補佐を呼び出した。

「大事にしたくない。意味はわかるな？」

そう口封じめいた前置きをした上で、避妊薬を用意してもらった。

国王補佐の前役職は、宰相――つまり彼はアレクシスの父である。酷なことを頼んでしまったが、秘密を固持できる人をリディアは彼以外知らなかった。アレクシスを除いて。

「私が言うことではないが」

さらに前置きをして、リディアは続けた。

「この国の宰相を誇れ。おかげで私は、何の憂いもなく嫁ぐことができる」

満面の笑顔で告げたリディアに、補佐は「承知いたしました」と言って目を伏せた。悲しそうな顔は、夜明け前に見た彼の息子にとてもよく似ていた。


――思い返せば、リディアはできすぎた王女だっただろう。常に優等生でい続けた双子の妹の存在が、兄を追いつめてしまったのかもしれない。

兄の死は、突然のことだった。リディアが二十歳の時である。

リディアの婚約破棄を告げたのは、宰相アレクシスだった。

「お兄様がお亡くなりになった以上、やむを得ません。ご理解いただけますね？」

王太子の事故死から一ヶ月が経とうとしていた。リディアは泣き疲れた顔で、悄然《しょうぜん》と頷いた。

「わかっている。いずれ女王となる私の結婚相手が、国内の誰かに代わるという話だろう」

アレクシスは無言で頷いた。冷たい美貌にリディアのように泣き腫らした痕跡はなかったが、王太子の死を隠蔽するために奔走した心労と疲労の色が濃く刻まれていた。

相手がおまえじゃないなら、誰と結婚しても同じ。ただの政務でしかないだろうが。

自嘲めいて言い捨てかけた台詞《せりふ》をリディアは喉元で止め、苦《にが》い薬を飲み干すように、ぐっと一息で飲み込んだ。

家の外で働く女が増えた。王城の要職にも、女が就きやすくなっている。結婚をしなくても生計を立てられるだけの収入を、女が得られる世の中に変わり始めている。

そんな時代にあって、女子王族だけが変わらない。結婚して子供を産み、貞淑な妻として夫を支え、賢い母として生きる選択肢しか用意されていない。まるで生きた化石のように進化しない。

兄が亡くなってもそれは同じ。王族の責務から逃れるわけにはいかない。一夜の温もりを分け与えてくれた人が差し伸べた手を、リディアは自ら振り払っている。「好きな男の側で、別の男に抱かれて子を産む政務なんてこなせない」などと、口が裂けても言えなかった。

――リディアの王配はなかなか決まらなかった。

ついには貴族院でも槍玉に挙げられるようになっていた。

二十五歳の女子王族は行き遅れ、さっさと相手を決めてやらねば、とまで言われたと耳にし、リディアは涙を堪えるのに必死だった。

未来の夫を裏切って純潔を失い、兄を追いつめたことが罪だと言うならば、生涯独身を貫いてしまいたい。けれど王権を強めなければならない大切な時期に、父王は引退を決意してしまった。

父王引退宣言から、リディアは苛立つようになっていた。誰と結婚しても同じなのだから、早く相手を決めてくれないだろうか、と。

子を産むのも女子王族の責務である。結婚が遅れるほど、持てる子の数が減るのは必然だ。

息が詰まりそうな王城を出て、ふと思い立って花が咲き綻ぶ庭園に出ると、花壇の外側にスズランが群生していたのが目に入った。

あの日、避妊薬なんて服さなければ私は母になっていたのだろうか。

そんなことをぼんやりと考えながら、人には見せられない涙を零した。


――何の因果か、アレクシスが貴族院に推薦されて王配に決まったのは、その翌日のことである。


夢を見ているみたいだ。何度もリディアは自身の頬をつねり上げた。もちろん痛い。その痛みがこれが現実だと教えてくれた。

これが夢だったら、今すぐ起きて正気に戻りたい。

そう何度も思ったが、リディアが夢から覚めることはなかったのは、夢のような出来事が現実に起こってしまったからだった。

戴冠式を終え、リディアは女王となった。続いて行われた華燭の典では、アレクシスの妻となれた。


——それから一ヶ月後。


リディアは自身を組み伏せる男の体重を感じながら、ベッドで喘いでいた。

「ひぅっ……！」

秘所に顔を埋めるアレクシスに両の乳首をきゅっと捻り上げられ、リディアはびくんと背筋を仰け反らす。

アレクシスはぴちゃぴちゃとわざとらしく水音を立てて、女芯から溢れ出る蜜液を啜る。

生き物のように舌先が蠢き、たらたらと零れる蜜を漏れなく絡め取りながら、花蕾《からい》の薄皮をじっとりと剝いでいく。

昨日も一昨日《おととい》も、その前の日も、アレクシスの愛撫を受け続けた円《つぶ》らな肉粒はぷっくりと腫れていて、過敏に反応する。

「ああっ！　だ、ダメ……ッ。そこ……んんっ！」

鋭い疼きに耐えかねて足を閉じようとするが、即座に太ももを摑まれ、逆に大きく開かれてしまった。

あられもない姿態はリディアに極端な羞恥を与える。アレクシスの頭を押して抵抗するけれど、鍛えられた腕がリディアの腰を持ち上げて体勢を変え、その手首も拘束してしまった。

「や、やめ……」

上から嫣然と見下ろす空色の双眸に、リディアは枕に伏せるように顔を横向けた。

「恥ずかしいから顔を隠すんですか?」

くす、とアレクシスは小さく笑い、宙に浮いた両足をさらに大きく広げ、花弁を晒し上げた。

「こんな格好、恥ずかしいに決まってるだろ……っ」

「それはよかった。恥じらうあなたを見たくて、こんな格好をさせているんですからね」

馬鹿じゃないのか、と言いかけた言葉は、秘部に押しつけられた唇に吸いつかれ、瞬時に甘い悲鳴に変わった。

熱い口内に吸い出された蕾を舌先が容赦なく弾き回し、頭のてっぺんから駆けた痺れに足先を丸めて耐えるが、不意に手首から外された手が胸の頂を摘み上げ、すり潰すように捏ねられた瞬間、絶頂の波がリディアを浚《さら》った。

眦に浮かんだのは、歓喜の涙だった。

「もう嫌だ……。アレクシスが欲しい……」

ぐす、と鼻をすすって懇願する。体の芯は燃えるように熱を発しているのに、アレクシスがいじめる花芯は決定的に欠けたものが欲しいと訴えて、涙を零すように蜜を垂らしている。

「今のはかなりきましたが、私もまだリディアを楽しみたいので我慢してください」

我慢しろ、などと平然と口にするアレクシスの愛情表現は、かなり捻じ曲がっているような気がしてならない。

いい加減にしろよ、と抗議しかけると、長い指がリディアに差し込まれた。いきなり二本も。

「んくぅっ……！」

アレクシスはリディアの胎内を余すところなくまさぐり、指の腹をぐりぐりと押しつけて善《よ》がる場所を探り当てる。

くいと指の関節を曲げてその一点を執拗に押し撫でられ、太い指を呑み込む蜜洞《みつほら》がうねるように締めつけを強くする。

「や……そこは……やめて……」

泣きじゃくるようにわななないた女芯の熱に、胸の奥がじわじわと焦がされていく。

「──ここ？」

緩慢な手つきでリディアの内襞を弄びながら、アレクシスは形の良い唇ですっかり綻んだ蕾を摘み取った。

その先に待ち構えていた舌に愛蜜にまみれた花粒を舐《ねぶ》られ、リディアは頭の中を白色に混濁させて再び達した。

「あ……ぅ……ふぁ……ッ」

それでもアレクシスは口淫をやめようとしない。

アレクシスは意外なことに甘党だが、そんな彼に最近のお気に入りの食べ物は、と訊ねたら、「リディアです」と本気で答えそうなしつこさだ。

ぐったりとしたリディアの身を広いベッドに横たえ、アレクシスはシーツの波間にたゆたいながら力を失った体を楽しみ続ける。

「アレクシス……お願いだから。もう……挿《い》れて」

ここまで追い込まれると、羞恥は欠片も残されていない。はしたない言葉で夫を誘い、リディアは涙目で欲求を訴えた。

「……私を好きだと言えたら、すぐに欲しいものを差し上げますが」

涙を浮かべたリディアの視線に負けたのか、アレクシスは頬をかすかに赤らめた。

「アレクシスが好き。大好き。好き好き大好きすぎる」

リディアは必死にまくしたてた。

真面目に答えたつもりだったのだが、アレクシスにはふざけたようにしか聞こえなかったのか、むっとしたしかめ面が返された。

「まあ、約束は守りますけどね。——気に入らない答えです」

「気に入らないって、どういうことだよ。私はちゃんと好きだって言ったじゃないか」

「その減らず口が可愛くなるのが私の好みだから、困ったものなんですけどね」

アレクシスは軽く肩を竦めてから、リディアの両膝の裏に手をあてると、膝頭がベッドに沈むほど押し込みながら楔を打ち込んだ。

体を二つ折りに畳むようにしたリディアの太ももに、肉茎に押し出された蜜が伝う。

「あっ、あっ！」

真上から垂直に振り落とされる律動に、鋭い嬌声が喉を焼く。

汗と蜜で濡れた腰がぶつかり合うたびに、淫らな水音が寝室の隅々まで響いた。

猛《たけ》り狂った雄芯は、その先端のくびれが蜜口に引っかかるまで引いてから、素早く根元まで押し込むことを繰り返す。剛直の頭部で腹の奥を激しく犯され、きゅうと蜜口が窄まっていくが、女襞を埋め尽くす太さを絞るように締めつけることしかできない。

「——十年前、初めてあなたを抱いた時、これが最初で最後なのかと、自分の不甲斐なさを呪っていたのが嘘みたいだ」

は、と短く息を詰め、アレクシスが額から汗の雫をリディアの頬に落とす。

「……嘘みたいに幸せだ。っていうことか？」

途切れ途切れに問うと、「当たり前でしょう」とアレクシスは頷いて、リディアを抱き上げた。

顔を合わせてアレクシスに跨る格好で、リディアは広い胸板にすがりついた。

「愛しています、リディア」

ぎゅっとリディアを強く抱き締める手が後頭部を押さえ、ほつれた髪に指を絡めながら、雨のようにキスを注ぐ。

「うん、私も。私も愛してる」

愛している。単純すぎるその言葉を喉元に詰まらせたまま、二人で幼い恋を育ててきた。

初恋は叶わない。そんな迷信を信じるようになったのは、アレクシスが兄ではないと理解した時のこと。

純愛の花言葉を宿す花を一輪贈られた日に、リディアの長すぎる初恋が始まったのだ。

「んん……達《い》く。も……無理……」

真下からリディアを貫くアレクシスは、常に最奥を押し上げている。

ゆっくりとした律動は徐々に速さを増し、リディアを高みへと導く。

髪を振り乱して喘ぐと、弓なりにしなった上体でふるふると震えていた胸の頂に、アレクシスが甘噛みを施した。

完熟した果実のように赤みを強くした頂を舌で転がされ、上体が引きつる。

「宰相を顎で使う女王陛下が、夜は弱い立場に追い込まれるなんて、臣民は想像すらしていないでしょうね。こういう関係を、なんて言うかご存知でしたか」

「し……知らな……っ！　あ、やめ……ッ」

「下克上《げこくじょう》。——って言うらしいですよ。ほら、もっと泣いて。私をもっと困らせて」

アレクシスはリディアが達しても律動を緩めない。

むしろ激しさを増すばかりで、意図せず零した涙でアレクシスを喜ばせてしまう。

「あ……明日の政務に、支障が……」

「政務の心配ができる程度には、まだ元気ということですね。よくわかりました」

アレクシスは端整な顔に冷ややかな笑みを浮かばせると、リディアの体を捻って、ベッドにうつ伏せに組み伏せた。

「少しなら私が時間稼ぎをしておきます。だから、もっと。……もっとリディアは乱れればいい」

リディアは腰をぐいと持ち上げられ、アレクシスに向けて柔尻を突き出した。その中心で愛液に塗れそぼる膣に、硬いままの根を穿たれる。

「んあッ！」

リズミカルに腰を打ちつけられるたびに、肉杭が花芽を擦り上げる。

倒れるようにベッドに落とした上体で乳房が揺れ、尖った乳首の先端がシーツにあたった。

ずきずきと脈を打つように疼く下肢は、膝に力が入らず、がくがくと震えている。

「もうやめて……。溶けそう……」

互いの汗で濡れた女体の内部では、内臓を熔《と》かされたように蕩けた錯覚でいっぱいに満たされ始めていた。

とっくにリディアが限界を迎えていると、アレクシスも知っているはずだ。なのにやめる気配すらないのは、リディアに指一本も触れてはいけないと、禁欲的に己を縛ってきた十年ぶんの衝動を操れないせいだろう。

「リディア……リディア」

うわごとのようにアレクシスが妻の名を口にした。

リディアが壊れる寸前まで、アレクシスは妻を抱き抜く。

冷酷非情な無表情が代名詞のアレクシスをここまで狂わせることのできる自身に、リディアは夢心地で吐息する。

王族に生まれてよかったと思えるのは、アレクシスと出会えたことだけだ。アレクシスと結婚してからも、女王の重責に苛まれ、気をおかしくしてしまいそうな毎日を送っている。けれどその苦しみは、アレクシスとともにすごすためだと思えば瞬時に吹き飛んでしまう儚いものでしかない。

——どうしてもアレクシスを諦められなかった。

今も昔もこれからも、リディアを甘やかしてくれるのはアレクシスしかいない。

やっぱりアレクシスが好きだな、とリディアは思いながら、夫の要望に応えて泣きながら今夜も悶え狂う。

霞む視野が捕らえたのは、ベッドサイドに飾られたスズランの一輪挿しだった。

ゆさゆさと揺れるベッドの振動に、白い小さな花が小刻みに踊る。

互いを閉じ込めるように固く抱き締め合い、情交に耽《ふけ》っていると、しゃら、と軽やかな鈴の音が聞こえた気がした。

仮面伯爵は黒水晶の花嫁に恋をする

ET 恋愛ファンタジー

Kei Kozakura
小桜けい
Illustration
氷堂れん

定価：本体１２００円＋税

ジュリアンパブリッシング

http://www.julian-pb.com/fairykiss/

F fairy kiss
大好評発売中！
「君への恋煩いは重症な
継母の策略で《人嫌いで常に仮面を被っている》、そんな評判の辺境
嫁ぐことになったクリスタ。妻ではなく跡継ぎが欲しいと冷たく言い放
「君は、俺をおかしくする」彼もまたクリスタの優しさに触れて次第に
異世界で恋をする♥ときめく女の子のためのS

華燭の追想

著者　夜原月見

2016年6月5日　初版発行

発行人　小池政弘

発行所　株式会社ジュリアンパブリッシング
〒102-0073 東京都千代田区九段北1-5-9-3F
TEL：03-3261-2735 FAX：03-3261-2736
製版　サンシン企画

印刷所　中央精版印刷株式会社

ISBN：978-4-86457-317-7
Printed in JAPAN